Alice Gray und Barbara Baumgardner (Hrsg.)

Die Nacht der Sternschnuppen

... und andere Geschichten, die das Herz berühren

Alice Gray und
Barbara Baumgardner (Hrsg.)

Die Nacht der Sternschnuppen

. . . und andere Geschichten,
die das Herz berühren

SCHULTE & GERTH

Die amerikanische Originalausgabe erschien im Verlag
Multnomah Publishers, Inc., Sisters, Oregon
unter dem Titel „Stories for the Heart, the Third Collection".

Aus dem Amerikanischen übersetzt von Ursula Alberts.

Best.-Nr. 815 781
ISBN 3-89437-781-X
1. Auflage 2002
Umschlaggestaltung und Illustration: Hanni Plato
Satz: Die Feder GmbH, Wetzlar
Druck und Verarbeitung: Ebner & Spiegel, Ulm
Printed in Germany

Inhalt

Ermutigung

Wenn starke Winde wehen

Wenn in deinem Leben zur Zeit die Winde wehen,
Winde der Veränderung, widrige Winde,
oder wenn die gleich bleibenden Winde
von Anforderungen und Erwartungen,
dir vielleicht das Gefühl geben – nun ja –
vom Wind zerzaust zu sein, dann fasse Mut.
Meine Mutter pflegte zu sagen:
„Wenn starke Winde wehen, wachsen die Wurzeln tief.“
Charles Swindoll

Das Geschenk

Die Mutter saß auf dem Kunstlederstuhl im Wartezimmer des Arztes und pulte nervös an ihren Fingernägeln. Mit gefurchter Stirn beobachtete sie den fünfjährigen Kenny, der vor ihr auf dem Teppich saß.

Er ist klein und ein wenig zu dünn für sein Alter, dachte sie. Sein feines blondes Haar fiel ihm glatt und weich über die Ohren. Um seinen Kopf trug er eine weiße Mullbinde, die seine Augen verdeckte und seine Ohren nach hinten presste.

Auf seinen Knien schaukelte er einen abgenutzten Teddybär. Obwohl dem Bär ein Arm und ein Auge fehlten, war er das liebste Spielzeug des Jungen. Schon zwei Mal hatte die Mutter versucht, den Bären wegzuwerfen und durch einen neuen zu ersetzen, doch der Junge hatte sich jedes Mal so sehr aufgeregt, dass sie es sich wieder überlegt hatte. Sie neigte den Kopf zur Seite und lächelte zu ihm herunter. *Er hat ja sonst nichts*, dachte sie und seufzte.

Eine Sprechstundenhilfe erschien in der Tür und rief: „Kenny Ellis."

Die junge Mutter griff nach ihrem Jungen und folgte der Frau ins Sprechzimmer. Im Korridor roch es nach Desinfektionsmitteln und Pflastern. An den Wänden hingen bunte Kinderzeichnungen.

„Der Doktor wird gleich hier sein", sagte die Sprechstundenhilfe mit einem berufsmäßigen Lächeln. „Bitte setzen sie sich."

Die Mutter setzte Kenny auf den Untersuchungstisch. „Sei vorsichtig, Schatz, fall nicht herunter."

„Sitze ich sehr hoch, Mama?"

„Nein, mein Herz. Aber sieh dich trotzdem vor."

Kenny hielt seinen Teddybär noch fester. „Ich will ja auch nicht, dass Grrbär runterfällt."

Die Mutter lächelte, doch es war ein trauriges Lächeln, das ihren Zügen einen sorgenvollen Ausdruck gab. Sie strich dem Jungen das Haar aus dem Gesicht und streichelte mit dem Handrücken über seine Wange, die weich wie eine Flaumfeder war. Als die leise Büromusik in die ergreifende Melodie von „Stille Nacht, heilige Nacht“ überging, kam ihr zum tausendsten Mal der Unfall in den Sinn.

Seit Jahren hatte sie immer auf der hinteren Kochplatte gekocht. Doch dieses eine Mal hatte der Topf mit dem kochenden Wasser ganz vorn gestanden.

Im Wohnzimmer hatte das Telefon geklingelt. Es war wieder einmal eins der „kostenlosen Angebote“ gewesen, die doch so viel kosten. In dem Augenblick, in dem sie den Hörer aufgelegt hatte, hatte sie auch schon Kennys Schmerzensschrei gehört, der ihr das Blut in den Adern hatte gerinnen lassen. Sie war sofort in die Küche gestürzt.

Bei dem erneuten Gedanken daran, entfuhr ihr ein Klagelaut und sie wischte verstohlen eine Träne fort, die ihr warm über die Wange lief. Seit sechs Wochen hatten sie auf den heutigen Tag gewartet.

„Der Verband kann eine Woche vor Weihnachten abgenommen werden“, hatte der Arzt gesagt.

Die Tür des Sprechzimmers öffnete sich schwungvoll und Dr. Harris kam herein. „Guten Morgen, Mrs. Ellis“, sagte er fröhlich. „Wie geht es Ihnen heute?“

„Danke gut“, erwiderte sie nur. Sie war zu sehr angespannt, um sich mit Höflichkeitsfloskeln aufzuhalten.

Dr. Harris beugte sich über das Waschbecken und wusch sich sorgfältig die Hände. Wenn es um seine Patienten ging, war er sehr gewissenhaft, doch sich selbst gegenüber war er ein wenig nachlässig. Nur selten fand er Zeit, sich die Haare schneiden zu lassen und sein glattes schwarzes Haar fiel bis über den Kragen herab. Sein Schlips war gelockert und das Hemd stand am Hals leicht offen.

„Nun“, sagte er und setzte sich auf seinen Stuhl, „dann wollen wir mal sehen.“

Behutsam schnitt er den Verband auf und löste ihn von Kennys Kopf. Als die Bandage abfiel, sah man zwei viereckige Gazestücke, die direkt über Kennys Augen geklebt waren. Vorsichtig löste Dr. Harris die Ecken des Pflasters, bemüht, die zarte Haut des Jungen nicht zu verletzen.

Langsam öffnete Kenny die Augen und blinzelte, als würde ihn das plötzliche Licht schmerzen. Dann sah er seine Mutter an und lächelte verschmitzt.

„Na, Mama", sagte er.

Überwältigt schloss die Mutter Kenny in die Arme. Lange konnte sie kein Wort herausbringen. Sie hielt ihren Jungen nur an sich gedrückt und weinte voller Dankbarkeit. Schließlich sah sie Dr. Harris mit tränenden Augen an. „Ich weiß nicht, wie ich das je bezahlen kann", sagte sie.

„Das haben wir doch schon alles besprochen", unterbrach sie der Arzt mit einer kurzen Handbewegung. „Ich weiß, wie es um Sie und Kenny bestellt ist, und bin froh, dass ich Ihnen helfen konnte."

Mit einem Taschentuch, das nicht mehr ganz frisch war, trocknete sich die Mutter die Augen, stand auf und ergriff Kennys Hand. Als sie schon fast an der Tür waren, machte Kenny sich los, blieb stehen und sah den Arzt unschlüssig an. Dann hielt er dem Doktor seinen Teddybär an dem verbliebenen Arm entgegen.

„Hier", sagte er. „Nimm meinen Grrbär. Er ist bestimmt viel Geld wert."

Ruhig nahm Dr. Harris den verstümmelten Bären in beide Hände. „Danke, Kenny. Das ist mehr als genug, um meine Arbeit zu bezahlen."

Die letzten zwei Tage vor Weihnachten waren für Kenny und seine Mutter eine besonders wunderbare Zeit. An den langen Abenden saßen sie beieinander und sahen den Weihnachtslichtern zu, die am geschmückten Baum funkelten. Sechs Wochen lang waren Kennys Augen von Bandagen verdeckt gewesen, jetzt wollte er sie nicht einmal zum Schlafen schließen. Das Feuer, das im Kamin flackerte, die Schneeflocken, die sich an sein Schlafzimmerfenster setzten, die zwei kleinen Päckchen unter dem

Weihnachtsbaum, all die Lichter und Farben der Weihnachtszeit faszinierten ihn. Und dann, am Heiligen Abend, klingelte es und die Mutter öffnete die Tür. Draußen war niemand zu sehen, doch auf der Veranda stand ein Karton, der in goldenes Papier verpackt und mit einer breiten roten Schleife versehen war. Auf einem kleinen Schildchen stand, dass der Karton für Kenny Ellis war.

Mit einem Lächeln, das von einem Ohr bis zum anderen reichte, band Kenny die Schleife auf und öffnete den Karton. Ein Teddybär kam zum Vorschein. Es war sein geliebter Grrbär, der einen neuen Arm aus Cordsamt und zwei neue Knopfaugen hatte, in denen sich die Weihnachtslichter spiegelten. Es schien Kenny nichts auszumachen, dass der neue Arm nicht zu dem anderen passte. Er drückte den Bär nur an sich und lachte.

Im Karton zwischen dem Seidenpapier fand die Mutter eine Karte. „Lieber Kenny!", stand darauf. „Manchmal gelingt es mir, Jungen und Mädchen wieder heil zu machen, doch bei Grrbär musste meine Frau mir helfen. Sie ist ein besserer Bärendoktor als ich. Fröhliche Weihnachten! Dr. Harris"

„Sieh mal, Mama", sagte Kenny und zeigte lächelnd auf die Knopfaugen. „Grrbär kann auch wieder sehen, genau wie ich."

Gary Swanson

Die rote Handtasche

Ich weiß, wir sollen nicht über andere urteilen, aber was Kennie Jablonski betraf, den fand ich unmöglich. Ich kam zu dem Schluss, dass er für die Arbeit der Falsche war.

Von Beruf bin ich Oberschwester und arbeite die Nachmittags- und frühen Nachtschichten, wobei es zu meinen Aufgaben gehört, die Leistungen der Angestellten in dem Pflegeheim „Homeland" zu beurteilen.

Kennie Jablonski war ein neuer Angestellter. Er war groß und stark und sah mit dem halblangen blonden, bis zum Kragen reichenden Haar und den grünen Augen nicht schlecht aus. Nach einer mehrwöchigen Probezeit musste ich zugeben, dass er sauber, pünktlich und ziemlich tüchtig war. Doch irgendwie mochte ich ihn nicht.

Für mich sah Kennie Jablonski wie ein Krimineller aus. Ich wusste, aus welcher Gegend er kam, einem Dreckloch, in dem Gangs, Drogen und Gewalt herrschten. Seine Sprache gehörte auf die Straße, sein Benehmen war lässig, sein Gang federnd und kontrolliert, wie der eines Boxers und sein Gesichtsausdruck verschlossen, wie die Stahltüren eines Geldschranks. Er schien zu groß und zu sehr von sich überzeugt zu sein, um sich der hochspezialisierten Teamarbeit in dem Pflegeheim anpassen zu können.

Der größte Teil unserer Patienten kommt im letzten Stadium einer tödlichen Krankheit oder wegen der tödlichsten aller Krankheiten, dem Alter, zu uns. Wenn sie eintreffen, sind sie verkrüppelt, schwach, verwirrt und besiegt und nicht länger in der Lage, draußen in der Welt alleine zurechtzukommen. Viele besitzen nicht mehr die Gabe, vernünftig zu denken, ein Verlust, der die Folge versagender Gesundheit ist und einer Welt, die oft brutal und gleichgültig erscheint.

Zu ihnen gehörte auch Mary B. Die Pfleger nannten sie Mary B., weil es im Westflügel vier Marys gab. Mary B. war 94 Jahre alt und zart wie eine Spinnenwebe. Sie hatte ihren Mann und ihre Schwestern überlebt und falls sie Kinder besaß, hatten diese sie längst im Stich gelassen. So lange sie wach war, bewegte Mary B. sich in einem fort durch die Gänge unserer Einrichtung.

Sie war davon besessen, dass ihr jemand die Handtasche fortgenommen hätte, und suchte zu jeder Tages- und Nachtzeit danach. Wenn sie nicht auf ihrem Bett festgebunden war, entwischte sie aus ihrem Zimmer und ging gedankenverloren auf die Straße, auf die Männerstation, durch die Wäscherei und in die Küche, immer auf der Suche, ohne jemals aufzugeben. Wenn man sie im Rollstuhl festband, verlangte sie, in den Flur gebracht zu werden, wo sie jeden anhielt, der ihr zu nahe kam.

„Können Sie mir einen Kamm borgen?“, fragte sie. „Ich habe meinen verloren. Er war in meiner roten Handtasche. Meine Handtasche ist auch verschwunden. Wo ist meine Handtasche? Wo ist meine Handtasche?“

Es wiederholte sich so oft, dass Marys Fragen zu einer Geräuschkulisse wurden, genau wie die Wagen, die mit vorgewärmten Tabletts beladen, den Gang hinunterrumpelten, wie die Klimaanlage oder der kratzige Ton, der aus dem Lautsprecher kam.

Wir wussten alle, dass Mary keine Handtasche besaß. Doch manchmal blieb jemand stehen und hörte ihr aus Freundlichkeit zu, obwohl schrecklich viel zu tun war. Die meisten drückten sich jedoch mit einem gemurmelten: „Aber sicher, Mary, wenn ich deine Handtasche sehe, bringe ich sie dir“, an der alten Frau vorbei.

Die meisten von uns – mit einer Ausnahme.

Der Letzte, von dem ich erwartet hätte, dass er Mary B. zuhören würde, war Kennie Jablonski. Doch so befremdlich es schien, er hatte immer ein gutes Wort für sie.

Ich möchte wissen, was er vorhat, dachte ich, als ich ihn beobachtete. Mir war der Verdacht gekommen, dass er hier arbeitete, um Drogen zu stehlen, und ich glaubte, einen potentiellen Unruhestifter entdeckt zu haben.

Mit jedem Tag, an dem Mary B. ihn anhielt und nach ihrer Handtasche fragte und Kennie versprach, danach zu suchen, wuchs mein Misstrauen. Schließlich kam ich zu dem Schluss, dass Kennie eine Sache plante, in der Mary B. eine Rolle spielen sollte. Ich nahm an, dass er Medikamente stehlen und sie irgendwo bei Mary verstecken wollte, damit ein Mithelfer sie später aus dem Pflegeheim schmuggeln konnte. Ich war so fest davon überzeugt, dass ich die Sicherheitsanlage an der Medikamentenausgabe verstärken ließ.

Eines Nachmittags, kurz vor dem Abendbrot, sah ich Kennie mit einer Plastiktüte, die schwer zu sein schien, den Flur entlanggehen.

Jetzt hab ich ihn, dachte ich und sprang von meinem Schreibtischstuhl auf. Ich war im Begriff, ihm nachzulaufen, als mir einfiel, dass ich mehr Beweise brauchte. Also blieb ich hinter einem Wäschewagen stehen, der mit einem hohen Stapel Waschkörbe beladen war.

Obwohl mein Versteck hoch genug war, um mich zu verbergen, konnte ich deutlich sehen, wie Kennie den Flur entlang auf Mary B. zuging, die in ihrem Rollstuhl saß.

Bei Mary angelangt, drehte er sich plötzlich um und sah über seine Schulter. Ich zog meinen Kopf zurück, konnte aber trotzdem sehen, dass er in beiden Richtungen den Gang entlang spähte. Es war klar, er wollte nicht, dass jemand beobachtete, was er tat.

Er öffnete die Plastiktüte und ich hielt den Atem an ... bis eine rote Handtasche zum Vorschein kam.

Freudig überrascht schlug Mary ihre dünnen alten Hände vors Gesicht, ehe sie gierig wie ein hungriges Kind, das nach Brot greift, nach der roten Handtasche griff. Einen Augenblick lang sah sie die Tasche an, presste sie dann an ihre Brust und wiegte sie wie ein Baby hin und her.

Noch einmal wandte Kennie sich um und spähte scharf in alle Richtungen. Befriedigt, dass ihn niemand beobachtete, beugte er sich vor, öffnete den Verschluss der Tasche, griff hinein und zeigte Mary einen roten Kamm, ein kleines Portemonnaie und eine

Spielbrille. Mary liefen Freudentränen über das Gesicht – vielmehr stellte ich mir das so vor. Genau sehen konnte ich es nicht, denn ich hatte selbst Tränen in den Augen. Kennie klopfte Mary leicht auf die Schulter, zerknüllte die Plastiktüte und warf sie im Vorbeigehen in einen Abfalleimer. Dann ging er den Gang hinunter an seine Arbeit.

Auch ich kehrte an meinen Schreibtisch zurück und nahm aus dem untersten Fach meine abgegriffene, alte Bibel hervor. Ich schlug das siebte Kapitel des Matthäus Evangeliums auf und bat den Herrn um Vergebung.

Am Ende der Schicht wartete ich in der Nähe des Ausgangs, den das Pflegepersonal benutzt. Kennie kam in seinem federnden Gang den Flur hinunter, den Mantel überm Arm und sein Kofferradio in der Hand.

„Hallo, Kennie", sagte ich. „Wie sieht's aus? Meinst du, dir gefällt die Arbeit hier?"

Kennie sah mich verblüfft an und zuckte mit den Schultern. „Ist wahrscheinlich das Beste, was ich kriegen kann."

„Krankenpfleger ist ein guter Beruf", bemerkte ich. Mir kam da eine Idee. „Hast du eigentlich schon mal daran gedacht, zur Schule zu gehen, um dich als Krankenpfleger richtig ausbilden zu lassen?"

Kennie schnaufte abweisend. „Machen sie Witze? Bei so was habe ich doch im Leben keine Chance. Der Hilfspflegerkurs war kostenlos, sonst hätte ich den Job hier auch nicht bekommen können."

Ich wusste, dass es so war. Kennie stellte das Radio auf den Boden und zog seinen Mantel an. „Müsste schon ein Wunder geschehen, wenn ich die Ausbildung machen könnte", sagte er. „Mein Alter sitzt im Knast und meine alte Dame nimmt Koks."

Ich biss die Zähne zusammen und lächelte. „Manchmal geschehen Wunder", sagte ich zu ihm. „Würdest du zur Schule gehen, wenn ich einen Weg finde, dir mit dem Geld zu helfen?"

Kennie starrte mich an. Plötzlich war der Kriminelle verschwunden und ich sah einen Schimmer von dem, was sein konnte. „Ja", sagte er nur, doch für mich reichte das.

„Gute Nacht, Kennie“, sagte ich, als er nach der Türklinke griff. „Ich bin sicher, dass sich da etwas machen lässt.“

Ich war außerdem sicher, dass Mary B. im Westflügel, im Zimmer 306, ruhig schlief und ihre rote Handtasche mit beiden Armen fest umschlungen hielt.

Louise Moeri

Die Eiskremparty

Ich hielt bei der Dairy Queen, einem Schnellrestaurant, das für sein Speiseeis bekannt ist, und kaufte mir dort einen Sandwich. Der Raum war überfüllt, doch schließlich fand ich einen Sitzplatz neben einer Familie, die mit einer Eistorte den Fußballerfolg ihres Sohnes feierte. Da nur wenig Raum zwischen den Tischen war, kam ich mir bald vor, als würde ich zu der Familie gehören.

„Deine Mannschaft hat wohl heute Nachmittag gewonnen?", fragte ich.

Der kleine Bursche lachte und gestand freimütig: „Nein, wir haben zwölf zu eins verloren."

„Na, dann hast du wohl das einzige Tor geschossen?", fragte ich weiter.

„Nein, ich habe achtmal vorbeigeschossen, aber dreimal davon habe ich den Rahmen getroffen."

Der Kleine war in Hochstimmung. Ich begriff es nicht. Sie feierten, weil die Mannschaft das Spiel verloren und der Junge achtmal *nicht* getroffen hatte? Mir verschlägt nichts so leicht die Sprache, doch in diesem Augenblick brachte ich nur einen verwirrten Blick und ein unaufrichtiges Lächeln zustande. Da kam ich einfach nicht mit.

Der Junge schob sich einen weiteren Löffel Eiskrem in den Mund, grinste noch immer von einem Ohr zum anderen und sagte: „Wir haben eine Party, weil ich nämlich noch in der vorigen Woche neunmal danebengeschossen und nicht ein einziges Mal den Rahmen getroffen habe. Papa sagt, es zahlt sich aus, dass ich so viel übe. Ich mache Fortschritte."

Rochelle M. Pennington

Der Osterhase und die Eierköpfe

In einer meiner Krankenhausgruppen sind alle kahlköpfig, entweder von der Chemotherapie oder von radioaktiven Bestrahlungen. Das Alter der Kinder liegt zwischen sieben und dreizehn Jahren. Wenn sie allein sind, setzen sie keine Mützen auf, zumindest die Jungen tun es nicht. Den Mädchen ist der Verlust ihrer Haare aber so peinlich, dass sie meistens ihre Mützen aufbehalten.

Kinder gewöhnen sich jedoch schnell an eine neue Situation und bilden eng verschworene Gruppen, in die sie so leicht keine Außenseiter hineinlassen. Doch obwohl ich ein Außenseiter bin, der dazu auch noch all seine Haare besitzt, bin ich von ihren Spielen und ihrem Humor nicht ausgeschlossen. Im Gegenteil, oft bin ich die Zielscheibe ihrer haarigen Witze.

Wenn sie unter sich sind, bezeichnen sich die Kinder als Eierköpfe. Das dürfte ich eigentlich nicht wissen, denn es ist ein Geheimnis, das nur der Gruppe vorbehalten ist. Die Eierköpfe helfen sich untereinander und sprechen sich gegenseitig Mut zu, wie es ein Außenseiter gar nicht fertig bringen würde. Deshalb betrachte ich es als eine Ehre, überhaupt von ihnen geduldet zu werden.

Kurz vor Ostern zerbrachen sich die Mädchen die Köpfe darüber, was sie zu diesem Fest für eine Kopfbedeckung tragen sollten. Schuten wurden vorgeschlagen, doch die erinnerten zu sehr an Babys. Perücken kamen auch nicht in Frage, die galten als ekelhaft.

Als die Zeit immer näher rückte, beschloss ich etwas zu tun, was ihnen allen Spaß machen würde. Ich besorgte Wasserfarben, die man ohne Bedenken auf die Haut auftragen kann und mietete das hässlichste Hasenkostüm, das sich finden ließ. Es war von einem scheußlichen, fluoreszierenden Rosa und sah äußerst kitschig aus.

Als ich in diesem Hasenkostüm am Sonnabend vor Ostern zu meinem üblichen Besuch ins Krankenhaus kam, warteten die Kinder bereits auf mich. Mein Anblick löste hysterisches Gelächter aus und es dauerte eine Weile, ehe sich alle beruhigt hatten. Dann begann der Spaß.

Einem nach dem anderen malte ich Blumen und Schmetterlinge, Sterne, Punkte und Streifen auf den Kopf, sodass sie wie bunte Ostereier aussahen. Je wilder die Muster, desto besser. Zuerst ließen sich nur die Jungen ihre Köpfe bemalen, doch schließlich nahmen auch die Mädchen ihre Mützen ab und ich bemalte ihre Köpfe mit Schleifen und Blumen und kleinen Herzen. Das Gelächter wollte nicht enden, bis schließlich alle eine farbenprächtige Kuppel besaßen. Dann nahm ich endlich meinen Hasenkopf ab und zeigte ihnen meinen eigenen Kahlkopf. Natürlich war er nicht echt, doch er ließ sich anstreichen, und alle Kinder durften etwas darauf malen.

Als die Schwester später hereinkam, erlitt sie fast einen Herzanfall. Die anderen Ärzte fanden die Sache nicht besonders komisch, doch die Kinder waren begeistert. Und in der folgenden Woche wurde ich zum Eierkopf h.c. (ehrenhalber) ernannt.

Ted Menten

Molly

Wenn ich Molly auf einen Spaziergang mitnehme, werde ich ständig von Leuten angehalten, die einmal einen Golden Retriever besessen haben. Ich nenne sie „verwandte Herzen", denn offensichtlich macht es ihnen nichts aus, dass Molly Haare und Speichel auf ihrer Kleidung hinterlässt, wenn wir stehen bleiben, um uns mit ihnen zu unterhalten. Verwandte Herzen sind wesentlich toleranter, wenn es um zottelige, haarende, sabbernde Hunde – und um Menschen im Allgemeinen geht. Molly lernt es gerade, diese verwandten Herzen zu erkennen, wenn wir Altersheime, Heime für Behinderte und Krankenhäuser besuchen.

Als sie 18 Monate alt war, überlegte ich, ob sie diszipliniert genug sein würde, um als „Besuchshund" infrage zu kommen, wenn ich Behinderte und schwerste Pflegefälle besuchte. Sie ist typisch für ihre Rasse: liebevoll, aktiv, Schwanz wedelnd und immer zum Spielen aufgelegt. Sehr treffend hat Tom Davis ihren Charakter einmal in seinem Buch „Nur Goldene" beschrieben. Da heißt es: Golden Retriever sind erfinderisch und warmherzig, Feinde jeglicher Routine [...] gut gelaunt, immer zu Späßen aufgelegt und voller Überraschungen [...] Würde ein Golden Retriever eine Party geben, wäre er es, der nach zwei Stunden den Lampenschirm als Halskrause trägt."

Die mit dem Lampenschirm um den Hals ist Molly.

Zu Anfang unserer geplanten Besuche war sie sich ihrer Rolle nicht sicher. Sie sprang hoch und bearbeitete jeden in ihrer Nähe mit ihrem wedelnden Schwanz, diesem Körperteil, der die Kraft besitzt, wehzutun oder einen Kaffeetisch leer zu fegen. Sie hielt sich noch immer für einen Schoßhund, doch wir besuchten niemanden, der gesund und stark genug gewesen wäre, sie tatsächlich auf den Schoß zu nehmen. Aber wie alle Golden Retriever besaß sie das angeborene Bedürfnis zu gefallen. Ich übte mit ihr und schließlich begriff sie, dass man sie streicheln oder umarmen würde, wenn sie sich setzte. Es kam sogar vor, dass sie jemand ihren Kopf in den Schoß legte.

Kürzlich benahm sie sich bei einem Besuch wie ein absoluter Profi. Als wir in einer Klinik durch eine Abteilung für schwere Pflegefälle kamen, saß dort eine Frau, die in einem Rollstuhl festgeschnallt war. Sie schien unsere Anwesenheit überhaupt nicht zu bemerken und wir wären beinahe an ihr vorbeigegangen. Ihre Hände waren verkrüppelt und wie Klauen gebogen, ihre Augen geschlossen und ihr Kopf hing zur Seite. Molly blieb stehen und ich stand ebenfalls still.

Als ich meine Hand auf den Arm der Frau legte, reagierte sie ein wenig auf meine Berührung. Also ergriff ich ihre verkrümmte Hand und strich damit über Mollys weiches Fell. Die Frau öffnete ihre Augen und begann zu lachen, als ihre Hand, von meiner geführt, Mollys samtenen Kopf berührte. Bald war sie ganz wach und kicherte wie ein Kind, als ich fortfuhr, mit ihrer Hand den Körper des Hundes zu streicheln. Molly saß ganz still und legte bald den Kopf in den Schoß im Rollstuhl. Die Frau beugte sich vor und aus eigener Kraft gelang es ihr, Molly ihre Arme um den Hals zu werfen. Sie kicherte aufgeregt und zog dadurch die Aufmerksamkeit einer in der Nähe stehenden Pflegerin auf sich. Die Frau konnte nicht sprechen, doch indem sie durch ihre Berührung Liebe schenkte, gab sie, genau wie Molly, zu verstehen, dass sie ein verwandtes Herz besaß.

Mein Hund und ich werden die Frau wieder besuchen. Ich glaube, Molly hat endlich begriffen, dass sie bei unseren Besuchen den Lampenschirm weglassen und nur das Licht sein muss.

Barbara Baumgardner

Wir haben es alle nötig, dass man sich um uns kümmert

„Gut, dass Sie neben mir sitzen. Ich muss mich manchmal übergeben.“

Es war nicht gerade das, was ich von einem Flugzeugpassagier auf dem Nebensitz hören wollte. Noch bevor ich meine Tasche in dem Fach über uns verstaut hatte, kannte ich seinen Namen, sein Alter und was er vorhatte. „Ich heiße Billy Jack, ich bin 14 und ich fliege nach Hause, meinen Papa besuchen.“

Ich wollte mich ebenfalls vorstellen, aber er sprach schon weiter: „Ich brauche jemanden, der sich um mich kümmert. Ich bin oft ganz durcheinander.“

Er berichtete mir von der Sonderschule, die er besuchte, und der Medizin, die er einnehmen musste. „Können Sie mich daran erinnern? In ein paar Minuten muss ich meine Pillen nehmen.“

Und noch bevor wir uns angeschnallt hatten, hielt er die Stewardess an. „Bitte vergessen Sie mich nicht“, sagte er zu ihr. „Ich bin oft ganz verwirrt.“

Sobald wir uns in der Luft befanden, bestellte Billy Jack eine Limonade und tunkte sein Salzgebäck hinein. Als ich dann etwas zu trinken bekam, blickte er zu mir hinüber und fragte, ob er trinken könne, was ich übrig ließe. Er verschüttete ein wenig von seinem Getränk und entschuldigte sich.

„Macht nichts“, sagte ich und wischte es fort.

Als er mit seinem Game Boy zu spielen begann, versuchte ich ein wenig zu schlafen. Doch gleich darauf vergnügte Billy Jack sich damit, Geräusche mit dem Mund zu machen. Es sollte wohl wie eine Trompete klingen. „Ich kann auch ein Geräusch wie das Meer machen“, sagte er stolz und begann Spucke von einer Wange in die andere zu bewegen.

(Es hörte sich nicht wie das Meer an, doch das sagte ich ihm nicht.)

Billy Jack war ein kleiner Junge in einem großen Körper. „Können Wolken auf die Erde fallen?", fragte er mich. Gerade wollte ich antworten, als er bereits wieder aus dem Fenster sah, als hätte er die Frage nie gestellt. Ohne sich seiner Bedürfnisse zu schämen, erinnerte er jede vorbeigehende Stewardess daran: „Vergessen Sie nicht, sich um mich zu kümmern."

Als sie das Essen brachten: „Vergessen Sie nicht, sich um mich zu kümmern."

Als sie weitere Getränke servierten: „Vergessen Sie nicht, sich um mich zu kümmern."

Jedes Mal, wenn eine Stewardess vorbeikam, bat Billy Jack eindringlich: „Vergessen Sie nicht, sich um mich zu kümmern."

Ich kann mich ehrlich gesagt nicht erinnern, dass Billy Jack auch nur einmal vergessen hätte, die Flugmannschaft daran zu erinnern, dass er ihre Aufmerksamkeit brauchte. Der Rest von uns brauchte sie nicht. Wir baten niemals um Hilfe. Wir waren Erwachsene – kultivierte, selbstständige, erfahrene Reisende. Die meisten von uns hörten nicht einmal hin, als das Notlandungsverfahren erklärt wurde. (Billy Jack bat mich, es ihm zu erklären.)

Der Römerbrief ist ein Buch der Bibel, in dem die Selbstständigkeit infrage gestellt wird und der besonders für Menschen wie uns geschrieben wurde. Das Eingeständnis, bedürftig zu sein, ist ein Zugeben von Schwäche und damit tun wir uns im Allgemeinen schwer. Ich glaube, Billy Jack hätte verstanden, was Gnade ist. Ich dachte daran, dass er auf diesem Flug der sicherste Passagier war. Hätte es Schwierigkeiten mit dem Flugzeug gegeben, wäre ihm als Erstem Hilfe zuteil geworden. Denn die Stewardess wäre an mir vorbei und direkt zu ihm gegangen. Warum? Weil er sich der Obhut eines Stärkeren anvertraut hatte.

Meine Frage ist: Haben Sie das auch getan?

Eins steht fest: Sie können sich nicht selbst retten. Gott hat seinen erstgeborenen Sohn gesandt, um Sie zu sich nach Hause zu bringen. Befinden Sie sich in dem festen Halt seiner Gnade? Ich bete, dass es so ist. Ich bete ernsthaft, dass es so ist.

Gestatten Sie mir noch einen Gedanken: Billy Jack verbrachte die letzte Stunde des Fluges mit seinem Kopf an meiner Schulter und seinen gefalteten Händen zwischen seinen Knien. Gerade dachte ich, er sei eingeschlafen, als sein Kopf hochfuhr und er sagte: „Mein Papa holt mich vom Flughafen ab. Ich kann gar nicht erwarten, ihn zu sehen, denn er passt auf mich auf."

Der Apostel Paulus hätte Billy Jack gern gehabt.

Max Lucado

Liebesbriefe

So viel wir wissen, hat Sallys Großmutter niemals einen Computer auch nur angefasst. Und sie hatte auch nicht gerade viel für Telefongespräche übrig. Stattdessen blieb sie mit ihrer weit verstreuten Familie durch etwas in Verbindung, das allem, was die moderne Technik bieten kann, weit überlegen ist und sogar mehr zu bieten hat als E-Mail. Sie machte sich die Mühe und beglückte uns alle mit ihrer G-Mail, ihren Großmutterbriefen.

Großmutter Youngberg, die im Herbst 1997 im Alter von 95 Jahren starb, schrieb Briefe, Tausende von Briefen, die Jahrzehnt um Jahrzehnt umfassen und von denen meine Frau unzählige aufgehoben hat. Ein Teil von Großmutters Vermächtnis bestand darin, wie sie ihr Leben lebte, doch ein anderer, großer Teil bestand in den Worten, die sie uns allen hinterließ. Es waren Worte, die uns über den Tod hinaus mit jener Frau verbanden, die sie geschrieben hatte, und die dabei halfen, die vielfältigen Teile ihres Familienbaumes zu nähren und miteinander zu verbinden.

Sie erzählen von einer einfachen, erdverbundenen Frau, die mit einer besonderen Begeisterung für Einzelheiten das tägliche Kommen und Gehen von Menschen beobachtete und beschrieb. Sie schrieb so ähnlich wie Emily, das junge Mädchen in dem Buch „Unsere Stadt“, das sich fragte, ob außer den Heiligen und Dichtern überhaupt jemand die Nuancen des Lebens um sich herum wirklich wahrnimmt. Dabei richteten sich Großmutters Wahrnehmungen hauptsächlich auf ihre weitverzweigte Familie und ihre Freunde.

„Bud Payne“, schrieb sie in einem ihrer Briefe, „sitzt mit seiner gerissenen Kniesehne noch immer zu Hause [...] Max Coffey hat vor, mit dem medizinischen Team als Mechaniker Ende November nach Haiti zu gehen [...] du liebe Güte, Brad und Paul sind vielleicht gewachsen!“

Die Briefe berichten von jemandem, für den Menschen das absolut Wichtigste waren. Und immer schrieb sie mehr über andere, als über sich selbst. Sie schwelgte in den Siegen ihrer Familie und bedauerte ihre Niederlagen. Angeheiratete Verwandte hieß sie in der Familie willkommen, als wären sie lang vermisste Freunde, die obwohl nicht blutsverwandt, dazugehörten. Immer war sie über die Errungenschaften anderer mehr erstaunt, als über ihre eigenen, obwohl es derer viele gab.

„Sally: Wir sind stolz auf dich und Ann, dass ihr euch um die Menschen in Haiti kümmert ..."

„Ich habe heute die kleinen hölzernen Feuerwehrautos bemalt. Es waren elf und sie sind für bedürftige Kinder bestimmt. Dann habe ich sie noch einmal abgeschmirgelt und erneut lackiert. Für eins dieser Autos braucht man fast 20 Minuten."

Die Briefe erzählen auch von jemandem, der ein besonderes Herz für Kinder hat.

„Mir macht meine Sonntagsschulklasse sehr viel Freude. Es sind acht Fünf- und Sechsjährige und wirklich liebenswerte, kleine Racker."

„Die Zeichnungen von deinem Jungen sind fabelhaft. Ryans Kühe sind unternehmungslustige, glückliche Viecher, die viel Bewegung zeigen."

Die Briefe erzählen von jemandem, der alles genoss: die Fülle von Gottes Schöpfung, das Wetter, das Erdreich, die Jahreszeiten und Sonnenuntergänge. „Ich bin mit der Ernte beschäftigt, die der Altweibersommer mit sich bringt", schrieb sie einmal. „Ich liebe diese Jahreszeit, wenn ich Mais einfriere, Pflaumen trockne und das Einwecken beende. Die Ausbeute an Äpfeln und Birnen war nicht groß. Die Paar, die am Baum hingen, waren wurmstichig und voller Flecken. Aber es gibt Pfirsiche und die genießen wir!"

In einem anderen Brief heißt es: „Das Thermometer zeigte minus sieben Grad und wir hatten Raureif. Auf den Bergen liegt Schnee, aber hier gibt es noch keinen." Und wieder in einem anderen: „Hast du die herrlichen Sonnenuntergänge bemerkt? Den gestern Abend und die anderen während dieser Woche? Sie sind wunderbar anzusehen und man muss Gott für diese Schöpfung dankbar sein."

Ihre Briefe waren angefüllt mit Rezepten, Neuigkeiten über Hühner, Kühe und Maulwürfe, Näharbeiten und Gemeindepicknicks, zu denen jeder ein Gericht mitbrachte und natürlich über Opa. Immer nahm sie sich Zeit und erkundigte sich, wie es der jeweiligen Familie ging. Gern hob sie Stellen durch Ausrufungszeichen hervor und zu den Beschreibungen besonderer Ereignisse (beispielsweise wenn der Ehemann einer Enkelin vom Wehrdienst nach Haus kam), fügte sie ein lächelndes Mondgesicht hinzu.

Sie klagte nur selten. O ja, in den Jahren nach Opas Tod enthielten einige Briefe rührende Zeilen, in denen sie beschrieb, wie einsam sie war. Doch meistens hatte sie die bemerkenswerte Fähigkeit, selbst an den dunkelsten Wolken einen silbernen Rand zu entdecken. Schmerzen und Verluste nahm sie ähnlich wie Hagel und Dürre, die zum Ackerbau gehören, als Teil des Lebens hin.

„Opa ist müde", schrieb sie einmal, „aber wir können uns nicht beklagen."

In einem anderen Brief, in dem sie die Leistungen eines Familienmitglieds preist, schreibt sie: „Sind wir nicht gut dran?"

Lebte Großmutter heute noch, wüsste ich wohl, wie sie auf eine so begeisterte Schilderung ihres Lebens reagieren würde. Ähnlich wie damals, als ich ihr geschrieben hatte, wie sehr sie mich inspiriere und wie glücklich ich mich schätzte, wenn auch nur als Eingeheirateter, Teil ihrer Familie zu sein.

„Vielen Dank für den schmeichelhaften Brief, Bob. Um ehrlich zu sein, solche noblen Motive liegen all dem gar nicht zu Grunde, weil ich nur tue, was ganz natürlich ist. Als ich heranwuchs habe ich gelernt, mit dem auszukommen, was gerade vorhanden ist und das tue ich eben."

Briefe aus vielen Jahrzehnten, deren Porto innerhalb von nur 25 Jahren von acht Cent auf 32 Cent gestiegen ist. Briefe, die eine Zeit lang, als Großmutter sich den Arm gebrochen hatte, mit der linken Hand geschrieben wurden. Briefe, die zuerst mit „Oma und Opa“ unterzeichnet waren, dann nur noch mit „Oma“ und die schließlich ganz ausblieben. Das allerdings erst, als sie körperlich nicht mehr in der Lage war zu schreiben.

Briefe, die uns daran erinnern, dass Großmutter tatsächlich zwei Gärten hatte: einen mit Möhren, Erbsen, Tomaten und Mais. Und einen mit einem Sohn und zwei Töchtern, Enkeln und Urenkeln, Nichten und Neffen.

Der Apostel Paulus schrieb an die Kirche in Korinth: „Ihr selbst seid mein Empfehlungsbrief! Er ist in mein Herz geschrieben, und alle können ihn sehen.“ In gewissem Sinne war Großmutters Leben ein einziger, langer Liebesbrief an ihre Familie, ihre Freunde und an Gott. Ein 95 Jahre langer Brief.

Nichts hätte sie stolzer gemacht, als zu wissen, dass wir diesen Brief in unseren Brieftaschen und Handtaschen, ja eigentlich in unseren Herzen aufbewahren und ihren Ratschlägen entsprechend ein anders orientiertes Leben führen. Sie hätte sich gewünscht, dass wir jeweils in unserem Gegenüber das Beste sehen, dass wir mit dem auskommen, was uns die Umstände bescheren und natürlich, dass wir innehalten und die Sonnenaufgänge und Sonnenuntergänge betrachten, von denen sie schrieb: „Sie sind wunderbar anzusehen, die Schöpfungen des Herrn.“

Bob Welch

Gütige Worte

Gütige Worte sind die Musik der Welt.
Sie scheinen eine Kraft zu besitzen,
die über natürliche Ursachen hinausgeht,
als wären sie der Gesang von Engeln,
der sich verirrte und auf die Erde gelangt ist.

Frederick William Faber

Gott macht niemanden zum Niemand

Es war der letzte Tag einer Tagung für christliche Autorinnen. Eine der Teilnehmerinnen hatte vorgeschlagen, dass wir uns an diesem Abend noch einmal in der Hauskapelle treffen sollten, um uns ein wenig besser kennen zu lernen.

Nach dem festlichen Abschlussessen trafen wir uns also in dieser Kapelle. Da diese sich gleich neben unseren Zimmern befand, trugen wir alle bereits unsere Morgenröcke und Pyjamas und sahen uns deshalb sehr ähnlich. Jemand schlug vor, dass jeder sich noch einmal vorstellen sollte, doch ich machte einen anderen Vorschlag.

„Bitte“, rief ich. „Wir sollten nicht nur unsere Namen nennen, sondern gleichzeitig auch etwas Persönliches über uns mitteilen.“

Nachdem drei der Frauen meiner Aufforderung Folge geleistet hatten, war mir klar, dass ich besser den Mund gehalten hätte. Die erste Dame war Direktorin einer Pflegeschule, die zweite unterrichtete Englisch an einer Universität und die Dame neben ihr hatte gerade ihren Doktortitel erhalten! Da saß ich nun auf der anderen Seite des Raumes, und was hatte ich zu bieten?

Nichts. Ich war ein Niemand. Nun ja, ich war eine Ehefrau, Mutter und Großmutter, doch das war nichts Bedeutendes.

Nachdem sich zwei weitere Autorinnen vorgestellt hatten, deren Bücher bereits veröffentlicht worden waren, und einige andere Damen ihr Anrecht auf Berühmtheit nachgewiesen hatten, war ich an der Reihe.

„Ich heiße Ruth“, sagte ich, „und fühle mich so unbedeutend, dass es wohl das Beste wäre, wenn ich zurück in mein Zimmer ginge.“

Alle lachten, also sprach ich weiter. „Ich denke, man könnte mich als Produzentin bezeichnen, denn in 30 Jahren habe ich eine wohletablierte Atemtherapeutin, einen Maschinisten und eine weitere glückliche Hausfrau produziert. Darüber hinaus bin ich an der Co-Produktion von sieben Enkelkindern beteiligt."

Ich erzählte ihnen, wie ausgefüllt mein Leben damit war, für die Kühe zu sorgen, Zäune auszubessern, für Regen zu beten und dafür zu beten, dass er wieder aufhört. Ich erzählte ihnen, wie viel ich zu tun habe, wenn ich auf die Kinder aufpasse und wie ich meinen Haushalt bewältige.

Und dann erwähnte ich, wie ausgehungert ich war, ausgehungert auf die geistliche und emotionale Nahrung, die ich auf dieser Tagung empfangen hatte.

Aus der hintersten Ecke des Raumes ertönte die Stimme eines ernst aussehenden jungen Mädchens: „Würden Sie sich bitte umdrehen, damit ich Sie sehen kann?"

Ich tat, worum sie mich gebeten hatte. „Ich möchte mich, wenn ich schreibe, an Ihr Gesicht erinnern", sagte sie. „Denn ich möchte für Frauen schreiben, die so sind wie Sie."

Plötzlich brauchte ich keinen Titel und keine Berühmtheit mehr. Ich hatte eine Aufgabe. Mit ihren Worten hatte sie mir klar gemacht, was ich längst hätte wissen sollen: dass Gott niemanden zum Niemand macht. Jeder ist jemand, weil er Gott wichtig ist.

Ruth Lee

Herzensfreunde

Ein Freund stärkt dich mit seinen Gebeten,
segnet dich mit seiner Liebe
und ermutigt dich mit seinem Herzen.

Autor unbekannt

Der Übernachtungsgast

Das *Greenbriar Tal* lag verhüllt in tief hängenden Wolken, aus denen gelegentlich Schauer heraussprühten. Als ich über den schlammigen Hof trottete, um meine nachmittäglichen Arbeiten zu erledigen, blickte ich flüchtig auf die Straße, die sich um unseren Hof herum durch das Tal schlängelt. An der Straßenseite, ein Stückchen hinter unserer Wiese, war ein Auto geparkt.

Wahrscheinlich gab es Schwierigkeiten mit dem Wagen, denn sonst hätte der gutangezogene Mann nicht im Regen gestanden und daran herumgewerkelt. Ich behielt ihn im Auge, während ich meiner Arbeit nachging. Es war offensichtlich, dass der Mann kein Mechaniker war. Verzweifelt ging er von der offenen Kühlerhaube zurück zu seinem Sitz, um einen erneuten Start zu versuchen und dann wieder zur Kühlerhaube.

Als ich mit meiner Arbeit fertig war und den Stall verschloss, war es fast dunkel. Das Auto stand noch immer dort. Also nahm ich eine Taschenlampe und ging die Straße hinunter. Der Mann zuckte zusammen und war geradezu verstört, als ich zu ihm an den Wagen trat, doch meine Hilfe schien ihm mehr als willkommen zu sein. Es war ein kleiner Wagen von derselben Marke wie meiner, nur etwas neuer. Es dauerte dann auch nur ein paar Minuten, bis ich den Schaden gefunden hatte.

„Es ist die Zündspule“, sagte ich zu ihm.

„Das kann doch nicht sein“, stieß er hervor. „Ich habe gerade erst eine neue bekommen, erst vor einem Monat oder so.“ Es war noch ein junger Bursche, den ich höchstens auf 21 schätzte. Seine Stimme klang, als wäre er den Tränen nahe.

„Sehen Sie“, sagte er mit tränenerstickter Stimme, „ich bin weit weg von zu Hause und es regnet. Ich muss den Wagen irgendwie in Gang bringen. Ich muss es einfach.“

„Na ja“, sagte ich. „Zündspulen sind ganz schön empfindlich.

Manchmal halten sie jahrelang. Dann wieder kann es passieren, dass sie nur für Stunden halten. Ich schlage vor, dass ich ein Pferd hole und wir den Wagen bei uns im Stall unterstellen. Dann werden wir weitersehen. Wir können die Zündspule von meinem Wagen probieren. Wenn die bei Ihnen funktioniert, gibt's einen Burschen im Ort, der ihnen eine neue verkaufen kann."

Ich hatte Recht. Nachdem wir die Zündspule von meinem Auto in seines eingesetzt hatten, sprang der Wagen sofort an.

„Sehen Sie, das war doch ganz einfach", sagte ich grinsend. „Und nun fahren wir in den Ort zu Bill David. Der verkauft Ihnen sicher gerne eine neue Zündspule und dann können Sie abdampfen. Nur noch einen Augenblick. Ich möchte erst noch meiner Frau, Jane, Bescheid sagen, wo ich bin."

Als wir schließlich bei Davids Laden ankamen, hatte ich den Eindruck, dass sich der junge Mann irgendwie komisch benahm. Er parkte im Dunkeln hinter dem Laden und wollte auf keinen Fall aussteigen.

„Ich bin nass und total durchgefroren", entschuldigte er sich. „Hier sind zehn Dollar. Macht es Ihnen etwas aus, wenn Sie hineingehen und die Zündspule für mich kaufen?"

***

Wir waren gerade mit dem Einbau der neuen Zündspule fertig, als meine kleine Tochter Linda zu uns in den Stall kam.

„Mutti sagt, das Essen ist fertig", verkündete sie. Dann wandte sie sich an den fremden jungen Mann und meinte: „Mutti sagt, sie sollen auch hereinkommen und essen."

„Nein, nein, das kann ich nicht", protestierte er. „Ich kann mich doch nicht von Ihnen durchfüttern lassen. Außerdem muss ich los. Nein, ich kann nicht bleiben."

„Seien Sie doch nicht dumm", sagte ich. „Wie lange dauert es schon, etwas zu essen? Außerdem kommt es gar nicht in Frage, dass jemand um die Essenszeit bei uns zu Gast ist und Jane ihn nicht bewirtet. Sie werden doch nicht wollen, dass sie vor Ihnen auf die Knie fällt?"

Protestierend ließ er sich daraufhin von mir ins Haus führen und es war mir, als entstammte sein Protest nicht nur seiner Höflichkeit.

Während ich das Tischgebet sprach, saß er ruhig da, doch während der Mahlzeit wirkte er unruhig. Das Essen auf seinem Teller rührte er kaum an, was beinahe eine Beleidigung für Jane war, die eine der besten Köchinnen in der Gegend und stolz darauf ist.

Sobald wir gegessen hatten, sprang er auf und erklärte, sich auf den Weg machen zu müssen. Allerdings hatte er dabei nicht mit Jane gerechnet.

„Sehen Sie mal“, sagte sie und warf mir einen Blick zu, der um Unterstützung bat. „Draußen regnet es noch immer. Ihre Sachen sind völlig durchnässt und Sie müssen total durchgefroren sein. Ich wette, dass Sie außerdem müde sind. Bestimmt sind Sie heute schon lange unterwegs gewesen. Bleiben Sie doch über Nacht. Morgen früh können Sie sich trocken, warm und ausgeruht auf den Weg machen.“

Ich nickte ihr zu. Es ist nicht immer ratsam, Fremde bei sich aufzunehmen. Leider gibt es viele, denen man nicht trauen darf. Doch ich mochte den jungen Mann und war überzeugt, dass er in Ordnung war.

Widerstrebend willigte er ein, auch die Nacht bei uns zu verbringen. Jane machte ihm ein Bett und hing seine Kleidung zum Trocknen ans Feuer. Am nächsten Morgen bügelte sie seine Sachen und gab ihm ein gutes Frühstück. Diesmal aß er mit großem Vergnügen. Es schien, als wäre er an diesem Morgen ausgeglichener und nicht mehr so ruhelos wie am Abend zuvor. Bevor er uns verließ, bedankte er sich herzlich bei uns.

Doch dann geschah etwas Merkwürdiges. Am Abend vorher war er in Richtung Tal und der dahinterliegenden Stadt unterwegs gewesen. Jetzt aber fuhr er nach Norden, wo Roseville, die Bezirkshauptstadt liegt. Wir wunderten uns darüber, dachten aber, dass er sich geirrt hätte und falsch abgebogen wäre.

Die Zeit verging und wir hörten nichts mehr von dem jungen Mann. Und wir hatten das auch nicht erwartet. Die Tage wurden zu Monaten, die Monate zu Jahren. Die Weltwirtschaftskrise endete und die Kriegszeit begann; doch schließlich endete auch der Krieg. Linda wurde erwachsen und machte sich selbstständig. Auf der Farm ging es jetzt ganz anders zu, als in den frühen Tagen, in denen wir uns so abrackern mussten. Jane und ich lebten bequem und ruhig, umgeben von dem lieblichen Greenbriar Tal.

Doch vor ein paar Tagen bekam ich einen Brief aus Chicago. Es war ein persönlicher Brief auf elegantem, teurem Briefpapier. *Wer in aller Welt schreibt mir denn aus Chicago?*, fragte ich mich verwundert. Ich öffnete den Umschlag und las:

Lieber Mr. McDonald!

Wahrscheinlich erinnern Sie sich nicht mehr an den jungen Mann, dem Sie vor Jahren geholfen haben, als sein Wagen eine Panne hatte. Seitdem ist viel Zeit vergangen und ich vermute, dass Sie in der Zwischenzeit noch vielen Menschen behilflich gewesen sind. Ich bezweifle jedoch, dass Sie irgendeinem anderen Menschen in dem Maße geholfen haben, wie Sie es bei mir taten.

In jener Nacht hatte ich beabsichtigt, einfach auf und davonzugehen. In meinem Auto hatte ich damals eine sehr große Summe Geldes bei mir, die ich meinem Arbeitgeber gestohlen hatte. Sie müssen wissen, dass ich von guten, christlichen Eltern erzogen worden bin. Ich hatte nur vergessen, was sie mich gelehrt haben und mich mit den falschen Leuten eingelassen. Mir war durchaus bewusst, dass ich einen schrecklichen Fehler begangen hatte.

Dann sind Sie und Ihre Frau so nett zu mir gewesen. In der Nacht, die ich in Ihrem Haus verbracht habe, wurde mir bewusst, was ich falsch gemacht hatte. Noch bevor der Morgen anbrach, hatte ich meine Entscheidung getroffen. Am nächsten Tag kehrte ich um, fuhr zurück zu meinem Arbeitgeber und machte reinen Tisch. Ich gab ihm alles Geld zurück und überließ mich seiner Barmherzigkeit.

Er hätte mich der Polizei übergeben und mir zu mehreren Jahren Gefängnis verhelfen können. Doch er ist ein guter Mann. Er gab mir meinen alten Job wieder und ich habe mir von da an nie wieder etwas zu Schulden kommen lassen.

Jetzt bin ich verheiratet, habe eine sehr liebe Frau und zwei wunderbare Kinder. Im Laufe der Jahre habe ich mich in meiner Firma zu einer sehr guten Position hochgearbeitet. Ich bin nicht unbedingt reich, doch ziemlich wohlhabend und könnte Sie für das, was Sie damals für mich getan haben, fürstlich belohnen. Doch ich glaube nicht, dass Sie das wünschen. Deshalb habe ich eine Stiftung ins Leben gerufen, mit deren Hilfe anderen, die ähnliche Fehler begangen haben wie ich, geholfen wird. Auf diese Weise hoffe ich wieder gutzumachen, was ich damals getan habe.

Möge Gott Sie und Ihre herzensgute Frau segnen. Sie haben mir mehr geholfen, als Sie je wissen werden.

Robert Fane

Ich ging ins Haus und gab Jane den Brief. Während sie ihn las, sah ich, wie ihre Augen feucht wurden. Mit einem seltsamen Blick legte sie den Brief zur Seite.

„Ich war fremd, und ihr habt mich bei euch aufgenommen", zitierte sie. „Ich war hungrig, und ihr habt mir zu essen gegeben; [...] ich war im Gefängnis, und ihr habt mich besucht."

Hartley F. Dailey

Menschen, denen nie gedankt wurde

Als William Stidger an der Bostoner Universität unterrichtete, dachte er einmal darüber nach, wie vielen Menschen in seinem Leben er nie gedankt hatte, obwohl sie geholfen hatten, ihn zu erziehen, zu inspirieren oder sich in einem Maße um ihn gekümmert hatten, sodass Sie bei ihm einen bleibenden Eindruck hinterlassen hatten.

Zu ihnen gehörte eine Lehrerin, von der er seit vielen Jahren nichts gehört hatte. Er erinnerte sich noch gut an die außerordentliche Mühe, die sie sich gegeben hatte, in ihm die Liebe zur Dichtkunst zu wecken. Durch sie hatte er sein Leben lang die Poesie geliebt. Jetzt schrieb er ihr einen Brief und dankte ihr dafür.

Als er die Antwort erhielt, deren zittrige Buchstaben das Alter der Schreiberin verrieten, las er als erstes die Anrede: „Mein lieber Willie!“ Er war entzückt. Nie wäre er darauf gekommen, dass es jetzt noch jemanden auf der Welt gab, der ihn „Willie“ nannte, wo er doch bereits über fünfzig, kahlköpfig und Professor war. Hier ist der Brief:

Mein lieber Willie!

Ich kann dir gar nicht sagen, wie viel mir dein Schreiben bedeutet. Ich bin jetzt über 80, lebe in einem kleinen Zimmer, koche meine eigenen Mahlzeiten und bin wie das letzte Blatt im Herbst einsam übrig geblieben. Es wird dich interessieren, dass ich über 50 Jahre unterrichtet habe und dein Brief der erste Dank ist, den ich je erhalten habe. Er kam an einem bitterkalten Morgen und erfreute mich, wie seit vielen Jahren nichts anderes.

Obwohl er nicht zum Weinen neigte, kamen Will beim Lesen die Tränen. Diese Lehrerin gehörte zu den vielen Menschen in Wills

Vergangenheit, denen nie gedankt worden war. Sie kennen sie – wir alle kennen sie: Der Lehrer, der sich besonders um uns bemühte. Der Trainer, den wir nicht vergessen werden. Der Musiklehrer oder die Frau, die den Kindergottesdienst hielt und uns half, Selbstvertrauen zu entwickeln. Der Jugendleiter, der sich um uns gekümmert hat.

Wir alle erinnern uns an Menschen, die auf unterschiedliche Weise unser Leben geformt haben, Menschen, deren Einfluss uns verändert hat. Will Stidger fand einen Weg, seine Dankbarkeit mitzuteilen. Er schrieb ihnen Briefe.

Steve Goodler

Gütige Worte

Gütige Worte können kurz und leicht auszusprechen sein,
doch ihr Echo ist wahrhaft endlos.

Mutter Teresa

Gelegentlich kommen Engel zur Hilfe

Als ich eines Morgens im September 1960 aufwachte, hatte ich sechs kleine Kinder und nur noch 75 Cents in der Tasche und der Vater meiner Kinder war fort.

Die fünf Jungen waren damals im Alter zwischen drei Monaten und sieben Jahren und ihre Schwester war zwei. Ihr Vater war ihnen nie viel mehr gewesen als jemand, den man fürchten musste. Sobald sie die Reifen seines Autos auf der Schottereinfahrt gehört hatten, waren sie jedes Mal davongelaufen und hatten sich unter ihren Betten versteckt. Immerhin hatte er es fertiggebracht, uns 15 Dollar in der Woche für Lebensmittel zu überlassen. Jetzt, wo er sich entschlossen hatte, uns zu verlassen, würde es keine Schläge, aber auch nichts mehr zu essen geben.

Falls es damals in Indiana Sozialhilfe gegeben hat, habe ich jedoch nichts davon gewusst.

Ich musste also etwas unternehmen. Deshalb schrubbte ich die Kinder, bis sie wie neu aussahen und zog mein bestes Selbstgenähtes an. Dann lud ich sie in den verbeulten 51er Chevy und fuhr los, um mir einen Job zu suchen. Zu siebt fuhren wir zu jeder Fabrik, jedem Geschäft und Restaurant in unserer kleinen Stadt – leider ohne Glück. Die Kinder blieben zusammengepfercht im Auto sitzen und bemühten sich, ruhig zu sein, während ich versuchte, jeden, der mir zuhören wollte, davon zu überzeugen, dass ich alle anfallenden Arbeiten lernen oder tun würde. Ich musste einfach einen Job haben.

Die letzte Stelle, zu der wir fuhren, lag ein paar Meilen außerhalb der Stadt. Es war ein altes, ungepflegtes Lokal, aus dem ein Imbiss für Lastwagenfahrer gemacht worden war und hieß „Das große Fass“. Er gehörte einer alten Frau, die sich Granny nannte.

Während sie mit mir sprach, schielte sie immer wieder aus dem Fenster auf die vielen Kinder. Sie brauchte jemanden für die Nachtschicht von elf Uhr abends bis sieben Uhr morgens und wollte 65 Cents die Stunde bezahlen. Noch am selben Abend konnte ich mit der Arbeit beginnen.

Also raste ich nach Haus und rief das junge Mädchen am anderen Ende der Straße an, das für Geld die Kinder anderer Leute betreute. Wir einigten uns, dass sie für einen Dollar pro Nacht bei mir auf dem Sofa schlafen würde. Sie konnte gleich im Schlafanzug herüberkommen und die Kinder würden bereits schlafen. Sie hielt das für ein ganz gutes Angebot.

Als die Kinder und ich an diesem Abend zum Beten niederknieten, dankten wir Gott, dass er mir einen Job besorgt hatte.

Und so begann ich meine Arbeit im „Großen Fass." Wenn ich morgens nach Haus kam, weckte ich das junge Mädchen, gab ihm einen Dollar von meinem Trinkgeld und schickte es nach Haus. Viel blieb danach nicht mehr für mich übrig.

Im Laufe der Wochen begannen sich die Heizungsrechnungen anzusammeln, wodurch meine kärglichen Finanzen noch mehr strapaziert wurden. Dazu waren die Reifen an dem alten Chevy porös wie billige Luftballons und verloren ständig Luft. Um überhaupt fahren zu können, musste ich sowohl auf dem Weg zur Arbeit als auch auf dem Heimweg Luft nachfüllen.

Als ich mich jedoch eines trüben Herbstmorgens zu meinem Wagen schleppte, um nach Hause zu fahren, fand ich vier Reifen auf dem Rücksitz vor. Nagelneue Reifen! Da war kein Zettel, nichts, nur die herrlichen neuen Reifen. *Hatten sich plötzlich in Indiana Engel niedergelassen?,* fragte ich mich.

Mit dem Besitzer der Autowerkstatt schloss ich einen Handel: Er würde mir die Reifen montieren, während ich ihm dafür das Büro sauber machte. Ich weiß noch, dass ich wesentlich länger an seinem Fußboden schrubbte, als er brauchte, um meine Reifen zu montieren.

Statt fünf arbeitete ich irgendwann sechs Nächte pro Woche, doch es reichte dennoch nicht vorne und hinten. Zu allem Unglück stand auch noch Weihnachten vor der Tür und ich wusste, dass mir das Geld fehlte, um den Kindern Spielzeug zu kaufen. Irgendwo fand ich jedoch eine Büchse roter Farbe und strich damit das alte Spielzeug an. Dann versteckte ich es im Keller, damit der Weihnachtsmann am Weihnachtsmorgen etwas bringen konnte. Und auch die Kleidung für die Kinder machte mir Sorgen. Bei den Hosen der Jungen setzte ich Flicken auf die alten Flicken und wusste dabei, dass sie bald nicht mehr zu reparieren waren.

An Heiligabend saßen wieder die üblichen Gäste im „Großen Fass“ und tranken Kaffee. Es waren die Lastwagenfahrer Les, Frank und Jim und Joe, ein Polizist von der Autobahnstreife. Ein paar Musiker, die bei einer Veranstaltung gespielt hatten, waren auch noch da und warfen Münzen in einen Spielautomaten. Wie zu dieser frühen Morgenstunde üblich, saßen die Gäste beisammen, unterhielten sich und gingen schließlich nach Hause, ehe die Sonne aufging. Als es sieben Uhr und Zeit für mich war, nach Hause zu fahren, rannte ich hinaus zu meinem Wagen. Ich hoffte, noch vor dem Aufwachen der Kinder zu Haus zu sein, um die Geschenke aus dem Keller zu holen und unter den Baum legen zu können. (Wir hatten einen kleinen Tannenbaum geschlagen, der dicht neben der Müllkippe an der Straße gestanden hatte.) Es war noch dunkel und kaum etwas zu sehen, doch mir war, als zeichneten sich im Auto dunkle Umrisse ab. Oder täuschte ich mich da? Irgendetwas sah anders aus, aber ich hätte nicht sagen können, was es war. Als ich schließlich am Wagen anlangte und müde ins Innere sah, blieb mir vor Staunen fast der Mund offen stehen. Mein alter verbeulter Chevy war bis zum Rand mit Kartons in allen Größen und Formen voll gepackt.

Ich öffnete die Tür auf der Fahrerseite, kletterte hinein und kniete mich rückwärts auf den Sitz. Dann griff ich nach hinten und öffnete den Deckel des ersten Kartons. Er war voller Kinderjeans Größe 2 bis 10! Ich sah in den nächsten Karton: Es waren Oberhemden darin, die zu den Jeans passten. Als ich in den anderen Kartons nachsah, fand ich Bonbons, Nüsse und Bananen. Da war ein riesiger Schinken, als Weihnachtsbraten, Gemüsekonserven und Kartoffeln. Da waren Puddingpulver und Wackelpeter,

Mehl und Backzutaten. Außerdem fand ich eine große Tüte voller Wasch- und Reinigungsmittel.

Und vor allen Dingen fand ich fünf kleine Lastwagen und eine entzückende Puppe. Als ich an dem denkwürdigsten Weihnachtstag meines Lebens durch die leeren Straßen nach Haus fuhr und langsam die Sonne aufgehen sah, schluchzte ich vor Dankbarkeit. Nie werde ich die freudigen Gesichter meiner Kinder vergessen, als sie an diesem kostbaren Morgen ihre Geschenke sahen.

Ja, in diesem längst vergangenen Dezember gab es tatsächlich Engel in Indiana und alle waren sie Stammgäste im „Großen Fass."

Barb Irvin

Die andere Seite des Vorhangs

Ich kam mir etwas dumm vor, denn ich wusste nicht, wie die Frau auf der anderen Seite des Vorhangs hieß. Ich konnte sie nicht einmal sehen und doch redeten wir miteinander auf diese ganz persönliche Weise.

Meine Mutter, die infolge eines Schlaganfalls halb bewusstlos war, lag in einem Krankenhausbett und hinter dem Vorhang, der ihr Bett gegen das daneben stehende abschirmte, lag eine Frau, die von der Krankenschwester mit Claudine angeredet wurde.

Der Arzt hatte uns geraten, bei Mutter zu bleiben und mit ihr zu reden, um ihre Gehirntätigkeit anzuregen.

Jedes Mal, wenn ich Mutter eine Frage stellte, wurde sie von Claudine auf der anderen Seite des Vorhangs beantwortet.

„Kannst du mich hören, Mutti?"

„Ja, Liebes, ich höre dich", antwortete Claudine.

„Ich hab dich lieb, Mutti."

„Das ist schön, Kind, ich hab dich auch lieb", erwiderte Claudine.

Eine Krankenschwester sagte mir, dass Claudines Zustand unheilbar wäre. Sie hatte einen Tumor im Gehirn und litt unter schweren Depressionen. Meistens weinte sie und an manchen Tagen war sie völlig verwirrt.

Es dauerte nicht lange, bis ich herausfand, dass es Tage gab, an denen sie wenigstens teilweise die Kontrolle über ihr Leben zurückerlangte. An diesen guten Tagen erzählte sie mir von ihrem Sohn, der zu weit entfernt wohnte, um sie zu besuchen. Wir sprachen über seine Farm und seine Hunde.

„Es sind Jagdhunde", sagte Claudine, „Beagles. Gut für die Kaninchenjagd."

An den schlechten Tagen saß Claudine mit dem Telefonhörer im Schoß und jammerte nach ihren alten Freunden.

„Würden Sie für mich wählen?“, fragte sie mich. Wenn ich dann nach dem Hörer griff, konnte sie sich jedoch nicht an die Nummern erinnern.

Ohne Hemmungen wählte ich dann einfach die Nummer des Krankenhauses und sagte: „Hören Sie, die Nummer ist besetzt. Wir können es später noch einmal versuchen.“ Und Claudine, die das Besetztzeichen hörte, lehnte sich getröstet zurück.

Die Stationsschwester merkte bald, dass wir uns auch um Claudine kümmerten.

„Ich kann sie verlegen, wenn es Ihnen zu viel wird“, sagte sie.

Ich schüttelte den Kopf. „Kein Problem, lassen Sie sie ruhig hier.“

Selbst Mutter hatte den Eindruck, dass ich mich zu viel mit Claudine abgab. Doch es ging ihr inzwischen viel besser und wir mussten uns nicht mehr ständig um sie kümmern. Claudine dagegen wurde von Tag zu Tag schwächer.

„Sie braucht meine Freundschaft“, sagte ich und niemand konnte bestreiten, dass ich Recht hatte.

„Irgendwann werden Sie unweigerlich verletzt werden“, sagte die Schwester. „Was meinen Sie, warum die Angehörigen nicht kommen?“ Mir war klar, dass sie damit nicht nur Claudine, sondern alle ihre Patienten meinte, die im Sterben lagen.

Dann kam eines Tages der Sohn, Claudines Junge, zu Besuch. Seine Mutter hatte kurz vor seiner Ankunft eine starke Spritze erhalten, weshalb sie nur seine Hand festhalten und weinen konnte. Und auch der junge Mann weinte in aller Öffentlichkeit.

Ich zog den Vorhang zu, damit er sich nicht so beobachtet fühlte.

Als dann die Besuchszeit zu Ende war, küsste ich Mutter zum Abschied auf die Stirn und auf dem Weg zur Tür fasste ich einen Entschluss.

„Bruce?“ Der junge Mann drehte sich um, als er seinen Namen hörte. „Sind Sie Bruce?“, fragte ich.

„Ja“, sagte er, „aber woher wissen Sie das?“

„Ich weiß eine Menge über Sie, über Ihre Farm, Ihre Hoffnungen und Träume.“

Auf seinem Gesicht zeigte sich großes Erstaunen.

„Ich weiß sogar über Ihre Beagles Bescheid. Einer heißt Dolly, der andere Cookie."

„Aber wie …?"

Der junge Mann sah auf die kleine zusammengekrümmte Gestalt im Bett.

„Sie ist nicht immer so", sagte ich. „Es gibt Augenblicke, in denen sie sich an glückliche Stunden erinnert." Instinktiv wusste ich, was er hören wollte.

„Sie werden sich mir ihr unterhalten können, Bruce. Beim nächsten Mal wird sie Sie erkennen."

Tränen liefen über sein Gesicht. Ich breitete meine Arme aus und er flüchtete sich hinein.

Die Zeit, in der ich mir dumm vorkam, war vorüber. Es schien mir ganz natürlich, dass ich einen Fremden im Arm hielt und tröstete.

Wenn man einem anderen die Hand reicht und seinen Kummer teilt, kann man auf ganz besondere Weise belohnt werden.

Ruth Lee

Lachen

Lachen ist die Sonne, die den Winter
vom menschlichen Gesicht vertreibt.

Victor Hugo

Freundschaft

Das Herz eines Freundes

Ich hauchte ein Lied in die Luft
und weiß nicht, wo es auf die Erde fiel.
Doch das Lied von Anfang bis Ende
fand ich im Herzen eines Freundes wieder.
Henry Wadsworth Longfellow

Mrs. Hildebrandts Geschenk

Es sind jetzt 30 Jahre vergangen, seitdem ich sie zuletzt gesehen habe, doch jedes Jahr zur Weihnachtszeit wird sie in meiner Erinnerung wieder lebendig. Besonders spüre ich ihre Gegenwart, wenn ich meine erste Weihnachtskarte bekomme.

Ich war zwölf Jahre alt und es waren nur noch zwei Tage bis Weihnachten. Der erste Schnee des Jahres machte das Fest noch aufregender.

Ich beeilte mich beim Anziehen, denn draußen wartete der Schnee. Was würde ich zuerst tun? Einen Schneemann bauen, mit dem Schlitten den Hügel hinunterfahren oder den Schnee einfach in die Luft werfen und beobachten, wie er zur Erde fällt?

Unser Kombi fuhr gerade in die Einfahrt und meine Mutter rief nach mir, damit ich ihr beim Ausladen der Lebensmittel helfe. Als wir die Tüten hineingetragen hatten, sagte sie: „Hier, Bob, das sind Mrs. Hildebrandts Einkäufe."

Mehr brauchte sie nicht zu sagen, denn so weit ich zurückdenken konnte, hatte meine Mutter für Mrs. Hildebrandt eingekauft und ich hatte ihr immer anschließend die Tüten hinübergebracht. Unsere 95-jährige Nachbarin war durch Arthritis völlig verkrüppelt und konnte nur mit Hilfe eines Stocks ein paar Schritte gehen.

Obwohl sie alt und verkrüppelt war und sich nicht für Fußball interessierte, hatte ich Mrs. Hildebrandt gern. Es machte mir Spaß, mich mit ihr zu unterhalten, genauer gesagt, ich hörte ihr gern zu. Sie wusste wunderbare Geschichten aus ihrem Leben zu erzählen, in denen eine kleine, im Wald versteckte Kirche mit einem spitzen Turm, sonntägliche Ausfahrten mit Pferd und Wagen und ein Bauernhof, der ihrer Familie gehört und auf dem es weder Elektrizität noch fließendes Wasser gegeben hatte, vorkamen.

Jedes Mal, wenn ich ihr ihre Lebensmittel brachte, gab sie mir zehn Cents. Ich versuchte halbherzig, das Geld abzulehnen, doch ich wusste, dass sie darauf bestehen würde. Und fünf Minuten später war ich auch schon an der Ecke in Beyers Bonbonladen.

Als ich an diesem Tag mit den Tüten zu ihr hinüberging, nahm ich mir vor, es diesmal anders zu machen. Ich würde kein Geld annehmen und das sollte mein Weihnachtsgeschenk für sie sein.

Ungeduldig drückte ich auf Mrs. Hildebrandts Klingel. Nur schwach hörte ich ihre schlurfenden Schritte und das dumpfe Klopfen ihres Stocks. Dann rasselte die Kette an der Tür und mit einem Quietschen wurde sie geöffnet. Zwei blitzende Augen spähten durch den Spalt.

„Guten Tag, Mrs. Hildebrandt", sagte ich. „Ich bin es, Bob. Ich bringe ihre Lebensmittel."

„O, ja, komm herein, komm herein", sagte sie fröhlich. „Stell die Tüten auf den Tisch." Ich tat es schneller als gewöhnlich, denn ich hörte den Schnee förmlich rufen.

Als wir uns unterhielten, wurde mir bewusst, wie einsam sie war. Ihr Mann war vor über 20 Jahren gestorben, Kinder hatte sie nicht und ihr einziger lebender Verwandter war ein Neffe, der in Philadelphia lebte und sie nie besuchte.

Nie besuchte sie jemand an Weihnachten. Und auch dieses Jahr würde es keinen Baum, keine Geschenke und keinen Weihnachtsstrumpf geben.

Wie jedes Mal, wenn ich ihre Einkäufe herüberbrachte, bot sie mir eine Tasse Tee an. *Nun*, dachte ich, *vielleicht kann der Schnee noch etwas warten.*

Wir setzten uns und sprachen darüber, wie sie früher, als sie noch ein Kind war, Weihnachten gefeiert hatte. Wir reisten weit in die Vergangenheit zurück und ehe wir es merkten, war eine Stunde vergangen.

„Na, mein Junge, du willst doch sicher draußen im Schnee spielen", sagte Mrs. Hildebrandt und griff nach ihrer Handtasche.

„Nein, Mrs. Hildebrandt. Ich kann diesmal kein Geld von Ihnen annehmen. Sie können es für wichtigere Dinge verwenden", wehrte ich ab.

Sie sah mich an und lächelte. „Was könnte wichtiger sein, als das Geld einem Freund zu Weihnachten zu geben?", fragte sie und drückte mir 25 Cents in die Hand.

Ich versuchte sie ihr zurückzugeben, doch sie wollte nichts davon wissen.

Da verabschiedete ich mich schnell und rannte mit meinem Vermögen hinüber zu Beyers Bonbonladen. Ich überlegte, was ich mir kaufen würde: Comic-Hefte, Schokolade, Limonade oder Eiskrem? Plötzlich entdeckte ich eine Weihnachtskarte, auf der eine kleine Kirche mitten in einem Wald abgebildet war. Sie sah genau so aus, wie Mrs. Hildebrandt es beschrieben hatte.

Ich gab Mr. Beyer mein Geldstück und ließ mir einen Kugelschreiber geben, um meinen Namen auf die Karte zu schreiben.

„Für deine Freundin?", fragte er.

Zuerst wollte ich nein sagen, überlegte es mir aber und antwortete „Nun ja, gewissermaßen."

Als ich mit meinem Geschenk über die Straße ging, fühlte ich mich so großartig, als hätte ich bei den Weltmeisterschaften gerade das entscheidende Tor geschossen. Nein, eigentlich fühlte ich mich noch besser.

Wieder klingelte ich an Mrs. Hildebrandts Tür. Wieder klangen von drinnen die fast unhörbaren, schlurfenden Schritte. Die Kette rasselte, die Tür öffnete sich und zwei blitzende Augen spähten durch den Spalt.

„Hier Mrs. Hildebrandt", sagte ich und gab ihr die Karte. „Frohe Weihnachten!"

Ihre Hand zitterte, als sie langsam den Umschlag öffnete und die Karte betrachtete. Dann begann sie zu weinen. „Vielen, vielen Dank", sagte sie fast flüsternd. „Frohe Weihnachten."

Ein paar Wochen später, an einem kalten und windigen Nachmittag, hielt der Rettungswagen vor Mrs. Hildebrandts Tür. Meine Mutter sagte, dass man sie im Bett gefunden hätte; sie war ganz friedlich im Schlaf gestorben. Das Licht auf ihrem Nachttisch hatte noch gebrannt und eine einsame Weihnachtskarte beschienen.

Robert Smith

Das Liebeskommando

„Ach, nur das nicht! Nur keinen Besuch!“, stöhnte ich, als mein Auto um die Ecke fuhr und unser Haus in mein Blickfeld kam. Normalerweise wäre ich begeistert gewesen, wenn vier Autos in meiner Einfahrt auf mich gewartet hätten. Doch nachdem ich eine ganze Woche im Krankenhaus, am Bett meines kranken Kindes verbracht hatte, sah meine Wohnung wie ein Schlachtfeld aus. Ich stellte den Motor ab und schleppte mich förmlich zur Eingangstür.

„Wieso kommst du denn schon so früh nach Haus?“, rief meine Freundin Julie aus der Küche. „Wir haben dich erst in einer Stunde erwartet und wollten bei deiner Heimkehr längst fort sein.“ Sie kam auf mich zu, nahm mich in die Arme und fragte teilnahmsvoll: „Wie geht es?“

War das mein Haus? Träumte ich? Alles sah so sauber aus. Wo kamen die Blumen her?

Plötzlich noch mehr Stimmen, weitere Umarmungen. Lorraine wischte sich den Schweiß vom Gesicht, als sie aus dem Freizeitraum hochkam, wo sie gerade einen riesigen Berg Wäsche gebügelt hatte. Regina steckte ihren Kopf zur Küche herein, nachdem sie in jedem Raum die Teppiche gesaugt, Staub gewischt und die Möbel mit Politur abgerieben hatte. Joan, die im Zimmer der Jungen noch immer mit den Laken für die Stockwerkbetten kämpfte, rief einen Gruß von oben herunter, wo sie bereits in vier Räumen das Chaos beseitigt hatte.

„Wann seid ihr denn hier eingetroffen?“, war mein letzter zusammenhängender Satz, ehe es mit meiner Fassung zu Ende war. „Wieso, wieso, habt ihr das alles getan?“ Ich weinte hemmungslos, ohne mich beherrschen zu können.

Während der ganzen Woche, die ich bei meinem schwer kranken Kind verbracht hatte, betete und flehte ich ständig zu Gott, sich mir im Krankenhaus zu offenbaren. Doch stattdessen hatte er mit Hilfe dieser vier „Engel" in meinem Haus wieder Ordnung, Schönheit und Behaglichkeit einziehen lassen.

„Du ruhst dich jetzt erst einmal aus, Virelle", sagte Lorraine bestimmt. „Hier ist dein Abendessen für heute und weitere Mahlzeiten sind im Gefrierfach." Der Tisch war gedeckt und festlich mit Servietten und Blumen geschmückt. An meinem Platz lag ein kleines Geschenk. Ein komplettes Festessen war vorbereitet, einschließlich Salat und Nachtisch.

„Mach dir keine Sorgen. Wir beten alle. Gott hat die Dinge vollkommen in der Hand."

Nachdem meine Freundinnen fort waren, ging ich von Zimmer zu Zimmer, noch immer fassungslos, über das enorme Geschenk an Zeit und Arbeit. In jedem Raum fand ich herrliche Blumengestecke und kleine Geschenke auf den Betten. Und ich weinte noch mehr Tränen.

Im Wohnzimmer lag unter einer Vase mit Pfingstrosen ein kleiner Zettel, den ich beim Heimkommen als einziges Zeichen ihrer Anwesenheit hätte finden sollen: „Das Liebeskommando war hier."

Und plötzlich wusste ich, dass Gott alles vollkommen in der Hand hatte.

Virelle Kidder

Freunde

Freunde sind Lichter im Winter.
Je älter die Freunde, desto heller das Licht.

Roger Rosenblatt

Luthers Bauholz

Luther war schon seit Monaten wieder aus dem Krieg zurück und arbeitete jetzt in einer Fabrik in Mount Vernon, wo Kondensmilch hergestellt wurde und wo auch seine Frau arbeitete.

An diesem Morgen saß er in Miller in dem kleinen Café neben dem Postamt und wartete darauf, dass die Post in die Fächer verteilt wurde. Ihm gegenüber saß sein alter Freund Fred Hill. Sie unterhielten sich über den Krieg, der im pazifischen Raum immer noch nicht zu Ende war. Weshalb an den Wänden des kleinen Cafés noch immer Plakate hingen, die zum Wehrdienst aufriefen.

Fred war nicht Soldat gewesen. Als der Krieg 1941 auch für Amerika begonnen hatte, war die Gesundheit seiner Eltern sehr schlecht gewesen: sein Vater hatte ein schwaches Herz gehabt und seine Mutter an Krebs gelitten. Er wurde zu Haus gebraucht, um sie zu pflegen und sich um die Farm zu kümmern. Inzwischen waren seine Eltern jedoch verstorben und die Farm gehörte nun ihm – ihm und Maggie.

Seit ihrer Kindheit war Fred Luthers bester Freund gewesen und als Luther in seiner B-17 über Miller geflogen war, als die Leichen der Hobbsjungen und von Billy Martin nach Hause geschickt wurden und als Perry zurückkam, der nun zwei Haken hatte, wo vorher seine Hände gewesen waren, fühlte Fred sich schuldig. Er hatte das Gefühl, seinen Teil zum Gewinnen des Krieges nicht beigetragen zu haben und achtete sich deshalb nur sehr gering.

An diesem Tag schien es jedoch Luther zu sein, der deprimiert war. Fred wollte wissen, was los ist. „Was hast du denn heute, Luther. Ist dir die Petersilie verhagelt?“, fragte er. „Ich kann mir nicht vorstellen, was es sein könnte. Du bist ohne einen Kratzer aus dem Krieg zurückgekommen; du hast eine wunderbare Frau; ihr erwartet ein Baby und du hast Arbeit. Woran liegt es dann?“

„Jennys Mutter geht es nicht gut. Wir müssen sie zu uns nehmen. Aber das Baby kommt bald und dann reicht der Platz nicht mehr."

„Könnt ihr nicht anbauen?" fragte Fred.

„Es gibt kein Bauholz", antwortete Luther. „Ich habe es hier, in Mount Vernon, in Springfield und in Joplin probiert. Keiner hat etwas oder erwartet irgendwelche Lieferungen. Wer weiß, wie lange das noch dauern wird."

„Hast du es in Wills Sägemühle versucht?"

„Ja. Der sägt aber nur Eiche und die ist grün. Das Baby kommt im August und bis dahin wird das Holz nicht trocken. Außerdem kannst du keinen ganzen Raum aus Eiche bauen."

„Würde ich auch nicht wollen", sagte Fred. „Vermutlich springen dann die Nägel wieder raus."

„Wahrscheinlich."

Die zwei jungen Männer verließen das Café und gingen nebenan ins Postamt. Der Postmeister, Mr. Patten, hatte zum Zeichen, dass die Post nun in den Fächern lag, das Fenster geöffnet. Luther und Fred nahmen ihre Post und machten sich auf den Weg, Luther zu seiner Arbeitsstelle in Mount Vernon und Fred zu seiner Farm.

Nachdem Fred abends mit dem Melken fertig war, setzte er sich zu seiner Frau Maggie auf die Veranda. „Die Tage werden länger", sagte er. „Man kann noch nach fünf ein halbes Tagwerk schaffen."

„Du bringst besser den Wagen rein", sagte Maggie. „Für heute Nacht haben sie im Radio Regen angesagt."

Freds Vater hatte noch vor seinem ersten Herzinfarkt einen neuen Kleinlaster gekauft, der jetzt Fred gehörte. Kurz vor Weihnachten hatte er dafür eine Garage gebaut. Jetzt gratulierte er sich selbst dazu, dass er gebaut hatte, bevor das Bauholz ausging. Hätte Luther es ihm heute Morgen nicht erzählt, hätte er nicht einmal davon gewusst.

Fred fuhr den Wagen in die Garage und verschloss das Tor. Er ging um das Haus herum zurück auf die Veranda. Irgendetwas spukte ihm im Kopf herum, aber er hätte nicht sagen können, was es war. Er verdrängte es und saß mit Maggie auf der Veranda, bis die Dunkelheit hereinbrach. Im Westen zog ein Wetterleuchten über den Himmel und der Wind frischte auf. Sie gingen ins Haus, um im Radio die neusten Kriegsberichte zu hören und bald danach ins Bett.

Am nächsten Morgen fuhr Fred wieder mit seinem Wagen nach Miller hinüber, um die Post abzuholen. Nach dem Regen war die Luft frisch und rein. Die Sonne schien und er fühlte sich gut. Als er das Café erreichte, war Luther schon dort.

„Ich nehme an, du hast noch immer kein Bauholz aufgetrieben?"

„Nein, ich habe alle auf der Arbeit gefragt, niemand weiß, wo es welches gibt. Ich habe keine Ahnung, was wir tun werden."

Plötzlich nahm der Gedanke, der Fred vage durch den Kopf gegangen war, Gestalt an. „Ich habe Bauholz für dich gefunden", sagte er.

„Hast du? Wo?", fragte Luther begeistert.

„Jemand, den ich kenne. Er gibt es dir umsonst, weil du im Krieg warst und so. Er will nicht, dass du weißt, wer er ist, deshalb muss ich es dir bringen. Es ist gutes Bauholz, Kiefer und Fichte. Die Bretter sind verschieden lang und haben Nagellöcher, aber das ist kein Problem. Hör zu: Du gießt das Fundament und ich bringe dir jeden Tag eine Fuhre Bauholz und helfe dir beim Bauen. Dann haben wir es geschafft, ehe das Baby kommt."

„Das ist ein Freund!", sagte sich Luther, als er nach Mount Vernon fuhr. Und als er am Abend nach Hause kam, war sein Wagen bereits mit Zementsäcken beladen.

Luther grub die Erde aus und goss das Fundament. Als es trocken war, sagte er Fred Bescheid.

„Gut", sagte Fred. „Ich bringe heute die erste Ladung und bin da, wenn du von der Arbeit nach Haus kommst."

Jeden Abend erschien Fred mit einer Ladung Bauholz und die beiden Männer arbeiteten bis es so dunkel war, dass sie nichts mehr sehen konnten. Manchmal kam auch Maggie mit. Dann saßen die beiden Frauen im Haus, hörten Radio oder unterhielten sich über Babys oder Jennys kranke Mutter, während von draußen das Stakkato der Hammerschläge ihre Sätze untermalte.

In den folgenden Wochen nahm der Raum Gestalt an, wurde fertig und bekam ein Dach. „Wo hast du denn die Ziegel aufgetrieben?", fragte Luther.

„Bei demselben Burschen", antwortete Fred. „Er hat alles Mögliche."

Luther fragte nicht weiter. Es gab viele Menschen, die den jungen Kriegsheimkehrern anonym unter die Arme greifen wollten. Das kam öfter vor.

Dann war es so weit. Die Frauen dekorierten das Zimmer und halfen Jennys Mutter, sich dort häuslich einzurichten. Die Männer gingen derweil wieder ihrer Arbeit nach.

Eines Abends beim Abendbrot sprach Luther mit Jenny darüber, dass er Fred gern eine Freude machen würde, weil er ihnen beim Anbau so viel geholfen hatte.

„Ich weiß etwas", rief Jenny und strahlte. „Maggie gefallen die großen weißen Gartenstühle aus Holz, wie Tante Birdie sie bei sich auf dem Rasen hat. Warum kaufen wir ihnen nicht zwei davon?"

„Gute Idee", stimmte Luther zu. Am folgenden Sonnabend kaufte er in Callisons Haushaltswarenladen zwei Stühle und lud sie auf seinen Wagen.

Als er zu Freds Farm kam, war niemand zu Hause. Fred und Maggie waren zum Einkaufen nach Springfield gefahren. *Auch gut,* dachte Luther. *Dann werde ich sie, falls es regnet, in die Garage stellen.*

Er fuhr um das Haus herum und die Einfahrt hinunter, die zu Freds neuer Garage führte.

Die Garage war weg. Nur das Fundament erinnerte noch daran, dass sie einmal dort gestanden hatte.

Luther stellte die Stühle auf die Veranda und fuhr mit Tränen in den Augen nach Haus.

Die beiden Männer sind jetzt Mitte 70 und noch immer die besten Freunde. Über die Geschichte haben sie nie gesprochen.

Wie sollten sie auch? Da gab es nichts zu sagen.

Joe Edwards

Der Schatz

Vor Jahren fand ich in einem Antiquitätengeschäft eine einzelne Teetasse, die ein entzückendes Muster hatte. Ich verliebte mich regelrecht in sie und suchte von da an überall nach dem Rest des Services: In Porzellangeschäften, auf Auktionen und in Gebrauchtwarenläden – doch ohne Erfolg. Nicht einmal eine Untertasse konnte ich finden!

Gerade als ich mich mit dem Gedanken getröstet hatte, dass die Tasse nicht Teil eines Services, sondern ein Einzelstück war und sich folglich nicht noch einmal finden ließ, wurde mir im Haus eines Freundes aus demselben Porzellan Tee serviert.

Mit großen Augen starrte ich das Geschirr an, bis mein Freund sagte: „Ist es nicht wunderschön? Ich habe es aus einem Nachlass erstanden. Leider fehlt eine Tasse."

Ich lächelte, denn ich wusste, dass meine kostbare Tasse bald ein neues Zuhause haben würde.

Paul Kortepeter

Segnungen

Zähle deine Segnungen am Lächeln, nicht an den Tränen.
Zähle dein Alter nach Freunden, nicht nach Jahren.

Autor unbekannt

Antworten bitte an Fach 222B

War es die Einsamkeit, der Ruf des Abenteuers oder einfach Wahnsinn, dass ich auf das Zeitungsinserat antworten wollte? Ich lief in meiner Wohnung auf und ab und sagte mir, dass es verrückt sei, so etwas zu tun. Trotzdem arbeitete ich an der Antwort auf die verlockende Anzeige, wie ein Juwelier, der eine kunstvolle, einmalige Brosche anfertigt.

Ich zögerte einen Augenblick lang. *War das wirklich ich, die eine Anzeige für einsame Herzen beantwortete?*

Bisher hatte ich immer geglaubt, dass nur schrecklich einsame Menschen inserieren, um einen Gefährten zu finden, oder deren Inserate beantworten.

Das trifft auf mich zu, dachte ich, *ich bin schrecklich einsam.*

Was würden meine Kinder denken? Würden sie verstehen, dass mir die dickgedruckten schwarzen Buchstaben nur so entgegengesprungen waren? *Christlicher Rancher, 2 m lang, 85 kg, 50 plus. Harter Arbeiter, sauber, gesund und körperlich gut in Form, Hobbys: Fischen, Camping, Ski-Langlauf, Tiere und nett essen gehen, wünscht sich aufrichtige, sensible, attraktive, ordentliche, liebevolle, ehrliche Dame, 40-50, um gemeinsam eine erfüllende Beziehung aufzubauen. Antworten bitte an Fach 222B.*

Mama, mia! Welche liebevolle, sensible, ehrliche und *einsame* Frau hätte da widerstehen können? Nun, eine sensible vielleicht.

„Fünfzig plus wie viel?“, begann ich meinen Brief. „Ich bin eine gesunde, hart arbeitende Frau, die gerne kocht, näht, reist, betet und bei Sonnenuntergang in der Wüste oder barfuß am Strand spazieren geht.“

Ich sagte nicht, dass ich allen Anforderungen in seinem Inserat gerecht werden konnte, gab ihm aber genauso wenig Grund anzunehmen, dass ich es nicht konnte. Konnte ich es aber?

Ich war bereits über fünfzig, von fragwürdiger Attraktivität, nicht immer ordentlich und, was den Aufbau einer erfüllenden Beziehung anbelangte, sehr unsicher. Was ich mir tatsächlich wünschte, war ein Freund. War es unehrlich, ihm das nicht mitzuteilen?

Ich hielt den Brief in die Höhe und bat Gott: „Würdest du diesen Mann bitte zu mir bringen, wenn du willst, dass ich ihn treffe?“ Dann legte ich den frankierten Umschlag auf meinen Schreibtisch, um ihn am nächsten Tag abzuschicken.

In den folgenden Wochen merkte ich, dass meine Hände jedes Mal feucht wurden, wenn das Telefon klingelte. Was wäre, wenn er mich nicht mochte? Was würde sein, wenn er enttäuscht war, sobald ich ihm unter die Augen kam? Würde ich das verkraften?

Eines Tages drehte ich mich beim Anziehen vor dem Spiegel seitwärts, um den Schaden zu begutachten, den 50 plus Jahre auf dieser Erde angerichtet hatten. Ich studierte mein Gesicht. Hohlwangig und mager saß es auf muskulösen Schultern. Die Arme waren kräftig, mit großen zupackenden Händen, die nie etwas mit sich anzufangen wussten. Zwanzig überflüssige Pfunde, eine dicke Taille, stabile Hüften, stramme Waden und große dürre Füße. Ich erinnerte mich an den Jungen im achten Schuljahr, der mir gesagt hatte, ich sei wie ein Toilettenhäuschen gebaut, dauerhaft, nützlich, aber ohne viel Klasse.

Mir kamen die Tränen und ich fiel neben meinem Bett auf die Knie. „O Gott, sieh dir nur an, wie schrecklich ich aussehe. Warum habe ich den Brief abgeschickt? Bitte vergib mir, dass ich den Mann irregeführt und ihm die Frau beschrieben habe, die ich sein möchte und nicht die, die ich bin.“

Ein paar Wochen später lud ich meine Freundin Jeanette abends nach der Kirche zu mir zum Waffelessen ein. Als wir aus dem Gottesdienst kamen, stellte sie mich einem ihrer Freunde aus der Singlegruppe vor, zu der sie manchmal ging. Impulsiv fragte ich, ob er mitkommen wolle und er sagte ja.

Die nächsten Stunden verbrachten wir damit, uns mit Waffeln voll zu stopfen, zu lachen und miteinander zu reden. Jim war geschieden, hatte mehrere erwachsene Kinder und züchtete Alfalfa als Viehfutter. Er war ein liebenswerter Mann, groß und nett aussehend, rücksichtsvoll und offensichtlich ehrgeizig. Er tat mir Leid, als er von seiner Einsamkeit sprach.

Als ich nach einem ausgesprochen netten Abend die Tür hinter ihnen zumachte, begann ich aufzuräumen. Ich nahm die Post der vergangenen Tage und kippte sie im Wohnzimmer auf meinen großen Schreibtisch, um sie auszusortieren. Ich warf die Postwurfsendungen in den Papierkorb und legte die Rechnungen auf einen Stapel, um sie später zu bezahlen. Dann starrte ich ungläubig auf einen Umschlag. Es war meine Antwort an den christlichen Rancher. Ich hatte sie nicht abgeschickt! All meine Gefühle und Selbstzweifel waren umsonst gewesen.

Plötzlich kam mir ein Verdacht und nach und nach fielen die einzelnen Puzzlestücke an ihren Platz. Jim trug Cowboystiefel und ein kariertes Hemd, er war ein Rancher, er war einsam. Konnte es sein, dass er und der christliche Rancher ein und derselbe waren?

Ich rannte zum Telefon und rief Jeanette an. „Meinst du, er hat schon einmal in der Zeitung ein Inserat aufgegeben, um eine Frau kennen zu lernen? Glaubst du, dass er sich als christlichen Rancher bezeichnet hat?"

Jeanette lachte, bis ihr die Tränen kamen. „Ja, jeder in der Singlegruppe weiß, dass er das getan hat. Inzwischen hat er bestimmt so an die 60 bis 80 Antworten erhalten. Ein paar davon waren wirklich komisch."

Als ich den Hörer auflegte, klopfte mein Herz. Ich kam mir etwas dumm vor, fühlte aber andererseits eine ungeheure Ehrfurcht vor einem Gott, der dafür gesorgt hatte, dass ich eine Antwort auf einen Brief erhielt, der nie abgeschickt worden war. Und die Einzigen, die davon wussten, waren Gott und ich selbst.

Es vergingen einige Tage, ehe ich Jims Stimme am Telefon hörte und er mir vorschlug, gemeinsam zu einer großen Landwirtschaftsausstellung zu fahren. Ich freute mich und stimmte zu. *Donnerwetter,* sagte ich zu mir selbst, *ich habe doch tatsächlich eine Verabredung mit einem Mann, der unter 80 Frauen wählen kann!*

Als ich den Hörer auflegte, erfüllte mich eine angenehme

Wärme. Mit klopfendem Herzen rannte ich ins Schlafzimmer. Was sollte ich anziehen? Noch einmal begutachtete ich vor dem Ankleidespiegel die Frau in mittleren Jahren. Sie war noch immer ungelenk, hatte noch immer Übergewicht, ein mageres Gesicht und dürre Füße, doch sie fürchtete sich nicht mehr. „So sehe ich aus und so bin ich eben“, sagte ich und lachte.

Am nächsten Tag trat ich hinaus in die Sonne, um eine Freundschaft mit einem christlichen Rancher zu beginnen.

Was an dem Tag auf der Landwirtschaftsausstellung passierte? Wir hatten Spaß zusammen. Ob wir uns wieder getroffen haben? Ja. Ob wir geheiratet haben? Nein. Doch das machte nichts. Mein Selbstvertrauen hatte Flügel bekommen und ich lernte noch etwas Anderes: Wenn Sie dazu ausersehen sind, einem bestimmten Menschen zu begegnen – ob es ein zukünftiger Freund oder ein Ehepartner ist –, wird es mit der gleichen Sicherheit geschehen, mit der jeden Morgen die Sonne aufgeht, und zwar selbst dann, wenn Ihr kunstvoll formulierter Brief bei Ihnen auf dem Schreibtisch liegt und Staub ansammelt.

Barbara Baumgardner

Umarmen

Wir sind wie Engel, die nur einen Flügel haben:
Wir können nur fliegen, wenn wir einander umarmen.

Autor unbekannt

Das Beste soll man sich bis zuletzt aufheben

Das Beste soll man sich bis zuletzt aufheben. Diese alte Redewendung ging mir durch den Kopf, als wir auf den Nachtisch warteten. Sicherlich würde er so gut sein, dass sich das Warten darauf lohnte.

An diesem Abend fand die jährliche Weihnachtsfeier der Frauenhilfe statt und bis jetzt war der Abend wunderbar verlaufen. Nach dem Essen, dem ein kurzes Programm vorangegangen war, wurden Geschenke ausgetauscht.

Eine nach der anderen standen wir auf, um unser Geschenk, das vor uns auf dem Tisch lag, aufzumachen. Es waren kleine, einfache Gaben, wie Kerzen, Briefpapier oder Duschgel. Nach jedem Geschenk wurde höflich applaudiert.

Erst als fast alle in der Runde ihre Päckchen geöffnet hatten, bemerkte jemand, dass vor der letzten Frau kein Geschenk zum Öffnen lag, dann aber sahen es alle gleichzeitig.

Die Frau hieß Dorothy und war gleichzeitig unser ältestes und jüngstes Mitglied. Sie war vor fast einem Jahr, kurz nachdem sie in unsere Gegend gezogen war, zu uns gekommen und feierte ihre erste Weihnachtsfeier mit uns.

Eine unbehagliche Stille senkte sich über alle Anwesenden. Wir warteten, dass sich jemand etwas einfallen ließ und zwar schnell, damit Dorothy die Peinlichkeit erspart bleiben würde. Und jemand hatte einen Einfall – es war Dorothy selbst.

Sie stand auf, griff nach ihrer Handtasche und zog eine braune Einkaufstüte hervor. Als sie in die offensichtlich leere Tüte blickte, fragte sie: „Darf ich etwas über mein Geschenk sagen? Ich habe von euch Liebe, Anteilnahme und Freundschaft erfahren. Das weiß ich sehr zu schätzen. Ich danke euch dafür."

Unter stürmischem Beifall setzte sich Dorothy wieder.

Und zum zweiten Mal fiel mir die alte Redewendung ein. Das Beste war tatsächlich bis zuletzt aufgehoben worden.

Rochelle M. Pennington

Wie die Engel

Würden wir, anstatt ein Schmuckstück
oder eine Blume zu schenken,
einen liebevollen Gedanken in das Herz
eines Freundes senken,
würden wir geben, wie die Engel es tun.

George MacDonald

Mein Kind, meine Lehrerin, meine Freundin

Von dem Augenblick, an dem ich dich, noch nass von der Geburt, zum ersten Mal im Arm hielt, bis heute, wo ich dich zu deinem Rendezvous mit dem Leben fahren sehe, war es für mich das ehrfürchtigste, furchtsamste, freudigste Abenteuer, deine Mutter zu sein. An diesem ersten Tag wusste ich nicht, was Muttersein bedeutet, obwohl ich es kaum erwarten konnte, damit zu beginnen. Du schienst so schwach, so klein und so vertrauend, mit jedem lebenserhaltenden Bedürfnis so abhängig zu sein. Zuerst dachte ich, dass du zerbrechen könntest. „Achten sie darauf, den kleinen Kopf zu stützen", sagte man mir. Doch schon bald merkte ich, dass du widerstandsfähiger warst, als ich dachte und mir im Schreien, Schlafen und Durchhalten zehn zu eins überlegen warst. Tatsache ist, dass ich mich in den ersten drei Monaten fragte, ob ich jemals wieder eine Mahlzeit zu Ende essen oder eine Nacht durchschlafen würde.

Der Unterricht begann sofort. Ich hatte studiert, um Lehrerin zu werden, doch nie hatte ich eine Schülerin gehabt, die so aufs Lernen versessen war wie du. Bevor du sprechen konntest, stellten deine Augen bereits Fragen und deine winzigen Hände griffen nach Dingen, um zu lernen, zu schmecken und zu sehen. Es dauerte nicht lange, bis dein Geplapper wissbegierig wurde und jeder Satz mit einem Fragezeichen endete.

Deine ersten Worte waren: „Was ist das? Was ist das?" Doch schon bald erweiterte sich dein Wortschatz und du betteltest: „Zeig mir etwas, Mama. Zeig mir etwas."

Ich unterbrach, was ich gerade tat, und brachte dir die Namen von Zahlen, Gegenständen, Material, Formen, Größen, Lebensmitteln, Möbelstücken, Haustieren, Bäumen, Blumen, Sternen und Wolken bei. Doch schon bald fingst du an, *mich* zu unterrichten – lehrtest mich, dass das Lernen weitergeht, auch wenn der Unterricht aufhört.

Du lehrtest mich, die Wunder zu sehen, an denen ich täglich vorbeigestolpert bin. Du brachtest mir bei, was Vertrauen, Seligkeit und Entzücken ist. Du hieltest einen Spiegel vor meine Einstellungen und spieltest mir all meine Reaktionen vor. Du lehrtest mich, was es bedeutet, meinen Worten getreu zu leben, zu glauben, was ich predige, zu verinnerlichen, was ich lehre.

Du hast mich begreifen lassen, was Jesus meinte, als er sagte, wir müssen wie die Kinder werden, um in das himmlische Königreich zu kommen. Durch dich habe ich verstanden, warum er die Metapher Geburt gebrauchte, als er von der Wahrheit der Bekehrung sprach. Denn du, die noch feucht von der Geburt zu mir kam, tauftest die gewöhnlichen Dinge mit natürlicher Frische und spültest mit dem Schauer deines Lachens, die Kalkablagerungen meines Erwachsenenzynismus und den Staub langweiliger Routine fort. Durch dich wurden Dinge neu. Du gabst mir eine Entschuldigung, wieder ich selbst zu sein, Waldwege entlang zu hüpfen, schneebedeckte, gefrorene Abhänge hinunterzurodeln, mit bloßen Füßen vergnügt durch frühlingshafte Regenpfützen zu patschen und zu raten, wohin die Sternschnuppen fallen.

Du gabst mir Augen, mit denen ich die Menschen in ihrer Wirklichkeit erkennen und hinter ihre dünnen Fassaden sehen konnte. Du sahst das Kind in den Alten, die Sehnsucht und Leidenschaft, die seit langem unter gekrümmten Gelenken und nachlassender Sehkraft gefangen war. Du erkanntest Tiefe und Weisheit in dem kichernden Teenie-Babysitter, Schönheit im Einfachen und Schöpferkraft in den Zaghaften. Du zeigtest mir, dass der Generationsunterschied eine künstliche Erfindung unserer Kultur und Bigotterie eine krankhafte Verzerrung von Gottes Fest der Vielfalt ist.

Ich habe dir geholfen, Krabbeln, Laufen, Rennen, Schwimmen, Tanzen, Fahrrad- und Autofahren zu lernen. Ich habe dich dazu ermutigt, aufrecht zu sein, allein zu gehen, vor dem Bösen davonzulaufen, vor Freude zu tanzen, die schweren Zeiten durchzustehen und dich selbst anzuspornen, wenn du versucht bist, aufzugeben. Ich habe gewartet, wenn du die Straße überquertest, aus dem Schulbus klettertest, von Verabredungen und von der Uni nach Haus kamst. Tatsächlich kann ich jetzt nur noch eins für dich tun: da sein. Denn ganz allmählich hast du dich zu deiner eigenen Person entwickelt, nicht mehr so sehr mein Kind, sondern meine Freundin.

Gloria Gaither

Gott, ein Hund und ich

Hunde und ich sind nie gut miteinander ausgekommen. Sie bellten, ich fürchtete mich. Sie sabberten, ich schüttelte mich. Sie wollten gestreichelt werden, ich hatte Angst, Flöhe zu bekommen. Es kam deshalb völlig überraschend für mich, als Gott einen Hund benutzte, um mein Leben zu ändern.

Es begann damit, dass meine verheiratete Tochter zu uns kam und mich beschwor: „Sage nichts, so lange du nicht alles gehört hast."

Da ich seit über 20 Jahren Mutter von vier Kindern war, war mir klar, dass ich in größerem Stil beschwatzt werden sollte. Ich sah meine Tochter an, die unruhig auf ihrem Stuhl hin- und herrutschte. „Also gut, ich höre dir zu."

Jetzt, da sie Gelegenheit zum Sprechen hatte, überstürzten sich ihre Worte förmlich. „Du kennst ja den Hund, den Nathan und ich gekauft haben. Wir können ihn in unserer Wohnung nicht behalten. Wir dachten, wir dürften es, weil andere Mieter auch Hunde haben, aber wir bekamen einen Brief, dass Hunde, die dort leben, mindestens ein Jahr alt sein müssen." Sie unterbrach sich nur lange genug, um Luft zu holen und endete ihr Gesuch mit der Versicherung: „Wir brauchen nur jemanden für ein paar Monate, bis wir umziehen. Du kannst ihn hinterm Haus lassen. Wir bringen ihm sein Futter und tun auch sonst alles für ihn."

Ich weiß nicht, warum ich mich darauf einließ. Vielleicht lag es daran, dass meine Tochter schwanger war. Wie dem auch sei, Perry zog also auf mein Grundstück.

An diesem Punkt denken Hundeliebhaber vermutlich, dass sie wüssten, was als Nächstes passierte. Doch dem war nicht so. Eine schwarze, samtene Nase und ein wedelnder Schwanz an meiner Fliegentür reichten nicht aus, um mich zu gewinnen. Ich fütterte ihn am Morgen, passte auf, dass er genug Wasser hatte und hin und wieder streichelte ich ihn. Viel mehr tat ich nicht. Da ich 45 Jahre lang Abstand zu Hunden gehalten hatte, zweifelte ich daran, dass sich meine Einstellung zu Perry je ändern würde.

Um mit der Leere in meinem Haus, die das Flüggewerden meiner Kinder hinterlassen hatte, fertig zu werden, verwendete ich all meine freigewordene Energie darauf, mir ein vollkommen aussehendes Heim zu schaffen. Gott wusste jedoch, dass alle noch so sehr ausgeklügelte Perfektion die Leere in einem Herzen nicht ausfüllen konnte und brachte Perry in mein Leben.

Ich hatte den Hund noch keine zwei Wochen, als mir auffiel, dass er sein Futter nicht fraß. Später sah ich, dass er sich im Garten erbrochen hatte. Ich rief meine Tochter und ihren Mann an, doch im Grunde wusste ich, dass die beiden bei all ihrer Arbeit und dem Stand ihrer Finanzen nicht würden helfen können. Als wir berieten, was getan werden konnte, gestanden sie kleinlaut, dass sie vergessen hätten, Perry impfen zu lassen. Ich befürchtete das Schlimmste, sagte jedoch, dass der Hund wahrscheinlich in ein paar Tagen wieder in Ordnung wäre.

Leider war das nicht der Fall. Im Gegenteil, als ich eines Morgens aufwachte, war er so schwach, dass er kaum noch stehen konnte. Versuchte er es, sank sein buschiger Schwanz, der sich gewöhnlich über seinem Rücken ringelte, zwischen seine Hinterbeine. Obwohl mir der Hund nichts bedeutete, ging mir seine Krankheit sehr zu Herzen. Und ich ertappte mich dabei, wie ich an die Krankheit und den Tod meines Mannes vor zehn Jahren dachte und wusste, dass ich den Hund nicht einfach sterben lassen konnte. Weinend hob ich ihn hoch und trug ihn zum Auto.

Meine Tränen gaben dem Tierarzt den Eindruck, dass ich sehr an dem Hund hing.

„Er hat einen Virus", erklärte er mir, „der das Verdauungssystem angreift und zum Tod führen kann."

Als ich ihn fragte, was ich tun solle, meinte er, dass dies meine Entscheidung wäre. Hin und her gerissen zwischen meinen Erinnerungen und dem Umstand, dass es der Hund meiner Tochter war, stimmte ich zu, ihn für drei Tage in der Tierklinik zu lassen.

Drei Tage später kam Perry wieder mit mir nach Haus. Zwar ging es ihm etwas besser, doch durch sein schlaffes Fell konnte man seine Rippen zählen. Um draußen zu bleiben, war er nicht gesund genug, doch ich erschauderte bei dem Gedanken an Bakterien und Flöhe. Nachdenklich betrachtete ich den kranken Hund und sagte: „Wir werden dich baden müssen."

In meinem ganzen Leben hatte ich noch nie ein Tier gebadet und wusste nicht, wo ich beginnen sollte. Immerhin besaß ich eine Duschkabine mit einer Handdusche. Ich öffnete die Tür und rief nach Perry. Er ging hinein und ohne den geringsten Widerstand zu leisten, ließ er sich einseifen, abspülen und mit dem Handtuch trocken reiben.

Beruhigt darüber, dass er keine Flöhe mehr hereinbringen würde, fiel es mir leichter, den Hund in mein Haus zu lassen. Trotzdem befürchtete ich, dass Perry nachts auf mein Bett springen würde und sagte ihm nachdrücklich, dass dies verboten sei. Er kam in mein Schlafzimmer und legte sich quer vor die Tür. Als ich am nächsten Morgen aufwachte, lag Perry noch immer dort und bewachte den Eingang. Ich war überrascht, wie sicher ich mich fühlte. Nach dem Tode meines Mannes und dem Auszug der Kinder, hatte ich mich zwar nicht direkt gefürchtet, doch ich war mir dessen bewusst gewesen, dass ich eine Frau war, die allein lebte. Durch Perrys Anwesenheit kam ich mir nun weniger verletzlich vor.

Obwohl ich von der Erziehung und Pflege eines Hundes keine Ahnung hatte, befand ich mich plötzlich mittendrin. Wenn es sich um schwerwiegende Fragen handelte, rief ich meinen Schwiegersohn an, doch größtenteils versuchte ich die Dinge selbst herauszufinden. Oft ertappte ich mich dabei, dass ich mit dem Hund sprach.

„Was hältst du von Hühnchen zum Mittag?"

„Wie wäre es, wenn wir noch ein paar Straßen weitergehen?"

„Siehst du die Hundekuchen? Du bekommst jedes Mal einen, wenn du draußen dein Geschäft verrichtest."

Alle paar Tage kamen meine Tochter und ihr Mann herüber. Da sie das Baby erwarteten und nicht umziehen konnten und außerdem im Schichtdienst arbeiteten, blieb Perry weiterhin bei mir. Mehr und mehr wurde er zu meinem Gesellschafter. Er lag in der Nähe, wenn ich morgens meine Arbeiten verrichtete und wartete mit Spannung auf unsere Spaziergänge am Nachmittag.

Ich war froh, als sich das knochige Hundebaby zu einem gut aussehenden Hund entwickelte, der die Bewunderung von Passanten erregte und von ihnen gestreichelt wurde. Zwar sah er seinem Vater, einem *Alaska Malamute* sehr ähnlich, hatte aber die goldene Farbe und das ausdrucksvolle Gesicht seiner Mutter, die eine *Shar-pei* gewesen war.

Doch nicht nur Perry veränderte sich. Eines Tages fiel mir auf, dass ich nicht mehr sofort zum Waschbecken rannte, wenn ich Perry gestreichelt hatte, um mir danach die Hände zu waschen. Wir spielten Ball und manchmal raufte ich mich sogar mit ihm. Ich konnte es kaum glauben. Eines Tages musste ich laut lachen, als ich merkte, dass meine nach allen Regeln der Kunst eingerichtete Wohnung nicht mehr mein ganzer Stolz war. Perry verwüstete sie so schnell, wie ich sie aufräumen konnte. In meinem ehemals so untadligen Haus lag Gummispielzeug herum und in der Küche standen Hundenäpfe.

Inzwischen hatten meine Tochter und ihr Mann eingesehen, dass Perry ebenso mir wie ihnen gehörte und dass mein Besitzanspruch vielleicht sogar größer war. Obwohl sie ihn nicht zu sich nehmen konnten, brachte es mein Schwiegersohn nicht fertig, den Hund ganz abzugeben. Ich verstand das wohl, doch es machte mir trotzdem zu schaffen.

Eines Tages machte ich mit Perry an der Leine einen Spaziergang und betete dabei: „Lieber Gott, ich darf mich nicht in diesen Hund verlieben. Es würde zu wehtun, wenn ich ihn hergeben muss. Ich werde ihn wieder auf den Hof tun, damit ich mich daran gewöhne, ein leeres Haus zu haben."

Nach diesem Stoßseufzer schien Gott mir zuzuflüstern: „Willst du dir aus Angst vor dem Schmerz die Freude versagen, die ich mit diesem Hund in dein Leben gebracht habe?"

Als ich zu weinen begann, drehte Perry sich um und sah mich an. Ich fasste mich wieder, trocknete mir mit dem Ärmel meines

Sweatshirts die Augen und sagte zu ihm: „Ist schon in Ordnung. Mach dir keine Sorgen. Selbst wenn es am Schluss wehtun sollte, behalte ich dich, so lange Gott dich bei mir lässt."

Jetzt nach vier Jahren habe ich Perry noch immer. Als einige Zeit vergangen war, wurde meinem Schwiegersohn klar, dass ein großer Hund einfach nicht in ihre Wohnung passte und eines Tages sagte er: „Der Hund gehört jetzt dir, Mutter."

Ich weiß nicht, wann mir bewusst wurde, dass Gott die Leere, die durch das einsame Haus in meinem Herzen entstanden war, verstanden und ausgefüllt hatte.

Wenn ich bedenke, was er alles in die Wege leiten musste, um die 45 Jahre, in denen es „Geh weg, Hundchen", geheißen hatte, auszulöschen, weiß ich den wedelnden Hundeschwanz, der mich jeden Morgen begrüßt, nur noch mehr zu schätzen.

Deborah Hedstrom

Güte

Güte ist mit am schwersten zu vergeben,
denn gewöhnlich erhält man sie zurück.

Cort R. Flint

Freundschaft ist wie ein Diamant

Freundschaft ist wie ein Diamant,
der in der Erde vergraben ist,
ein Schatz von großem Wert,
der erst zu Tage gefördert,
geschliffen und poliert werden muss,
ehe seine Anmut sichtbar wird.

Man braucht eine Picke, eine Schaufel,
die nötige Zeit und oft schmerzhafte Ausdauer,
ehe ein schimmerndes Geschenk der Liebe entsteht,
das zwischen uns dreien geteilt wird:
Zuerst Gott,
dann du,
dann ich.

Sally J. Knower

Das Trostzimmer

„Ist euer Trostzimmer am nächsten Wochenende noch frei?" Die Stimme meiner Freundin am Telefon war müde und erschöpft. „Ich könnte wirklich eine Ruhepause gebrauchen."

Lächelnd versicherte ich ihr, dass es frei war und legte den Hörer auf. Danach ging ich den Flur hinunter zu dem Zimmer, nach dem sie sich gerade erkundigt hatte. Das „Trostzimmer" hatte sich rein zufällig ergeben, doch ich bezweifle nicht, dass die Menschen, die herkommen, keinesfalls zufällig hier sind. Gott führt sie zu uns, wenn sie am dringendsten Trost brauchen.

Ich sah mich in dem Zimmer um und ließ meine Hand leicht über das glatte Muster der Tapete gleiten. Dann ging ich zu dem antiken Bett und streckte mich auf der blau-weißen, mit einem Ringmuster versehenen Steppdecke aus. Schon bald schwelgte ich in dem bekannten Gefühl der Geborgenheit, das sich wie eine weiche Daunendecke über mich legte.

Meine früheste Erinnerung an das Bett stammt aus der Zeit, als ich drei Jahre alt war. Meine Eltern waren gerade mit meinem neuen Schwesterchen zum Haus meiner Großmutter gekommen, um mich dort abzuholen. Als Mutter und Vater sie auf dieses Bett legten, stellte ich mich auf die Zehenspitzen und versuchte, obwohl die Matratzen sehr hoch waren, einen Blick auf sie zu werfen.

So lange ich zurückdenken kann, standen das Bett, die dazugehörige Kommode und der Ankleidetisch in dem Zimmer des großen Bauernhauses in Missouri, das einmal das Schlafzimmer meiner Großeltern gewesen war. Während dieser längst vergangenen Sommer, wenn alle Enkelkinder zu Besuch weilten, hieß das Tagesmotto: Ihr wechselt euch ab! Ob es auf der Schaukel war, die auf der Terrasse stand, auf den Fahrrädern oder beim Helfen im Haus, wir wechselten uns ab. Nur wenn es darum ging, in Großmutters Bett zu schlafen, wechselten wir uns nicht ab. Selbst in heißen, windstillen Sommernächten durften wir uns alle gleichzeitig bei ihr einnisten. Unsere verschwitzten kleinen Körper klebten vergnügt aneinander, während wir Großmutter zuhörten, die so lange ihre geliebten Geschichten aus alter Zeit erzählte, bis einer nach dem anderen eingeschlafen war.

Diese wohlgesponnenen Geschichten gaben mir ein starkes Gefühl der Familienzugehörigkeit, des Stolzes und Trostes. Und ich brauchte viel Trost, wenn sich am blauen Sommerhimmel dunkle Wolken bildeten und über den Bauernhof und die umliegenden Maisfelder zogen. Wenn ich mich vor den wilden, krachenden, das Trommelfell zerreißenden Gewittern fürchtete, die sich im Mittleren Westen aus diesen gewaltigen Wolken entladen!

Vom Fenster aus beobachtete ich dann, wie die immer stärker werdenden Blitze über den Himmel zuckten und zählte die Sekunden, bis der dumpfe Donner ertönte. Großmutter hatte mir gesagt, man könne dadurch feststellen, wie weit das Gewitter entfernt sei.

Am meisten hasste ich nächtliche Gewitter, wenn ich oben in meinem Zimmer und damit dem Unwetter noch näher war. An Schlafen war dann nicht zu denken. Während das zackige Leuchten immer greller wurde, verringerte sich der Abstand zwischen Blitz und Donner immer mehr.

Dann plötzlich: Ein Blitz! Ein Krach! Das Licht und der Ton waren eins. Das Gewitter war direkt über mir! Das war der Augenblick, in dem ich voller Panik aus dem Bett sprang und mit meiner Schwester dicht hinter mir, den Flur entlang stürzte, wo ich mit meinem Bruder zusammenstieß. Zu dritt rannten wir in wilder Flucht die Treppe hinunter.

Großmutter, die das Trappeln unserer Füße gehört hatte, war bereits zur Wand gerückt und hatte die Bettdecke zur Seite geschlagen, damit wir zu ihr hineinschlüpfen konnten. Wir versteckten uns unter der Decke und kuschelten uns so dicht wie möglich an sie. Während die Donnerschläge das Haus erzittern ließen, zuckte Großmutter dramatisch zusammen und rief:

„Huch, das war aber einer, der meinen Schnurrbart wachsen ließ!" Und obwohl unsere Köpfe ängstlich unter den Kissen vergraben waren, konnten wir uns das Kichern nicht verkneifen. In Großmutters Bett fühlten wir uns immer geborgen.

Trost fand ich dort nicht nur bei Gewitterstürmen, sondern auch wenn mich die Stürme des Lebens durchschüttelten. Verletzte Gefühle, gebrochene Herzen, Unsicherheiten – alles wurde dort wieder in Ordnung gebracht. Wenn ich, was nicht oft vorkam, das Glück hatte, Großmutter in ihrem Bett für mich allein zu haben, vertraute ich ihr meine tiefsten Geheimnisse an, denn ich wusste gut, dass sie von ihr sehr ernst genommen wurden.

Ich war acht Jahre alt, als mein Vater, ihr Sohn, an Krebs starb. In dieser letzten Nacht seines Lebens, nahm sie mich in ihr Bett, anstatt zu ihm ins Krankenhaus zu gehen. Indem sie meinen Körper dicht an sich gepresst hielt, flößte sie mir einen Trost ein, von dem ich nicht wusste, dass ich ihn brauchte.

Als mir auf der Uni ein gebrochenes Verlöbnis das Herz brach und meine Hoffnungen zerstörte, tröstete sie mich mit den Worten: „Der Weg zur Liebe ist niemals ganz eben, mein Mädchen, aber du wirst deinen finden, wenn es richtig ist." Vier Jahre später bewahrheitete sich ihre Voraussage.

Als Großmutter kurz nach meiner Hochzeit starb, versiegte die unerschöpfliche Quelle der Liebe und des Trostes. Ich wusste, dass sie nicht ersetzt werden konnte, weil nur eine Großmutter sich dazu eignet. Als meine Tante anrief und sagte, dass die geliebte Schlafzimmereinrichtung mir gehört, fuhr ich sofort nach Missouri, um sie abzuholen. Obwohl die schönen alten Möbel erst einmal eingelagert werden mussten, hoffte ich, eines Tages in unserem Heim einen Platz für sie zu finden.

Die Jahre vergingen mit erstaunlicher Geschwindigkeit. Ausgelastet mit der beglückenden Aufgabe, meine beiden Söhne großzuziehen, dachte ich nur selten an die Schlafzimmermöbel, die oben auf dem Boden standen. Es geschah zu viel in der Gegenwart, um an die Vergangenheit zu denken. Bevor ich mich versah, war unser Ältester beim Packen seiner Habseligkeiten, um eine neue Phase seines Lebens zu beginnen.

An dem Tag, an dem Tyler abfuhr, setzte ich mich in seinem leeren Zimmer auf den Fußboden und fühlte, wie sich eine Erinnerung nach der anderen vordrängte und mir auf die Schulter klopfte. Sein Abschied verursachte mir mehr Herzweh, als ich erwartet hatte. Umgeben von den Echos, die noch immer sein Zimmer füllten, versuchte ich damit fertig zu werden, dass sich eine Tür in meinem Leben geschlossen hatte.

Plötzlich schoss mir ein Gedanke durch den Kopf. Ich blickte hoch und sah das Zimmer meines Sohnes mit neuen Augen an. Endlich hatte ich einen Platz für Großmutters Schlafzimmermöbel.

In den folgenden zwei Wochen arbeitete ich an dem Zimmer und suchte liebevoll die Tapeten, Farben und Bilder aus. Dabei fielen oft Tränen in die Farbe, wenn ich über die verschiedenen Jahreszeiten nachdachte, durch die man im Laufe des Lebens geht. Als das Streichen und Tapezieren beendet waren, schleppte mein Mann die Möbel vom Dachboden herunter und half mir, ihnen in dem Zimmer den richtigen Platz zu geben. In der Pause danach dachte ich über das Endergebnis nach. Unwillkürlich zog es mich zu dem Bett hin, wo ich meine Finger über das Schnitzwerk des kostbaren, alten Möbelstücks gleiten ließ. Ich saß ganz still, als ich merkte, dass sich ein vertrautes Gefühl einstellen wollte. Es war das gleiche Gefühl, das ich als Kind gehabt hatte, wenn Großmutter neben mir im Bett lag. Es war, als wenn sie bei mir im Zimmer weilte, um mich in dieser neuen Lebensphase zu trösten.

In diesem Augenblick taufte ich den Raum „das Trostzimmer“. Während ich dort saß, betete ich: „Herr, ich hoffe, dass jeder, der sich in diesem Zimmer aufhält, den Trost spürt, den ich jetzt fühle. Bring bitte Menschen zu uns, die Trost brauchen.“

Der erste Gast im Trostzimmer war eine Freundin, die gerade ihren Bruder und zwei enge Freunde verloren hatte. Als nächstes kam ein Ehepaar, dass sich an einem Wendepunkt seines Lebens befand und nicht wusste, in welche Richtung es gehen sollte. Dann traf ein junger Cousin ein, der vorübergehend ein Zuhause brauchte, und nach ihm ein Onkel von außerhalb, dessen Frau nach einem schweren Herzanfall in unser Medizinisches Zentrum geflogen worden war. Von der Fertigstellung des Raumes bis zum heutigen Tag hat Gott immer dafür gesorgt, dass das Trostzimmer benutzt wurde.

Einen Gast gibt es allerdings, auf dessen Eintreffen ich mich am meisten freue. Ich warte auf den Tag, an dem mein Sohn nach Haus kommen und mein Enkelkind mitbringen wird. Dann werde ich die Großmutter sein, die in dem alten Bett mit ihrem Enkelkind kuschelt. Ich werde es sein, die Geschichten aus alter Zeit erzählt. Und ich werde ihm geben, was meine Großmutter mir gegeben hat: endlosen Trost und unbegrenzte Liebe.

Mayo Mathers

Jemand mit dem man teilen kann

Um die Jahrhundertwende schrieb ein Mann die Geschichte eines kleinen Zeitungsjungen auf, den er auf einer Londoner Straße in der Nähe seiner Wohnung getroffen hatte. In der Gegend wusste man, dass der Junge Waise war. Sein Vater hatte sich davongemacht, als der Junge noch ein Baby war und seine Mutter war gestorben, bald nachdem er mit dem Zeitungsverkaufen begonnen hatte.

Alle Bemühungen, den Jungen in einem Heim oder bei Pflegeeltern unterzubringen, schlugen fehl, weil der Junge diese Angebote ablehnte. Sobald man versuchte, ihn in einem Haus einzusperren, lief er bei der ersten Gelegenheit fort. „Ich kann ganz gut auf mich selbst aufpassen", antwortete er freundlichen Damen, wenn sie ihn fragten, ob er am Morgen seinen Haferbrei gegessen hätte.

Er sah tatsächlich nie hungrig aus und seine Ausdauer beim Verkauf der Zeitungen, die er stapelweise an den Mann brachte, erweckte den Eindruck, dass er die Wahrheit sagte.

Doch die Straße ist ein einsamer Ort für ein Kind, das dort leben muss. Das Tagebuch des Mannes berichtet von einem Gespräch, das er mit dem Jungen über dessen Lebensverhältnisse führte:

Als er eines Tages stehen blieb, um eine Zeitung zu kaufen, gewann er Zeit, indem er seine Taschen nach Münzen durchsuchte. Dabei fragte er den Jungen, wo er wohne. Der erwiderte, dass er in einer kleinen Hütte in einer verarmten Gegend der Stadt, nahe dem Flussufer wohne. Das überraschte den Mann und mit noch größerem Interesse forschte er weiter: „Und wer wohnt sonst noch dort?"

Der Junge antwortete: „Nur Jim. Jim ist verkrüppelt. Er kann nicht arbeiten. Jim ist mein Freund."

Der Mann war höchst erstaunt darüber, dass sich das Kind nicht nur selbst ernährte, sondern offensichtlich noch jemanden, der zum Unterhalt nichts beitragen konnte.

„Du wärst ohne Jim bestimmt besser dran, meinst du nicht auch?"

Seine Antwort auf diesen Vorschlag klang keineswegs tadelnd und hätte sich wohl für eine Predigt geeignet: „Nein, Herr, ich kann Jim nicht entbehren. Ich hätte ja niemanden, der zu Haus auf mich wartet. Und außerdem, Herr, ich möchte nicht leben und arbeiten, wenn keiner da ist, mit dem ich es teilen kann. Möchten Sie das denn?"

Autor unbekannt

Das Haus deines Freundes

Gehe oft zum Haus deines Freundes,
denn Unkraut überwuchert den unbenutzten Pfad.

Ralph Waldo Emerson

Auf einer alten Sonnenuhr

Die Zeit vergeht,
die Sonne geht auf
und die Schatten fallen.
Lasse die Zeit vergehen.
Liebe ist für immer und geht über alles.
Autor unbekannt

Die Brieftasche

Als ich an einem bitterkalten Tag auf dem Heimweg war, stolperte ich über eine Brieftasche, die jemand auf der Straße verloren hatte. Ich hob sie auf und sah nach, ob irgendetwas darin war, was auf den Eigentümer schließen ließ, damit ich ihn anrufen konnte. Was ich fand, waren drei Dollarscheine und ein Brief, der aussah, als wäre er schon seit Jahren darin gewesen.

Der Umschlag war zerschlissen und nur der Absender war noch lesbar. Als ich den Brief herausnehmen wollte, um nach einem Hinweis zu suchen, bemerkte ich die Jahreszahl 1924. Der Brief war vor fast 60 Jahren geschrieben worden.

Das blassblaue Briefpapier, das mit einer wunderschönen weiblichen Handschrift beschriftet worden war, hatte in der linken Ecke eine kleine Blume. In dem Brief wurde dem Empfänger, der offensichtlich Michael hieß, mitgeteilt, dass die Schreiberin ihn nicht länger treffen könne, da ihre Mutter es verboten hätte. Trotzdem, schrieb sie, würde sie ihn immer lieben.

Unterschrieben war er mit Hannah.

Es war ein wunderbarer Brief, doch außer dem Anhaltspunkt, dass der Empfänger Michael hieß, gab es nichts, was dabei geholfen hätte, den Besitzer ausfindig zu machen. Vielleicht konnte ich die Auskunft anrufen und hören, ob es für den Absender auf dem Umschlag eine Telefonnummer gab.

„Fräulein", sagte ich zu der Dame von der Vermittlung. „Meine Bitte ist ungewöhnlich. Ich versuche den Besitzer einer Brieftasche ausfindig zu machen, die ich gefunden habe. Wäre es möglich, mir die Telefonnummer einer Adresse zu geben, die sich auf einem Umschlag befindet, der in der Brieftasche steckte?"

Sie riet mir, mit ihrer Vorgesetzten zu sprechen. Diese zögerte einen Augenblick, ehe sie sagte: „Nun ja, es gibt eine Telefonnummer für die Adresse, aber ich kann sie Ihnen nicht geben."

Immerhin erklärte sie sich bereit, die Nummer anzurufen, die Situation zu erklären und die Leute zu fragen, ob sie mit mir verbunden werden möchten. Ich wartete ein paar Minuten, ehe sie wieder an der Leitung war. „Ich habe eine Teilnehmerin, die mit Ihnen sprechen wird."

Ich fragte die Frau am anderen Ende der Leitung, ob sie jemanden mit dem Namen Hannah kennen würde. Sie schien verblüfft zu sein. „O, ja. Wir kauften das Haus von einer Familie, die eine Tochter namens Hannah hatte. Aber das ist 30 Jahre her."

„Wissen Sie vielleicht, wo die Familie jetzt wohnt?", fragte ich.

„Ich weiß noch, dass Hannah ihre Mutter vor ein paar Jahren in ein Altersheim bringen musste", sagte die Frau. „Wenn Sie sich mit dem Heim in Verbindung setzen, können Sie die Tochter vielleicht ausfindig machen."

Sie gab mir den Namen des Altersheims und ich rief dort an.

Man sagte mir, dass die alte Dame schon vor Jahren gestorben sei, doch es gäbe eine Telefonnummer, über die man die Tochter eventuell erreichen könne.

Ich bedankte mich und rief die Nummer an. Eine Frau antwortete. Sie erklärte mir, dass die Tochter inzwischen selbst in einem Altersheim wohne.

Jetzt wird mir die Geschichte langsam zu dumm, dachte ich bei mir. Warum mache ich ein solches Aufhebens um eine Brieftasche, die nur drei Dollar und einen Brief, der fast 60 Jahre alt ist, enthält?

Trotzdem rief ich das Altersheim an, in dem Hannah wohnen sollte und der Mann am Telefon bestätigte mir, dass sie dort lebte.

Es war schon 22 Uhr, doch ich fragte, ob ich vorbeikommen und kurz mit ihr sprechen dürfte. „Na gut", sagte er zögernd, „wenn Sie es versuchen wollen. Es ist möglich, dass sie im Aufenthaltsraum sitzt und fernsieht."

Ich bedankte mich und fuhr zu dem Altersheim. Am Eingang wurde ich vom Nachtpförtner und einer Nachtschwester begrüßt, die mich zur dritten Etage hinaufbegleitete. Es war ein großes Gebäude. Im Aufenthaltsraum stellte mich die Schwester Hannah vor.

Sie war eine zierliche alte Dame mit Silberhaar und einem Zwinkern in den Augen. Ich erzählte ihr, wie ich die Brieftasche gefunden hatte und zeigte ihr den Brief. Als sie das blassblaue Briefpapier mit der kleinen Blume in der linken Ecke sah, holte sie tief Luft und sagte: „Junger Mann, dieser Brief war der letzte Kontakt, den ich mit Michael hatte."

Für einen Augenblick wandte sie sich ab und überließ sich ihren Gedanken. Dann sagte sie weich: „Ich liebte ihn sehr, doch ich war damals erst 16 und meine Mutter war der Ansicht, dass ich zu jung wäre. Oh, er sah sehr gut aus. Er sah aus wie der Schauspieler Sean Connery. Ja, Michael Goldstein war ein wunderbarer Mensch. Wenn Sie ihn finden, sagen Sie ihm bitte, dass ich oft an ihn denke. Und ...", sie zögerte einen Augenblick, als wollte sie sich auf die Lippen beißen, „sagen Sie ihm, dass ich ihn noch immer liebe." Sie lächelte unter Tränen. „Sie müssen wissen, dass ich nie geheiratet habe. Wahrscheinlich konnte keiner je an Michael heranreichen."

Ich dankte Hannah, verabschiedete mich und fuhr mit dem Fahrstuhl wieder nach unten. Als ich an die Tür kam, fragte der Nachtpförtner: „Na, konnte die alte Dame Ihnen weiterhelfen?"

Ich erklärte ihm, dass sie mir einen Anhaltspunkt gegeben hätte. „Zumindest habe ich jetzt einen Namen. Aber ich denke, ich werde die Sache eine Weile ruhen lassen. Schließlich habe ich schon fast einen Tag damit verbracht, nach dem Besitzer der Brieftasche zu suchen."

Ich hatte die Brieftasche herausgenommen. Sie war aus einfachem braunen Leder, das an den Seiten durch ein rotes Ledergeflecht zusammengehalten wurde. Als der Blick des Nachtpförtners darauf fiel, rief er: „Warten sie mal, das ist doch die Brieftasche von Mr. Goldstein. Mit dem leuchtend roten Geflecht würde ich sie überall wieder erkennen. Er verliert sie dauernd. Ich habe sie mindestens schon drei Mal im Flur gefunden."

„Wer ist Mr. Goldstein?", fragte ich. Meine Hand begann zu zittern.

„Er gehört zur alten Garde und wohnt im achten Stock. Das ist garantiert Michael Goldsteins Brieftasche. Er muss sie verloren haben, als er spazieren ging."

Ich dankte dem Nachtpförtner. Eilig ging ich zurück zum Büro der Schwester und erzählte ihr, was der Nachtpförtner gesagt hatte. Während wir zum Fahrstuhl gingen und hinauffuhren, betete ich, dass Mr. Goldstein noch wach sein würde.

Die Schwester auf der achten Etage sagte: „Ich glaube, er ist noch im Aufenthaltsraum. Er liest nachts gern. Ein reizender alter Herr."

Wir gingen zu dem einzigen Raum, in dem noch Licht brannte und fanden dort einen Mann, der in ein Buch vertieft war. Die Schwester ging zu ihm und fragte, ob er seine Brieftasche verloren hätte. Mr. Goldstein sah überrascht auf, fasste in seine Hosentasche und sagte: „Oh, sie ist nicht mehr da."

„Dieser nette junge Mann hat eine Brieftasche gefunden und wir fragen uns, ob es Ihre ist."

Ich übergab Mr. Goldstein die Brieftasche. Sobald er sie sah, lächelte er und sagte erleichtert: „Ja, das ist sie. Sie muss mir heute Nachmittag aus der Tasche gefallen sein. Ich möchte Ihnen eine Belohnung geben."

„Nein, danke", sagte ich. „Aber ich muss Ihnen dazu etwas sagen. Ich habe den Brief gelesen, weil ich hoffte, dadurch den Eigentümer der Brieftasche zu finden."

Das Lächeln verschwand von seinem Gesicht. „Sie haben den Brief gelesen?"

„Ich habe ihn nicht nur gelesen, ich glaube auch, dass ich weiß, wo Hannah ist."

Sein Gesicht wurde blass. „Hannah? Sie wissen, wo Hannah ist? Wie geht es ihr? Ist sie noch immer so hübsch, wie sie es einmal war? Bitte, bitte erzählen Sie mir von ihr", bettelte er.

„Es geht ihr gut. Sie ist noch genauso hübsch wie damals, als Sie sich kannten", sagte ich weich.

Der alte Mann sah mich erwartungsvoll an. „Können Sie mir sagen, wo sie ist? Ich möchte sie morgen anrufen." Er griff nach meiner Hand und sagte: „Wissen Sie, mein Herr, ich habe sie so sehr geliebt, dass mein Leben wortwörtlich zu Ende war, als ich ihren Brief bekam. Ich habe niemals geheiratet. Ich glaube, ich habe immer nur sie geliebt."

„Mr. Goldstein", sagte ich, „kommen Sie mit."

Wir nahmen den Fahrstuhl zum dritten Stock. Die Flure waren dunkel und nur einige Nachtlichter erleuchteten unseren Weg, als wir zum Aufenthaltsraum gingen, wo Hannah saß und fernsah. Die Schwester ging zu ihr hin.

„Hannah", sagte sie zart und wies auf Mr. Goldstein, der neben mir an der Tür wartete. „Kennen Sie diesen Mann?"

Sie rückte ihre Brille zurecht und blickte zu ihm hinüber, doch sie sagte kein Wort. Michael redete weich, fast im Flüsterton: „Hannah, ich bin es, Michael. Erinnerst du dich noch an mich?"

Sie atmete tief. „Michael! Ich kann es nicht glauben! Du bist es wirklich. Mein Michael!" Langsam ging er zu ihr hinüber und sie umarmten sich. Als die Schwester und ich den Aufenthaltsraum verließen, hatten wir beide Tränen in den Augen.

„Sehen Sie", sagte ich. „Sehen Sie, wie Gott in seiner Güte arbeitet? Wenn etwas sein soll, geschieht es auch."

Etwa drei Wochen später bekam ich einen Anruf aus dem Altersheim. „Können Sie sich am Sonntag freimachen, um an einer Hochzeit teilzunehmen? Michael und Hannah heiraten."

Es war eine wunderbare Hochzeit, mit all den Bewohnern des Altersheims in ihrem besten Sonntagsstaat. Hannah sah in ihrem cremefarbenen Kleid wunderschön aus. Michael trug einen dunkelblauen Anzug und strahlte vor Stolz. Mich hatten sie zum Trauzeugen gemacht.

Das Altersheim gab ihnen ein gemeinsames Zimmer und wenn Sie einmal erleben möchten, dass sich eine 76-jährige Braut und ein 79-jähriger Bräutigam wie Teenager benehmen, dann müssen Sie sich dieses Pärchen ansehen.

Ein vollendeter Schluss für eine Liebesgeschichte, die fast 60 Jahre gedauert hatte.

Arnold Fine

Das Geschenk der Liebe

Voller Anteilnahme beobachteten die Fahrgäste im Bus, wie eine attraktive junge Frau mit einem weißen Blindenstock vorsichtig einstieg. Sie bezahlte und ging, sich mit der Hand weitertastend, um den freien Sitz zu finden, den der Fahrer ihr genannt hatte. Dann setzte sie sich, nahm ihre Aktentasche auf den Schoß und lehnte den weißen Stock gegen ihre Beine.

Es war ein Jahr her, dass Susan - jetzt 34 - ihr Augenlicht verloren hatte. Aufgrund einer Fehldiagnose war sie erblindet und plötzlich in eine Welt voller Dunkelheit und Enttäuschung, Zorn und Selbstmitleid geworfen worden. Susan, die bis dahin leidenschaftlich unabhängig gewesen war, fühlte sich durch eine schreckliche Laune des Schicksals dazu verdammt, für alle in ihrer Umgebung eine kraftlose, hilflose Last zu sein. „Wie konnte mir das passieren?", fragte sie immer wieder und ihr Herz verkrampfte sich vor Zorn.

Egal, wie sehr sie weinte, schimpfte oder betete, sie kannte die schmerzhafte Wahrheit: Ihre Sehkraft würde nie wiederkehren. Über Susans vormals optimistischen Geist legte sich eine Wolke der Depression. Jeder Tag war ein frustrierender, erschöpfender Hürdenlauf. Und ihr einziger Halt dabei war ihr Ehemann Mark.

Mark war Offizier bei der Luftwaffe und liebte Susan von ganzem Herzen. Gleich zu Anfang, als sie ihr Augenlicht verlor und er sah, wie die Verzweiflung von ihr Besitz ergriff, hatte er sich geschworen, seiner Frau dabei zu helfen, die notwendige Kraft und Selbstsicherheit zu finden, um wieder unabhängig zu werden. In seiner militärischen Laufbahn hatte Mark gelernt, mit heiklen Situationen fertig zu werden und er wusste, dass dies der schwierigste Kampf seines Lebens sein würde.

Schließlich war Susan so weit, dass sie ihre Arbeit wieder aufnehmen wollte. Wie aber sollte sie dorthin kommen? Früher hatte sie den Bus genommen, doch jetzt fürchtete sie sich davor, ohne Begleitung durch die Stadt zu fahren. Obwohl Marks Arbeitsstelle genau am entgegengesetzten Ende der Stadt lag, hatte er ihr dennoch angeboten, sie jeden Tag mit dem Auto zur Arbeit zu fahren.

Zu Anfang tröstete das Susan und befriedigte bei Mark das Bedürfnis, seine blinde Frau, die bei der kleinsten Aufgabe so unsicher war, zu beschützen. Doch bald stellte Mark fest, dass dies auf die Dauer keine Lösung war. Es war zu anstrengend und zu teuer. *Susan muss wieder den Bus nehmen*, gestand er sich ein. Schon bei dem Gedanken, mit ihr darüber zu sprechen, krampfte sich sein Magen zusammen. Sie war noch immer so verletzlich, so zornig. Wie würde sie darauf reagieren?

Es kam, wie Mark es vorausgesehen hatte: Susan war entsetzt bei der Vorstellung, wieder den Bus nehmen zu müssen.

„Ich bin blind“, erwiderte sie bitter. „Wie soll ich wissen, wohin ich gehe? Ich habe das Gefühl, dass du mich im Stich lässt.“

Ihre Worte brachen Mark fast das Herz, doch er wusste, dass es nicht anders ging. Er versprach Susan, selbst wenn es noch sehr lange dauern sollte, jeden Morgen und jeden Abend mit ihr den Bus zu nehmen, bis sie es alleine schaffen würde. Und so geschah es.

In voller Uniform begleitete Mark Susan zwei Wochen lang täglich zur Arbeit und zurück. Er brachte ihr bei, sich auf ihre anderen Sinne zu verlassen, besonders auf das Hören, um zu wissen, wo sie war und wie sie sich auf ihre neue Umgebung einstellen musste. Er half ihr, sich mit den Busfahrern anzufreunden, die ihr behilflich sein und ihr einen Sitz anweisen konnten. Er brachte sie zum Lachen, selbst an den weniger guten Tagen, wenn sie beim Einsteigen stolperte oder ihre Aktentasche fallen ließ.

Jeden Morgen, wenn sie gemeinsam die Fahrt gemacht hatten, nahm Mark eine Taxe und fuhr damit in sein Büro. Obwohl diese Regelung noch teurer und ermüdender war als die erste, wusste Mark, dass es nur eine Sache der Zeit war, bis Susan im Stande sein würde, allein mit dem Bus zu fahren. Er glaubte an sie, an die Susan, die er gekannt hatte, bevor sie ihr Augenlicht verlor, die sich vor keiner Herausforderung gefürchtet und nie im Leben aufgegeben hätte.

Schließlich entschied Susan, dass sie so weit war, die Fahrt alleine zu versuchen. Der Montagmorgen kam und bevor Susan ging, warf sie ihre Arme um Mark, ihren zeitweiligen Busbegleiter, Ehemann und besten Freund.

In ihren Augen standen Tränen der Dankbarkeit für seine Loyalität, seine Geduld, seine Liebe. Sie verabschiedeten sich und zum ersten Mal seit langer Zeit ging jeder seiner eigenen Wege. Dienstag, Mittwoch, Donnerstag – jeder Tag, an dem sie allein unterwegs war, verlief großartig. Susan hatte sich noch nie besser gefühlt. Sie schaffte es! Sie ging völlig auf sich selbst gestellt zur Arbeit!

Am Freitagmorgen nahm Susan wieder wie gewöhnlich den Bus. Als sie dann beim Aussteigen an dem Busfahrer vorbeikam, hörte sie ihn sagen: „Junge, Junge, ich beneide Sie."

Susan war sich nicht sicher, ob der Busfahrer zu ihr gesprochen hatte oder nicht. Wer in aller Welt würde eine blinde Frau beneiden, die im letzten Jahr darum kämpfen musste, nur den Mut zum Leben wieder zu finden?

Neugierig fragte sie den Busfahrer: „Warum sagen Sie, dass Sie mich beneiden?"

Der Fahrer erwiderte: „Es muss ein schönes Gefühl sein, so behütet und beschützt zu werden wie Sie."

Susan hatte keine Ahnung, wovon der Busfahrer sprach und fragte weiter: „Was meinen Sie damit?"

Der Busfahrer erwiderte: „Wissen Sie, seit einer Woche steht jeden Morgen ein gut aussehender junger Mann in Militäruniform drüben an der Ecke und sieht zu, wie Sie aus dem Bus steigen. Er passt auf, dass Sie sicher die Straße überqueren und beobachtet Sie so lange, bis Sie in ihrem Bürogebäude verschwunden sind. Dann wirft er Ihnen eine Kusshand nach, salutiert und geht weg. Sie sind eine beneidenswerte Frau."

Susan liefen Glückstränen über die Wangen. Obwohl sie ihn

nicht sehen konnte, hatte sie Marks Gegenwart immer gespürt. Sie hatte Glück, großes Glück, denn er hatte ihr ein Geschenk gegeben, das größeren Wert besaß als ihre Sehkraft: ein Geschenk, das sie nicht sehen musste, um daran zu glauben, das Geschenk der Liebe, das dahin Licht bringt, wo Dunkelheit herrscht.

Autor unbekannt

Levis Geschenk zum Valentinstag

Als Levi Carpenter 1919 am Silvesterabend um Letitia (Letty) McCluskeys Hand anhielt, sagte er: „Such dir aus, an welchem Tag wir heiraten sollen, aber nimm einen, den ich mir merken kann."

Sie wählte den 14. Februar, den Valentinstag.

Im Winter 1920 fielen am Valentinstag in Fayetteville, in Tennessee, 30 Zentimeter Schnee.

Letty schlug deshalb vor: „Warum verschieben wir es nicht eine Woche, damit auch bestimmt alle Gäste kommen können?"

Doch Levi wollte nichts davon wissen. Er war überzeugt, dass der Tag richtig war, ob es schneite oder nicht. So wurde die Hochzeit, bei der nur fünf Personen anwesend sein konnten, schnell von der Kirche ins Wohnzimmer des Pastors verlegt.

Weil die Straßen unpassierbar waren, fiel alles weg, was sie bestellt hatten: die Blumen, der Imbiss, das Brautkleid und der Smoking. Doch wie durch Zauberei erschien Levi mit einem Strauß rosa Rosen für seine Braut. Als er danach gefragt wurde, murmelte er etwas von „Verbindungen." Erst 40 Jahre später gestand er mir, seinem Urenkel, dass die Frau des Pastors sie aus ihrem eigenen Gewächshaus geholt hatte.

Als ich geboren wurde, waren Levi und seine Valentinsdame weit über 60. Da ich nur ein paar Kilometer weit entfernt wohnte, sah ich sie fast jedes Wochenende. Und nach jedem Valentinstag wusste ich, dass ein großer Strauß rosa Rosen auf dem Mahagonitisch in der Diele stehen würde. Doch das war nicht alles. Dicht neben der Vase lag außerdem Levis alljährlicher Bastelversuch, eine Schneeflocke, die er in kompliziertem Muster aus einem Papierbogen ausgeschnitten hatte. Ein Kärtchen war daran befestigt, auf dem stand: „Für Letty, die seit 44 Jahren meine Valentinsdame ist." Die Worte waren in jedem Jahr die gleichen, nur die Zahl änderte sich. Und wie in der Natur hatten auch seine Schneeflocken in jedem Jahr ein anderes Muster.

Als ich neun Jahre alt war, entdeckte ich im Büffet eine Schublade, in der alle Schneeflocken liebevoll aufbewahrt wurden. Es begann mit der ersten, auf der stand: „Für Letty, die seit einem ganzen Jahr meine Valentinsdame ist.“ So zeigte Levi, der von Beruf Tischler war und als verschlossen und wenig gefühlvoll galt, einmal im Jahr für jeden sichtbar sein Herz.

Eines Tages setzte Levi mich vor sich hin und zeigte mir geduldig Schritt für Schritt, wie man Schneeflocken ausschneidet. Doch es dauerte nicht lange, bis meine Enttäuschung größer war als meine künstlerischen Ambitionen. Trotz aller Mühe sahen meine Gebilde mehr wie Rattennester aus als wie Schneeflocken und ich fragte mich: *Will Urgroßvater wirklich, dass ich das Geheimnis kenne?*

Ihm schien es Vergnügen zu bereiten, dass er der Einzige in der Familie war, der eine künstlerische Begabung besaß. Er wusste, dass sein wohlhabender Bruder Claude seine Frau zum Valentinstag auf eine Kreuzfahrt in die Karibik mitgenommen und ihr unterwegs eine Perlenkette geschenkt hatte. Doch Claude konnte Geschenke nur kaufen. Levi konnte Schneeflocken selbst anfertigen. Und jede von ihnen war eine Erinnerung an seinen Hochzeitstag und das Mädchen, das er geheiratet hatte.

Niemand musste am 14. Februar zu mir sagen: „Das ist ein großer Tag für deine Urgroßeltern.“ Ich wusste einfach, dass es so war. Und das einzige Mal, wo ich sah, dass die beiden sich küssten, war an einem Valentinstag, als meine Eltern und ich zufällig gerade bei ihnen eintrafen, während Levi seiner Letty ihre jährliche Schneeflocke und ihre Rosen überreichte.

Als sie merkten, dass wir sie beobachteten, wurde Letty rot, stürzte aus dem Zimmer und rief über die Schulter: „Levi, du Schlingel.“ Doch es klang kein bisschen überzeugend.

Ein paar Jahre später erhielt Letty von Levi eine Schneeflocke, auf der geschrieben stand: „Für Letty, die seit 56 Jahren meine Valentinsdame ist.“ Niemand wusste, ob Letty die Schneeflocke sehen konnte. Zwar lebte sie und war bei Bewusstsein, doch sie hatte so viele Medikamente bekommen, dass sie nur schwach nicken konnte, als Levi ihr die Schneeflocke vors Gesicht hielt. Er legte sie auf ihren Nachttisch im Altersheim, neben den Strauß rosa Rosen.

Dann beugte er sich zu Letty und sagte: „Morgen früh komme ich schon zeitig, Letty." Und nach einer winzigen Pause fügte er hinzu: „Meine Liebste." Wieder nickte sie schwach.

Als wir das Zimmer verließen, nahm Levi meinen Arm, was selten vorkam. Ein paar Meter weiter auf dem Flur drehte er sich um und sagte: „Junge, geh und hol die Schneeflocke. Die Schwestern oder die Putzfrauen kriegen es fertig und werfen sie in den Müll."

Ich holte sie, denn ich wusste, dass Levi sie zu Hause in das Fach zu den anderen legen wollte. Sollte Letty jemals nach Haus kommen, würde er sie ihr dann zeigen.

Am darauf folgenden Valentinstag fuhren Levi und ich mit einem Strauß rosa Rosen zum Friedhof. Er wischte den Schnee fort, der den Grabstein bedeckte und stellte die Rosen in die steinerne Vase, die zum Grabstein gehörte, überlegte kurz und tat sie dann wieder in die Glasvase, in der er sie hergebracht hatte.

„Das ist Unsinn, Junge", sagte er. „Es hat keinen Zweck, sie hier zu lassen, wo niemand sie sieht."

Er holte tief Luft. „Sie wird sie sehen, egal wo sie stehen. Im April kommen wir wieder. Ich habe vor, einen Rosenbusch zu pflanzen, wenn die Kirche nichts dagegen hat."

„Rosa Rosen?" fragte ich.

„Natürlich, rosa ist eine hübsche Farbe. Hier, bring die Blumen zurück ins Auto."

Ich nahm die Vase und bemühte mich, ihm nicht ins Gesicht zu sehen, denn ich wusste, es würde ihm sonst noch schwerer fallen, die Tränen zurückzuhalten. Ich saß im Auto, hatte den Motor bereits laufen und hielt die Vase mit den Rosen auf den Knien, als ich sah, wie Levi etwas aus seiner Manteltasche nahm und es in die Steinvase neben dem Grabstein steckte. Es sah aus wie ein Stück Papier, doch sicher war ich mir nicht.

Der Schnee begann dichter zu fallen und Levi kam mit schlurfendem Schritt zum Auto zurück. „Wird diesmal einen tüchtigen Schneefall geben, denke ich. Lass uns gehen."

Ich wusste, die einzige Sache, über die er nicht reden würde, war die Sache, die ihm durch den Kopf ging. Wie hätte der heutige heftige Schneefall ihn nicht an den Tag vor 57 Jahren erinnern sollen? Ich hatte mit 15 noch kein gebrochenes Herz gehabt, doch als ich neben meinem Urgroßvater saß, konnte ich mir fast vorstellen, wie es sich anfühlt.

Im folgenden Jahr erhielt ich meinen Führerschein. Es war das erste Mal, dass ich selbst zum Friedhof fahren durfte. An diesem Valentinstag gab es keinen Schnee, er war nur grau und nasskalt.

Der Rosenbusch, den Levi und ich im April gepflanzt hatten, hatte den ganzen Sommer über verschwenderisch geblüht. Jetzt sah er so kahl aus wie der Rest des Friedhofs. Levis Todestag war vier Monate zuvor in den Stein gemeißelt worden.

Meine Eltern hatten zu Weihnachten einen Weihnachtsstern aus Seide auf den Hügel gestellt, der noch immer dort stand. *Die Zeit ist vorbei,* dachte ich.

Als ich die Blume aus der Steinvase nahm, fiel mein Blick auf etwas Weißes. Kaum sichtbar unter den Kieseln, die den Boden der Vase bedeckten, sah ich ein Stück weißes Papier. Irgendwie war Levis letzte Schneeflocke, trotz einem Jahr voller Regen, Wind und Schnee, erhalten geblieben.

Ich griff danach in der Absicht, es mit den Dingen, die meinen Urgroßeltern gehört hatten, im Keller meiner Eltern zu verwahren.

Dann überlegte ich es mir. Das Papier war kein Souvenir für mich. Es war Levis Geschenk zum Hochzeitstag und musste genau dort bleiben, wo es war.

J. Stephen Lang

Liebe tröstet

Liebe tröstet wie Sonnenschein nach dem Regen.

William Shakespeare

Ich liebe dich trotzdem

An einem Freitagmorgen beschloss ein junger Angestellter, seinen Chef um eine Gehaltserhöhung zu bitten. Bevor er zur Arbeit ging, erzählte er seiner Frau von seinem Vorhaben. Den ganzen Tag über war er nervös und angespannt. Schließlich fasste er sich spät am Nachmittag ein Herz und redete mit seinem Chef. Zu seiner großen Freude stimmte dieser seiner Gehaltserhöhung zu.

In Hochstimmung erreichte der junge Ehemann sein Heim, wo ihn ein festlicher Tisch, der mit dem besten Porzellan gedeckt und mit brennenden Kerzen und Blumen geschmückt war, erwartete. Als er den Duft des Festessens roch, vermutete er, dass man seine Frau vom Büro aus angerufen und ihr einen Wink gegeben hatte. Er fand sie in der Küche und erzählte ihr eifrig und in allen Einzelheiten die gute Nachricht. Sie umarmten sich und tanzten im Zimmer herum, bevor sie sich zu dem liebevoll zubereiteten Mahl hinsetzten. Neben seinem Gedeck fand er eine hübsch verzierte Karte, darauf stand: „Herzlichen Glückwunsch, Liebling! Ich wusste, dass du die Gehaltserhöhung bekommst. Mit dem Festessen will ich dir zeigen, wie sehr ich dich liebe."

Später, als er mit seiner Frau in der Küche war, um ihr beim Servieren des Nachtischs zu helfen, sah er, wie ihr eine zweite Karte aus der Schürzentasche fiel. Er nahm sie vom Boden auf und las: „Mach dir keine Sorgen, dass du die Gehaltserhöhung nicht bekommen hast. Du verdienst sie trotzdem. Mit dem Festessen möchte ich dir zeigen, wie sehr ich dich liebe."

Vollständige Annahme! Vollständige Liebe! Was auch geschehen mochte, sie würde hinter ihm stehen, Schicksalsschläge mildern, Wunden heilen und an ihn glauben.

Wir können viele Zurückweisungen hinnehmen, wenn es jemanden gibt, der uns liebt.

Dr. Joe Harding

Bröckelnde Sandburgen

Mein Mann und ich lagen an einem milden Sommertag am Meer auf unseren Badetüchern und lasen, jeder in seine eigene kleine Welt vertieft. In letzter Zeit war das oft so gewesen. Wir hatten viel zu tun gehabt, waren mit unseren eigenen Gedanken beschäftigt gewesen und in verschiedene Richtungen gegangen. Ich hatte gehofft, dass die Ruhe in den Ferien das ändern würde, doch bis zu diesem Zeitpunkt war jeder von uns auf seiner eigenen einsamen Insel geblieben.

Ich sah von meinem Buch auf die unermüdlich heranrollenden Wellen und fühlte mich unruhig. Ich ließ den Sand durch meine Finger rieseln. „Hast du Lust, eine Sandburg zu bauen?“, fragte ich meinen Mann.

Im Grunde genommen hatte er keine, doch abschlagen wollte er es mir auch nicht. Sobald wir einmal damit begonnen hatten, zeigte er erstaunlich viel Eifer und mir ging es nicht anders. Tatsache war, nach einer Weile arbeiteten wir so verbissen, als beabsichtigten wir, mit unserer Sandburg einen Wettbewerb zu gewinnen. Während ich die Burg mit Türmchen verzierte, baute Sandy Brücken über den Burggraben. Wir bildeten Balkone und Bogenfenster und verzierten sie mit winzigen Muschelschalen. Sie sah aus wie Camelot.

Keiner von uns merkte, dass die Flut eingesetzt hatte. Wir sahen die Wellen erst, als ein schaumiger Ausläufer ein kleines Stück von unserer Burg abbiss. Ärgerlich verstärkten wir den Wall mit Sand und klopften ihn fest. Als die Wellen jedoch mit eintöniger Gleichmäßigkeit immer wiederkamen, ließen wir unsere Hände ruhen und unsere Augen zum Horizont wandern. Sandy ging zurück zu seinem Badelaken und ich zu meinem. Und wieder herrschte Stille zwischen uns.

Als ich das nächste Mal aufblickte, sah ich, wie die Sandburg, an der wir so lange gebaut hatten, von der Flut weggewaschen wurde. Die Brücken versanken im Wasser und die Türme begannen sich zu neigen.

Während ich gedankenverloren dabei zusah, kam eine unerklärliche Traurigkeit über mich. Und plötzlich wurde mir an diesem gewöhnlichen Sommertag ein Augenblick ungewollter, reiner Offenbarung zuteil. *Das ist meine Ehe,* dachte ich.

Ich sah zu meinem Mann hinüber. Die Wortlosigkeit zwischen uns schien bis an den Himmel zu reichen. Es war die hohle Stille einer Ehe in den mittleren Jahren, einer Ehe, in der das unaufhörliche Geräusch des täglichen Lebens die Musik der Intimität übertönt hatte.

Lieber Gott, wann hat sich die Flut gewendet? Wann wurden die Hypothek, die Wäsche und der Zahnarzttermin wichtiger, als die bedeutungsvollen langen Blicke, die wir uns einst gegenseitig zugeworfen haben? Wie lange war es her, dass wir über unsere heimlichen Verletzungen gesprochen hatten oder gemeinsam über eine Freude gestolpert waren, die voller Wunder und Gelächter war? Wie konnte es geschehen, dass zwei Menschen, die sich liebten, eine solche Entfernung zwischen sich entstehen ließen?

Ich dachte an die verschwenderische Aufmerksamkeit, die wir unserer Beziehung anfänglich geschenkt hatten und wie die ständigen Ansprüche und Routinen, die das Führen eines Haushalts, das Aufziehen von zwei Kindern und das Jonglieren zweier Karrieren mit sich bringen, unsere Hände lahm und unsere Augen füreinander blind gemacht hatten.

Später am Abend, als die Kinder bereits schliefen, fand mich mein Mann, wie ich im Schatten der Veranda stand und in die Nacht starrte. „Du hast den ganzen Abend über kein Wort gesagt."

„Tut mir Leid", murmelte ich. „Ich bin mit meinen Gedanken woanders."

„Möchtest du mir sagen, was dich beschäftigt?", fragte er.

Ich drehte mich um, sah ihn an und holte tief Luft. „Ich denke über uns nach", sagte ich. „Ich denke, dass unsere Beziehung in den Anforderungen des täglichen Lebens ertrinkt. Wir haben unsere Ehe als zu selbstverständlich hingenommen."

„Was meinst du damit? Wir nehmen die gegenseitigen Verpflichtungen in unserer Ehe doch sehr ernst!" Er war ärgerlich.

„Natürlich nehmen wir die Verpflichtungen in unserer Ehe ernst", gab ich zu, „doch manchmal kommt es mir so vor, als wären die Verpflichtungen das Einzige, was wir noch haben. Manchmal sind wir wie zwei Fremde, die unter einem Dach wohnen und ihren eigenen Weg gehen."

Er sagte kein Wort. *Jetzt habe ich es geschafft,* dachte ich. *Ich habe das Boot so lange geschaukelt, bis es umgekippt ist. Ich habe meinem Mann gesagt, dass unsere Ehe daran grenzt, eine leere Verpflichtung zu sein. Du lieber Himmel!*

Wir starrten uns an. Es war, als befänden wir uns in einer großen, dunklen, mit Schmerz gefüllten Luftblase, die nicht platzen wollte. Tränen schossen mir in die Augen und liefen über mein Gesicht. Zu meinem Erstaunen kamen auch ihm die Tränen.

Plötzlich nahm Sandy seinen Finger und folgte mit einer Geste, die wahrscheinlich die zärtlichste in unserer ganzen Ehe war, den nassen Spuren auf meiner Wange. Dann berührte er sein eigenes nasses Gesicht und vermischte unsere Tränen.

Seltsam, wie ein solcher Augenblick der Anfang sein kann, die magische Beziehung zwischen zwei Menschen wieder aufleben zu lassen. Sandy und ich gingen die Stufen der Veranda hinunter zum Strand, über dem sich ein prächtiger Sternenhimmel wölbte. Langsam begannen wir zu sprechen. Lange sprachen wir über die kleinen Qualen des Ehelebens, über die Kämpfe, die damit verbunden waren. Wir sprachen über die abgenutzten Gebiete unserer Ehe und darüber, wie sie entstanden waren. Wir sagten schmerzhafte Worte über unsere unbefriedigten Bedürfnisse.

Wir wirbelten die Dunkelheit auf, die sich über unsere Beziehung gelegt hatte. Ja, es war unangenehm und beängstigend, so als würde man ohne ein Boot im Ozean herumgeworfen. Doch manchmal besteht der einzige Weg, eine neue Küste zu erreichen, darin, dass man sich in das Chaos begibt und den Schmerz aushält. Gott ist auch in den dunklen Wassern.

Endlich, als es schon spät war und ein Gefühl der Vertiefung und Neuheit zwischen uns zu wachsen begann, sagte ich träumerisch: „Es wäre schön, wenn wir eines Tages die Versprechen, die wir uns bei unserer Hochzeit gegeben haben, wiederholen würden."

„Warum nicht gleich?", fragte mein Mann. Ich schluckte. Sollten die Überraschungen, die dieser Mann heute Nacht für mich hatte, kein Ende nehmen?

„Aber, was würden wir sagen? Ich meine, ich kann mich nicht mehr genau an den Wortlaut erinnern."

„Warum sagen wir nicht einfach, was wir im Herzen fühlen?"

Draußen, unter dem schimmernden Sternenhimmel, wo das gewaltige Rauschen der Wellen die Nacht erfüllte, nahmen wir uns bei den Händen und versuchten Worte zu der Musik zu finden, die wieder zwischen uns zu erklingen begann.

„Ich verspreche, dir zuzuhören", sagte er, „mir Zeit für dich zu nehmen und Dinge wirklich mit dir zu teilen."

„Und ich verspreche dir, ehrlich zu sein, daran zu arbeiten, dass es wieder eine tiefere Gemeinschaft zwischen uns gibt", entgegnete ich.

Ich erinnere mich nicht mehr an alle Worte; ich erinnere mich mehr an die Gefühle, die sich dahinter verbargen, daran wie meine Stimme unsicher wurde und wie seine Hände sich fester um meine schlossen. Hauptsächlich ging mir durch den Sinn, dass wir mit dem, was wir taten, die Burg neu erbauten, die Brücken instand setzten und die Türme wieder errichteten.

Am nächsten Morgen ließen wir die Kinder mit ihren Cornflakes vor dem Fernseher sitzen und gingen am Ufer des Meeres entlang. Die Sonne schickte einen goldenen Strahl über das Wasser, der uns in Licht tauchte. Wir unterhielten uns beim Gehen, ein wenig scheu nach dem Geschehen der vorangegangenen Nacht. Im grellen Licht des Tages wurde uns bewusst, dass es eine Sache ist, Worte auszusprechen, doch eine andere, nach ihnen zu leben. Wir konnten unsere neu formulierten Schwüre nicht dort im Mondlicht hängen lassen. Wir mussten sie mit nach Haus zu unserem hektischen Zeitplan, dem reparaturbedürftigen Wäschetrockner und den Kekskrümeln unter dem Bett unseres Sohnes nehmen.

Nachdem wir kilometerweit den Strand entlanggegangen waren, wateten wir knietief in die schäumende Brandung und genossen das jadegrüne Wasser mit dem türkisfarbenen Himmel darüber. Gerade wollten wir zurückgehen, als es passierte. Ein riesiger, stupsnasiger Delphin kam keine 20 Meter von uns entfernt aus dem Wasser geschossen und erschreckte uns so sehr, dass wir rücklings in die Brandung fielen.

Völlig angezogen im Wasser zu sitzen, mit einem Delphin vor uns, der in einem sprühenden Silbertanz untertauchte und wieder hochsprang, war ein so unerwartetes und erheiterndes Wunder, dass wir beide so lange lachten, bis uns die Seiten wehtaten. Ich kann mich nicht erinnern, jemals so von Herzen gelacht zu haben.

Wie im Delirium erhoben wir uns schließlich und liefen in unseren nassen Shorts den Strand entlang, wo gerade einige bröckelnde Sandburgen von den Wellen weggespült wurden. Ich bemerkte jede einzelne von ihnen.

Und eine innere Stimme flüsterte mir zu: „Wenn das Morgen kommt und das Leben gegen die Wände deiner Burg schlägt, denke an die Kraft, die in ehrlichem Schmerz und vermischten Tränen steckt. Erinnere dich an die Heilung wahrhaft geteilten Lachens. Denk an das, was wichtig ist und halte dich immer daran."

Sue Monk Kidd

Das Beste

Werde alt mit mir!
Das Beste kommt erst noch,
das Letzte im Leben, wofür das Erste gemacht wurde.

Robert Browning

Titanische Liebe

Sie waren ein Inbegriff der Romantik, wie sie über das Deck des Luxusdampfers spazierten. Sie gingen Arm in Arm, einer dem anderen zugewandt und teilten Geschichten, Geheimnisse und Lächeln miteinander.

So weit ihre Mitmenschen es sehen konnten, waren sie sehr in einander verliebt. Doch unter der Oberfläche, wo niemand hinsehen konnte, existierte noch etwas anderes. Etwas, das Augen nicht wahrnehmen, Ohren nicht hören und der Verstand nicht erfassen kann.

Unter der Oberfläche gab es eine tiefe und bleibende gegenseitige Bindung, die sie fester und dichter verband, als die Nieten, die das unsinkbare Schiff zusammenhielten, auf dem sie sich befanden.

Sie hießen Isidor und Ida Strauss.

Als Einwanderer in Amerika hatten sie schwer gearbeitet, sich ihren Weg in der neuen Welt erkämpft und einen Namen gemacht. Mit viel Schweiß und Einfallsreichtum war es ihnen gelungen, in New York ein kleines Geschäft zu eröffnen, das sie Macy's genannt hatten. Als sie an jenem Tag im April 1912 über das Deck der Titanic schritten, genossen sie einen wohlverdienten Urlaub. Einer genoss die Gesellschaft des anderen und ohne es zu wissen, genossen sie ihren letzten Tag miteinander.

Es war am späten Abend des 14. April 1912, als die Titanic, das unsinkbare Schiff, bei seiner Jungfernfahrt über den Atlantik auf einen Eisberg lief und zu sinken begann. Von diesem Eisberg hatte man nur einen kleinen Teil sehen können, da der größte Teil seiner Masse sich unter der Oberfläche befand.

Unter der Oberfläche, wo kein Auge ihn wahrnehmen, kein Ohr ihn hören, kein Verstand seine Tiefe und Breite erfassen kann. Als sich das Schiff auf die Seite neigte und Wasser hineinströmte, begann sich das Leben der Menschen an Bord zu verändern.

Einige kämpften angstvoll um ihre Sicherheit. Andere halfen selbstlos denen, die Hilfe brauchten. Isidor und Ida gingen ruhig über das Deck und schätzten die Situation ab, ehe sie zu einem der Rettungsboote gingen. Mrs. Strauss begann bereits ins Boot zu klettern, als sie es sich im letzten Augenblick anders überlegte.

Sie drehte sich zu ihrem Mann um und sagte: „Wir haben jetzt so viele Jahre zusammengelebt. Wo du hingehst, gehe ich auch."

Mitglieder der Besatzung hörten ihre Worte und versuchten sie davon abzubringen, doch sie hörte nicht auf sie.

Ein Besatzungsmitglied wandte sich an den alten Mr. Strauss und sagte: „Bestimmt hat niemand etwas dagegen, einen alten Gentleman wie Sie ins Boot zu lassen."

Doch Mr. Strauss war ebenso eigenwillig wie seine Frau.

„Ich gehe nicht vor den anderen Männern."

Damit war die Sache entschieden. Keiner wollte ohne den anderen gehen, also würde keiner von ihnen gehen. Mrs. Strauss drehte sich zu ihrem Dienstmädchen um, das inzwischen sicher im Rettungsboot saß und sagte: „Hier, nimm meinen Pelzmantel. Ich werde ihn nicht mehr brauchen."

Dann ging das alte Paar die paar Schritte zu den Deckstühlen hinüber und setzte sich, um das Unabwendbare abzuwarten.

Wie bei dem Eisberg befand sich auch bei Ehepaar Strauss mehr unter der Oberfläche, als ein beiläufiger Beobachter hätte feststellen können. Sicher, sie zeigten die Liebe, die sie füreinander empfanden, doch das war nur der Teil, der sichtbar war. Unter der Oberfläche bestand jedoch eine so tiefe gegenseitige Verpflichtung, dass nichts, nicht einmal die Gefahr des Todes sie erschüttern konnte.

Jim Priest

Wo ich hingehöre

Der Highway lag vor uns und unsere Häuser hinter uns. Der Fotograf und ich sollten drei Tage lang zusammen an einer Zeitungsreportage arbeiten.

Wir waren zur Columbiaschlucht unterwegs, wo der Columbiafluss zwischen den Staaten Washington und Oregon ein anderthalb Kilometer breites Flussbett gegraben hat; wo sich die Windsurfer aus dem ganzen Land treffen, um dort auf den Wellen zu reiten; wo ich weit weg sein würde, von dem geregelten Büroalltag, den Abgabeterminen, Routinearbeiten, Besorgungen, Fahrten mit den Kindern zum Fußballtraining und der Sorge, dass ich im Schlafzimmer meine Socken auf dem Fußboden liegen gelassen hatte.

Um ehrlich zu sein, mein Abschied war nicht gerade liebevoll ausgefallen. Unsere Familie fuhr im Moment mit nahezu leerem Tank. Wir waren alle müde, leicht reizbar und im Hinblick auf unseren Glauben etwas unterernährt. Außerdem zeigte unser Auto Baujahr '81 einige Anzeichen von Altersschwäche.

Mein achtjähriger Sohn hatte uns aufzuheitern versucht, indem er ein wenig schief das Lied aus dem Musical „Annie" sang: *Die Sonne wird morgen wieder scheinen, du kannst darauf deinen letzten Dollar wetten, dass sie morgen wieder scheinen wird …*

Doch auch das half nichts.

Ich war damit beschäftigt, meine Reise vorzubereiten, und meine Frau Sally hatte sich geärgert, weil meine drei Tage währende Freiheit bedeutete, dass sie drei Tage lang zusätzliche Verantwortungen übernehmen musste.

„Papa, kommst du am Donnerstag, wenn mein Chor singt?", fragte mein achtjähriger Sohn Jason mitten im Chaos meiner Abreise.

Bill Cosby hätte mit einem komischen Gesichtsausdruck

gesagt: „Aber natürlich“, und alle wären danach für den Rest ihres Lebens glücklich gewesen.

Ich fühlte mich jedoch an diesem Morgen nicht gerade wie Bill Cosby. „Am Donnerstag bin ich verreist. Tut mir Leid.“

Ich küsste Sally flüchtig und machte mich auf den Weg. Jetzt, nach ein paar Stunden Fahrt, war ich weit weg von meiner Familie, befreit von der Unordnung, den laufenden Nasen und den ständigen Anforderungen an meine Zeit.

Während des Fahrens sprachen der Fotograf und ich ein wenig über unser Leben. Er war ungefähr in meinem Alter, Mitte dreißig, verheiratet, aber ohne Kinder.

Er erzählte, dass er und seine Frau erst kürzlich eine Reise an den Columbiafluss gemacht hätten. Ich schluckte. Allein? Ich konnte mich nur noch vage daran erinnern, wie so etwas war. Man fuhr los, wenn einem danach zu Mute war. Niemand wollte spät nachts Huckepack reiten, wenn man nur noch den einen Gedanken hatte, endlich ins Bett zu fallen. Es gab keine Zimmer, die aussahen, als hätte ein Tornado darin gewütet und keine Elternabende in der Schule.

Der Fotograf war nicht nur kinderlos, er hatte auch keine sechs Monate alten Pommes an den Fußmatten seines Autos kleben, keine halben Abziehbilder von Supermann auf seinem Armaturenbrett und keinen Autoatlas, in dem der größte Teil von Idaho fehlte, weil er mit geschmolzener Schokolade zugeschmiert war.

Trotz des ständig drohenden Regens erforschten wir in den nächsten zwei Tagen das Flussbett: 300 Meter hohe Basaltwände, die sich zu beiden Seiten des Columbiaflusses erhoben, Surfer in fluoreszierenden Anzügen, die schillernden Wasserläufern gleich über die Wellen glitten.

Wenn uns schon das Land und das Wasser fasziniert hatten, die Surfer faszinierten uns noch mehr. Es gab Tausende von ihnen, meistens junge Leute, die ihre Tage auf dem Wasser, ihre Nächte in der Stadt und ihre Morgenstunden im Bett verbrachten.

Jeder vierte Wagen hatte ein Surfbrett auf dem Dach. Nummernschilder aus allen Teilen des Landes gaben sich hier ein Stelldichein. Einige Surfer gehörten zu der unbekümmerten Sorte, die dem Wind nachreist und in ihren Kombiwagen lebt, andere waren wohl etablierte Yuppies, die zum Wochenende gekommen waren oder ihre Ferien dort verbrachten.

Die jungen Leute zu sehen, glich der Entdeckung eines urzeitlichen Stammes. Während ich mich damit beschäftigte, verklemmte Fahrradketten in Ordnung zu bringen, waren meine Generationsgenossen damit beschäftigt, nachts die Bars unsicher zu machen. Während ich meine Gehaltsschecks auf das Konto einzahlte, dessen Geld für Lebensmittel, Zahnarztrechnungen und die Monatsraten der Ausbildungsversicherung unserer Jungen verwendet wurde, mussten diese Leutchen die schwere Entscheidung treffen, welche Farbe ihr neues Surfbrett haben sollte.

Was hatte ich verkehrt gemacht?

Auch an unserem letzten Abend war trübes Wetter, was den Fotografen ärgerte und der Stimmung entsprach, in der ich mich befand. Wir brauchten beide Sonnenschein, jedoch aus verschiedenen Gründen.

Als ich aus dem Fenster des Motels auf den darunter liegenden Fluss starrte, fühlte ich plötzlich eine Leere in mir, als würde ich nirgends hingehören. Nicht hierher und nicht nach Hause. Nirgendwohin. So, wie die Winde in der Schlucht den Fluss aufwühlten und mit schaumgekrönten Wellen bedeckten, schleuderten die Winde der Freiheit meine Überzeugungen hin und her. Gott, Ehe, Kinder, Arbeit, diese Dinge stellten den Grund dar, in dem ich mein Leben verankert hatte und jetzt merkte ich, dass mein Anker ins Rutschen geriet.

Hatte ich einen Fehler gemacht? Waren die in der Bibel definierten Grenzen um mich herum zu einem Käfig geworden? Hatte ich mich an die Todesstarre der Verantwortung verkauft? Würde ich eines Tages, wenn ich älter war, der spröden, kalten Realität der Reue ins Gesicht sehen müssen und wünschen, dass ich mich dem Wind überlassen hätte?

Als ich mich fürs Bett fertig machte, entdeckte ich im Koffer unter meiner Unterwäsche eine Karte mit einem Gruß. Sie war von Sally. Auf der Vorderseite waren zwei schmusende Kühe zu sehen - meine Frau liebt diese Tiere - und darunter stand: Ich werde dich immer lieben.

Minutenlang starrte ich auf die Karte und wiederholte leise die Worte.

Das war die gleiche Handschrift, die ich auf Liebesbriefen an der Universität, auf einer Heiratsurkunde, auf zwei Geburtsurkunden und auf einem letzten Willen gesehen hatte. In mir begann etwas zu schmelzen. Das Versprechen meiner Frau bohrte sich in mein verhärtetes Herz und stellte meine verschwommene Perspektive wieder scharf. In diesem Augenblick wusste ich, wo ich hingehöre.

Am nächsten Tag kam ich nach einem zweistündigen Interview und sechs Stunden Autofahrt aufgeregt und außer Atem in der Schule meines Sohnes an. Das Chorkonzert hatte bereits vor zwanzig Minuten begonnen. Hatte ich Jasons Lied verpasst?

Ich eilte durch die Schulkantine. Sie war gerammelt voll. Verbissen kämpfte ich mich durch die Eltern bis zum Eingang des Saales durch, von wo aus ich die singenden Kinder sehen konnte. Dann hörte ich sie: 25 Schulanfängerstimmen, die sich verzweifelt bemühten Töne zu treffen, für die sie noch fünf Jahre mehr Erfahrung gebraucht hätten.

Die Sonne wird morgen wieder scheinen. Du kannst darauf deinen letzten Dollar wetten, dass sie morgen wieder scheinen wird ...

Meine Augen suchten in der zusammengewürfelten Kinderschar nach Jason. Schließlich entdeckte ich ihn in der ersten Reihe, eingeklemmt zwischen zwei Mädchen, deren Bakterien, seinem Gesicht nach zu urteilen, über ihn krabbelten wie Ameisen über einen Picknickkorb. Er sang zwar, doch mit noch weniger Enthusiasmus als wenn er sein Zimmer aufräumte.

Plötzlich wanderte sein Blick in meine Richtung und sein Gesicht wurde von einem Lächeln überstrahlt, wie ein Vater es nur zu sehen bekommt, wenn bei einer Vorführung der ersten Klasse seine Augen die seines Kindes treffen. Er hatte mich gesehen - ein Augenblick, der sich für immer in mein Gedächtnis eingeprägt hat.

Später sah ich in dem Meer von Köpfen Sally und meinen anderen Sohn. Nach dem Programm trafen wir vier uns mitten in der brodelnden Menschenmasse von Eltern und Kindern, doch die Unruhe rund um uns berührte uns kaum. Ich fühlte keine Leere mehr, sondern nur eine tiefe Verbundenheit.

In den kommenden Tagen würde ich wieder meine Rolle übernehmen als Fahrradreparaturmann, Büroalltagbezwinger, Sonntagsschullehrer und Ehemann, Rollen, die einen Windsurfer vermutlich zum Gähnen bringen.

Aber ich hatte mich entschieden, statt der zeitweiligen Freiheit über einen Fluss zu flitzen, die ewigwährende Freiheit eines getreuen Gottes zu wählen. Statt der Annehmlichkeit eines untadelig sauberen Autos, das Lächeln meines Achtjährigen in der ersten Reihe, und an Stelle des unbekümmerten Lebens in der Columbiaschlucht, die Liebe der Frau anzunehmen, die versprach, mich immer zu lieben.

Bob Welch

Gut im Vergeben

Eine glückliche Ehe ist die Vereinigung zweier Menschen, die gut im Vergeben sind.

Robert Quillen

Der Segen eines sonnigen Gemüts

„Wie war das Geschäft heute, Ebi?“

Der alte Mann stand am Waschbecken und wusch sich nach der Arbeit die Hände.

„Gut, Marthy, gut.“

„Sieht der Laden noch genauso aus? Ach, ich würde so gerne wieder einmal dort sein, wenn die Sonne hell durchs Fenster scheint. Wie sieht er aus, Ebi?“

„Seit du gegangen bist, Marthy, ist der Laden nie mehr derselbe gewesen.“ Eine leichte Röte überzog Marthys Wangen. Ist eine Ehefrau jemals zu alt, um vom Lob ihres Mannes gerührt zu werden?

Jahrelang hatten Ebi und Martha gemeinsam einen kleinen Kurzwarenladen betrieben. Eines Tages war Martha erkrankt und hatte ins Krankenhaus gebracht werden müssen. Das lag nun schon Monate zurück. Jetzt war sie wieder zu Haus, doch sie würde nie wieder kräftig genug sein, um in dem netten kleinen Laden mitarbeiten zu können.

Ich kann mir nicht helfen, ich sehne mich danach, den Laden wieder zu sehen, dachte Martha eines Nachmittags. *Wenn ich wirklich vorsichtig bin, schaffe ich es sicher bis dorthin. So weit ist es ja nicht.*

Es dauerte lange, bis sie sich ins Stadtinnere geschleppt hatte, doch schließlich gelangte sie ans Ende der kleinen Straße, in der sich der Laden befand. Abrupt blieb sie stehen. Nicht weit von ihr stand Ebi auf dem Bürgersteig. Er trug einen Bauchladen, auf dem einige Karten mit Kragenknöpfen, Sicherheitsnadeln und Bündel von Schnürsenkeln angeordnet waren. Mit zitternder Stimme pries er seine Ware an.

Martha musste sich gegen die nächste Hauswand lehnen. Sie sah hinüber, wo sich der kleine Laden befand. In seinem Schaufenster wurden jetzt Früchte ausgestellt. Plötzlich begriff sie. Mit dem Erlös des Ladenverkaufs war ihre Krankenhausrechnung bezahlt worden. Sie drehte sich um und eilte, so schnell sie ihre schwachen Beine tragen wollten, wieder nach Haus.

Es würde ihn sehr grämen, dass ich es herausgefunden habe, dachte sie und Tränen liefen über ihr Gesicht.

Er hat es mir verheimlicht, nun werde ich es ihm verheimlichen. Er soll niemals wissen, dass ich es weiß.

Als Ebi an diesem Abend müde und durchgefroren nach Haus kam, fragte Martha freundlich wie immer: „Wie war das Geschäft heute, Ebi?"

„Besser als je zuvor, Marthy", war die fröhliche Antwort. Und Martha betete, dass Gott ihn für sein sonniges Gemüt und seine Liebe zu ihr segnen möge.

Autor unbekannt

Kleine Dinge

In diesem Leben können wir keine großen Dinge vollbringen.
Doch wir können kleine Dinge mit großer Liebe tun.

Mutter Teresa

Neue Anfänge

„Bis heute Abend, Lee." An diesem Morgen berührte Marks mechanischer Kuss nicht einmal meine Wange. Schon fast an der Tür angekommen, drehte er sich noch einmal um und sagte: „Übrigens, es kann sein, dass ich heute Abend eine Sitzung habe. Wenn das der Fall ist, rufe ich dich an."

Ich hatte weder seinen „Kuss" erwidert, noch auf seine Ankündigung reagiert. Unberührt von meiner mangelnden Reaktion, schloss Mark die Tür hinter sich.

Impulsiv griff ich nach meinem Kaffee, rannte zur Tür und öffnete sie wieder. Ich sah wie Mark im Vorgarten um die Büsche herum ging und verlor ihn aus den Augen, als er in der Garage verschwand. In den Anfangsjahren unserer Ehe war es bei uns Tradition gewesen, dass ich morgens an der Haustür stand, bis er den Wagen rückwärts aus der Garage gefahren, kurz gehupt und mir zum Abschied zugewinkt hatte. An diesem Morgen winkte niemand. Er erwartete nicht mehr, dass ich dort stand.

Ich ging in die Küche zurück, goss mir Kaffee nach, hängte mir eine Strickjacke über die Schultern und schlenderte in den hinteren Teil unseres Gartens, wo ich mich auf die alte Bank setzte. Unseren Garten hatte ich immer geliebt und ich hoffte, dass sich dort Erinnerungen an glücklichere Zeiten einstellen würden.

Obwohl es erst April war, wärmte die Sonne mein Gesicht. Die Platanen trugen dicke Knospen und in dem morgendlichen Tau auf den gelben Blüten der Forsythien spiegelten sich die Sonnenstrahlen wieder.

Ich blickte auf die Stelle, an der unser japanischer Kirschbaum gestanden hatte. Mark und ich hatten ihn gepflanzt, als wir vor nahezu 20 Jahren in dieses Haus gezogen waren. Als der Baum größer und üppiger wurde, bedeutete er für mich viel mehr als

Schatten und Schönheit. Das Wachstum dieses Baumes war eine Parallele zum Heranwachsen unserer drei Kinder.

Im vergangenen Jahr hatten hurrikanartige Winde unsere Gegend heimgesucht und den Baum umgebrochen. Als der Gärtner die Wurzeln ausgrub, war mir, als würden meine eigenen Wurzeln ausgerissen.

Während ich noch auf die kahle Stelle starrte, fiel mir der Tag ein, an dem ich erfuhr, dass wir hierher ziehen würden.

Nach sechs Jahren Ehe waren Mark und ich mit drei kleinen Kindern gesegnet: Mark junior, Becca und Emily. Wie in einem viel zu voll gestopften Koffer lebten wir zu fünft in einer winzigen Wohnung. Ich war gerade dabei, den Kartoffelbrei zu stampfen, als Mark buchstäblich ins Haus gehüpft kam.

„Alle Mann ins Wohnzimmer“, kommandierte er. „Ich muss euch etwas sagen.“

Ungeduldig rannte er auf und ab, bis wir uns erwartungsvoll gesetzt hatten. „Ich habe ein Haus für uns gefunden! Es muss allerhand daran gemacht werden, aber es ist solide. Und das Beste ist, es hat einen Riesengarten. Nein, das Allerbeste ist, dass wir es uns leisten können.“

Als ich an diesem sonnigen Aprilmorgen in demselben Garten saß, wurde mir bewusst, dass ich nur noch das Haus mit dem Garten hatte.

Die Kinder hatten sich selbstständig gemacht. Obwohl ich eine befriedigende Arbeit als Sprechstundenhilfe bei einem Kinderarzt hatte, kam es vor, dass ich Stunden erlebte, in denen ich nicht wusste, was ich mit mir anfangen sollte, Stunden in denen ich mich einsam und nutzlos fühlte.

Ich hatte meine Aufgabe als Mutter immer sehr ernst genommen. Da ich wollte, dass meine Kinder in einem Haus aufwuchsen, in dem Gott geehrt wird, hatte ich sehr viel Zeit damit verbracht, ihnen bleibende Werte zu vermitteln. Ich hatte sie zum Sport, zum Spielen und zum Unterricht gefahren, hatte ihnen bei den Hausaufgaben geholfen und meinen Tag mit hundert anderen Dingen ausgefüllt, die Kinder brauchen – und die jetzt niemand mehr zu brauchen schien. Es stimmte schon, Marks

Körper lebte noch in unserem Haus, doch seine Gefühle waren Kontinente weit von mir entfernt.

Was mich am meisten störte, war, dass ich nicht wusste, wann es angefangen hatte. Als ich schließlich merkte, wie sehr er sich entfernt hatte, war der Abgrund zwischen uns bereits so tief und so weit, dass er sich nicht mehr überbrücken ließ.

„Genug davon", sagte ich und ging ins Haus. Ich trat gerade in die Küche, als das Telefon läutete. Beccas Mittwochmorgenanruf kam pünktlich auf die Minute.

„Mutti", sagte sie ohne Umschweife. „Ich weiß, du machst dir absolut nichts aus Überraschungspartys, deshalb werde ich dir keine geben."

„Es ist lieb von dir, Becca, dass du dir über mich Gedanken machst. Doch selbst wenn ich Überraschungspartys gern hätte, aus welchem Grund würdest du mir eine geben wollen?"

„Mutter!" In ihrer Entrüstung hörte sie sich mehr an wie meine Mutter als wie meine Tochter. „Für deinen 25. Hochzeitstag nächsten Monat!"

„Heb dir die große Fete für unseren 50. auf, mein Schatz." *Falls es überhaupt einen geben sollte,* fügte ich im Stillen hinzu. Nachdem mir Becca noch berichtet hatte, welche erstaunlichen Dinge mein Enkelsohn gerade vollbrachte, verabschiedete sie sich.

Während ich mich für die Arbeit umzog, grübelte ich weiter darüber nach, welche versteckte Krankheit es sein mochte, die meine einst so starke Ehe zerstört hatte.

Ein Gedanke, den ich bisher erfolgreich verdrängt hatte, ging mir immer wieder durch den Kopf. Schließlich sagte ich: „Nein, es kann niemand anderer sein. O, bitte, bitte, lieber Gott, lass es nicht eine andere Frau sein."

Die nächsten Wochen vergingen, ohne dass sich in unserer Beziehung viel geändert hätte. Wir begegneten uns mit schmerzhafter Höflichkeit. Mechanische Küsse wurden zu unserem morgendlichen Ritual und Mark hatte weiterhin gelegentliche späte Besprechungen.

Als Mark vorschlug, am Sonnabend Essen zu gehen, spürte ich, allen Gründen zum Trotz bei mir die Hoffnung aufkeimen, dass unsere „Verabredung“ unsere Herzen wieder beleben würde. Im Hinblick darauf gönnte ich mir eine Gesichtsmaske, eine Haarwäsche, ein Schönheitsbad, lackierte Fingernägel und eine Stunde Ruhe.

Ich wählte für den Abend ein beigefarbenes Kostüm aus Shantungseide, das mir seit drei Jahren nicht mehr gepasst hatte. Offensichtlich hatte sich meine Apathie vielen Dingen gegenüber auch auf das Essen übertragen.

Als Mark mir ins Auto half, sagte er: „Lee, du siehst fabelhaft aus.“

Leider ging es mit unserem Abend von da an bergab. Nachdem wir die Kinder und unsere Arbeit zu Ende diskutiert hatten, wurde unser Gespräch immer steifer und schleppender.

Ich schöpfte erneut Hoffnung, als Mark beim Nachtisch noch einmal sagte: „Lee, du siehst heute Abend wirklich hübsch aus.“ Doch abends schliefen wir wieder in unserer üblichen Stellung ein, Rücken an Rücken und so weit voneinander entfernt, dass ein Ozean dazwischen gepasst hätte. Wenn ich ihn aus Versehen berührte, zog ich mich sofort zurück. Es kam mir fast unanständig vor, als hätte ich einen Fremden berührt.

Eine innere Stimme flüsterte mir zu: „Der Sturm ist daran Schuld“, doch ich wusste, dass der umgerissene Baum an dem, was in unserer Ehe nicht stimmte, keine Schuld hatte.

Um sechs Uhr morgens wachte ich auf und schlüpfte leise aus dem Bett. In einen flauschigen Bademantel gehüllt, nahm ich meinen Kaffee mit in den Garten und setzte mich zwischen die schilpenden Spatzen und Meisen.

„Es ist aus“, murmelte ich. „Unsere Ehe ist wirklich zu Ende. Doch ich will nicht, dass sie zu Ende ist!“

Als mein Blick zu der Stelle wanderte, an der unser Baum gestanden hatte, sah ich etwas aus dem dunklen Erdreich sprießen. Ich stellte den Kaffeebecher ab und wickelte mich fester in meinen Bademantel. Dann ging ich hinüber und kniete mich auf den Boden.

Kleine Triebe bahnten sich einen Weg durch die harte Erde. Ich sah, dass es Maiglöckchen waren. Vielleicht hatten sie dort schon immer versteckt zwischen den Wurzeln gestanden und ich hatte sie nur nicht bemerkt. Vielleicht hatten sie in all den Jahren – zur Ruhe verurteilt – den Platz dem wachsenden Baum überlassen.

Es kam nicht darauf an, wie sie dorthin gekommen waren – ein paar kleine Pflanzen streckten sich dem Himmel und der Sonne entgegen.

Meine Gedanken wanderten zurück zu dem Garten meiner Kindheit, der voller Maiglöckchen gewesen war. Meine Mutter hatte oft auf unserer Veranda gestanden, sie bewundert und sich über ihren lieblichen Duft gefreut. Ihr Gesicht hatte dabei den gleichen friedvollen Ausdruck gehabt, den es sonst in der Kirche hatte.

„Diese kleinen glockenförmigen Blüten sehen so zerbrechlich aus, doch sie sind unheimlich. Egal wie streng der Winter ist, im Frühling kommen sie doch immer wieder zum Vorschein", hatte sie gesagt.

Dann hatte sie die Arme ausgebreitet, als könnte sie den Garten mit allem, was darin wuchs, umschließen. „Kannst du dir vorstellen, dass diese Fülle von Schönheit nur aus wenigen Pflanzen entstanden ist? Ich glaube, sie sind eine Botschaft der Hoffnung vom Herrn."

Ich ging ins Haus zurück, bereitete Marks Lieblingsfrühstück zu, ordnete es hübsch auf einem Tablett an und brachte es ins Schlafzimmer.

Als ich mich über ihn beugte und ihm einen Kuss gab, flüsterte ich: „Ahnst du eigentlich, wie lieb ich dich habe?"

Aus tiefem Schlaf geschreckt sah er mich aus schweren Lidern an und fragte rau: „Was ist los? Ist was schief gelaufen?"

„Da bin ich nicht sicher", sagte ich. „Doch was es auch sein mag, ich bin gewillt, daran zu arbeiten, dass es in Ordnung kommt. Bist du das auch?"

„Lee, da ist etwas, worüber ich mit dir sprechen muss."

„Nicht jetzt, Mark. Jetzt wollen wir unsere Reise planen."

„Welche Reise?", fragte er und stützte sich auf seinen Ellbogen.

„Unsere Silberhochzeitsreise. Wohin würdest du gern reisen?"

„Lee, es ist nicht, was du denkst. Ich habe niemals ..."

„Ich dachte auch nicht, dass du …“, sagte ich.

Als ich vor ihm stand, mit meinen zerzausten Haaren, eingewickelt in den alten Bademantel, nahm Mark meine Hand und sagte: „Du bist so schön.“

Und damit senkte der neue Anfang, den die Maiglöckchen versprochen hatten, seine Wurzeln in mein Herz.

Patricia Wyman

Weil ich liebe

Alles, alles, was ich verstehe,
verstehe ich nur, weil ich liebe.

Leo Tolstoi

Das Geheimnis

Selbst bei einem Ehepaar, das sich innig liebt, wird es gelegentlich einen Sturm geben. Eine Großmutter, die ihre goldene Hochzeit feierte, gab einmal das Geheimnis ihrer langen, glücklichen Ehe preis.

„An meinem Hochzeitstag beschloss ich, eine Liste von den zehn Unarten meines Mannes zu machen, die ich – unserer Ehe zuliebe – übersehen würde“, sagte sie. „Ich bin jedoch nie dazu gekommen, sie aufzuschreiben. Aber jedes Mal, wenn mein Mann etwas tat, was mir nicht gefiel, sagte ich mir: Er hat Glück, dass es eine von den zehn ist.“

Autor unbekannt

Der goldene Kranich

Der Lehrer Art Beaudry, der in einer Kunstschule die Kunst des Origami (alte japanische Kunst des Papierfaltens) unterrichtete, wurde einmal gebeten, in einem großen Einkaufszentrum in Milwaukee Werbung für diese Schule zu machen. Er beschloss daraufhin, einige Hundert Papierkraniche mitzunehmen, um sie den Menschen, die an seinen Stand kommen würden, zu schenken.

Noch bevor er seine Vorbereitungen abgeschlossen hatte, geschah etwas Merkwürdiges. Eine innere Stimme forderte ihn auf, goldenes Papier zu suchen und einen goldenen Origami-Kranich daraus zu falten. Die Aufforderung war so nachdrücklich gewesen, dass Art sich tatsächlich daran machte, in seiner Papiersammlung zu Hause so lange zu suchen, bis er ein flaches, glänzendes Stück Goldfolie fand.

Warum tue ich das eigentlich?, fragte er sich. Er hatte noch nie mit der glänzenden Goldfolie gearbeitet. Sie ließ sich nicht so leicht und akkurat falten, wie das steife, vielfarbige Papier. Die leise Stimme gab jedoch keine Ruhe. Art schnaufte verächtlich und versuchte sie nicht zu beachten.

„Warum in aller Welt Goldfolie? Mit Papier lässt es sich viel leichter arbeiten“, murmelte er ärgerlich.

Die Stimme ließ nicht locker. „Tu es! Und morgen musst du ihn einer ganz besonderen Person schenken.“

An diesem Abend faltete Art sehr sorgfältig die ungebärdige Goldfolie, bis sie so graziös und fein aussah, wie ein richtiger Kranich, der im Begriff war, davonzufliegen. Er verstaute den exquisiten Vogel zusammen mit den etwa 200 anderen farbenfrohen Papierkranichen, die er in den Wochen davor angefertigt hatte in einer geräumigen Kiste.

Am nächsten Tag blieben Dutzende von Menschen an seinem Stand stehen und stellten ihm Fragen über Origami. Er machte es ihnen vor, faltete das Papier, nahm es wieder auseinander und faltete es noch einmal. Er erklärte die feinen Einzelheiten und die Notwendigkeit, die Kanten scharf zu ziehen.

Und mit einem Mal stand die besondere Person vor ihm. Art hatte die Frau noch nie gesehen. Sie sprach kein Wort, sondern sah nur zu, wie er sorgfältig ein rosa Stück Papier zu einem Kranich mit graziös geschwungenen Flügeln faltete.

Flüchtig sah Art zu ihr hin und bevor er sich dessen bewusst wurde, griffen seine Hände in den Karton, in dem sich die fertigen Papierkraniche befanden. Da war er, der graziös gefaltete Vogel aus Goldfolie, an dem er die Nacht zuvor gearbeitet hatte. Er nahm ihn heraus und legte ihn behutsam in die Hände der Frau.

„Ich weiß nicht warum, aber eine innere Stimme sagt mir, dass ich Ihnen diesen goldenen Kranich geben soll. Der Kranich ist ein uraltes Symbol des Friedens", sagte Art einfach.

Die Frau erwiderte kein Wort. Vorsichtig, als wäre er lebendig, umschloss sie den zerbrechlichen Vogel mit ihren kleinen Händen. Als Art ihr ins Gesicht sah, bemerkte er, dass sie Tränen in den Augen hatte.

Mit einem tiefen Atemzug sagte die Fremde schließlich: „Mein Mann ist vor drei Wochen gestorben. Es ist das erste Mal, dass ich ausgegangen bin. Heute ..." Mit der freien Hand wischte sie sich die Augen, während die andere behutsam den goldenen Vogel hielt. Sehr leise sagte sie: „Heute ist unser goldener Hochzeitstag."

Und dann fuhr die Fremde mit klarer Stimme fort: „Ich danke Ihnen für das wunderbare Geschenk. Jetzt weiß ich, dass mein Mann Frieden hat. Verstehen Sie? Die Stimme, die Sie hörten, war Gottes Stimme und der wunderschöne Kranich ist ein Geschenk von ihm. Es ist das schönste Geschenk, das mir jemand zu meinem Hochzeitstag machen konnte. Danke, dass Sie auf Ihr Herz gehört haben."

Und so lernte Art sehr sorgfältig zu lauschen, wenn eine leise Stimme ihn zu etwas auffordert, was ihm zu dem jeweiligen Zeitpunkt noch unverständlich erscheinen mag.

Patricia Lorenz

Des Lebens beste Stunde

Erinnerst du dich noch daran, Jo, wie du mich das erste Mal „Freund Ehemann“ genannt hast? Das war vor vielen, vielen Jahren am Anfang unserer Ehe. Ich glaube nicht, dass es mir besonders ungewöhnlich vorkam, als du mich das erste Mal so nanntest. Was erwartet man sonst von einem Ehemann oder einer Ehefrau? Jetzt aber, wo ich alt bin und du es noch immer sagst, hat es für mich eine schwerwiegende Bedeutung angenommen.

Wir haben zusammen viel durchgemacht und da wir alles überlebt haben, freuen wir uns darauf, uns weiterhin umeinander zu kümmern. Unsere Zärtlichkeit ist kostbarer als je zuvor, weil wir uns gegenseitig mehr brauchen.

Als wir 35 Jahre verheiratet waren, hast du geschrieben: „Freund Ehemann war 20, als ich ihn traf, deshalb besitze ich keine eigenen Kenntnisse über seine frühen Jahre. Der Mensch, der er mit 28 war, erregte sofort mein Interesse. Da gab es keine Fremdheit, keine Spannung. Wir waren Freunde seit unserer ersten Begegnung und Freunde werden wir bleiben.“

Vor ein paar Tagen haben wir still unseren 45. Hochzeitstag gefeiert. Es war tatsächlich einer unserer besten Hochzeitstage, meinst du nicht auch? Obwohl niemand anwesend war, der uns hätte sehen oder hören können, hast du mich am nächsten Tag zur Seite genommen und mir gestanden: „Seit wir verheiratet sind und dann, als du in Übersee warst und in all den Jahren danach, wollte ich dir einen goldenen Ehering schenken. Würdest du ihn tragen?“

Und jetzt sitze ich hier und mein goldener Ehering strahlt mich an. Ich trage ihn nun seit knapp 45 Minuten, doch er passt und fühlt sich an, als wäre er seit 45 Jahren an meinem Finger gewesen. Als ich eine Nachricht für dich auf dem Küchentisch hinterließ, unterschrieb ich voller Vergnügen: „Freund Ehemann mit dem Goldring."

Rede ich nur belangloses Zeug? Oder ist es vielleicht gar nicht nötig, etwas zu sagen? Ein Ehemann und eine Ehefrau, die seit 45 Jahren Freunde sind, wissen womöglich, was der andere denkt. Am Ende eines so langen Zeitabschnitts wird das schweigende Beisammensitzen zu einer Tugend, einem wohltuenden Laut, einer Sprache der Anwesenheit. Würdest du sagen, wir neigen dazu, es hin und wieder „des Lebens beste Stunde" zu nennen?

Vor fünf Jahren beschlossen unsere Kinder, unseren Freizeitraum in einen Raum nur für uns zwei zu verwandeln. Wir wurden von diesem Angebot überrascht und waren uns nicht sicher. Du weißt, wie wenig Menschen, wenn sie älter werden, Veränderungen mögen. Doch es war ein Weihnachtsgeschenk, das liebevoll von unseren Kindern unterschrieben war.

Es ist ein ziemlich langer, schmaler Raum, der zum Süden hin ein großes Fenster hat. An der schmalen Ostseite ist die Bücherecke. Dort steht der Ohrensessel, den du dir immer gewünscht hast und du verbringst viel Zeit darin mit Lesen. Lesen ist deine Lieblingsbeschäftigung, ein Großteil deiner Unterhaltung, deine Therapie und deine Zuflucht.

Mein Ohrensessel, der deinem ähnlich sieht, steht am anderen Ende des Zimmers, dicht am Ofen. Dort bin ich zu Hause. Eine Couch an der Wand, die dem Fenster gegenüber steht, gestattet uns, gelegentlich nette Gesellschaft zu haben.

Hier sind wir nun und sehen uns täglich über die Länge des Raumes hinweg an, du die meiste Zeit in der Bücherecke und ich ein unruhiger Geist, der ein und aus geht, nur halb so lange. Doch hier ereignet sich viel zwischen uns. Wir beten miteinander und oft nehmen wir hier unser Frühstück oder Mittagessen ein. Wir unterbrechen uns gegenseitig mit Dingen, die erzählt werden müssen, mit Einsichten, die wir plötzlich haben, tiefen Gedanken, die uns beschäftigen, Witzen, über die wir lachen können und sogar mit Meinungsverschiedenheiten, die begonnen und wieder beigelegt werden.

Wir sind uns bewusst, dass wir einander brauchen und aufeinander Rücksicht nehmen müssen, dass wir versprochen haben, uns um den anderen zu kümmern, je nachdem, wer von uns dazu in der Lage ist, wenn die Zeit kommt. Manchmal fragen wir den Herrn, ob es möglich wäre, dass wir kurz nacheinander sterben. Und jeden Tag danken wir Gott dafür, dass wir zusammen sind.

Es scheint, dass wir jetzt öfter für die „Alten und Kranken" beten und neulich Morgen mussten wir hinzufügen: „zu denen wir uns selbst zählen." Wir sind beide nicht alt oder krank genug, um viel darüber zu reden. Doch wir wissen, dass das Ende kommt, das Ende der Dinge, die wir gemeinsam zu schätzen wissen. Ehrlich gesagt, das, was versteckt vor uns liegt, lenkt uns nicht von den flüchtigen Augenblicken des Friedens und der Seelenruhe ab, die ein Vorgeschmack der guten Dinge sind, die uns in der Gegenwart des Herrn erwarten.

Eugene S. Geissler

Ein Sprung für die Liebe

Jemand zu lieben heißt,
deinen Finger zart über seine Seele gleiten zu lassen,
bis du einen Sprung findest,
in den du behutsam deine Liebe hineingießen kannst.

Keith Miller

Rudys Engel

Ich betrat das Lebensmittelgeschäft, obwohl ich eigentlich nicht daran interessiert war, etwas zu kaufen. Ich war nicht hungrig. Der Schmerz über den Verlust meines Mannes, mit dem ich 37 Jahre lang verheiratet gewesen war, war noch zu frisch. Und an das Lebensmittelgeschäft knüpften sich viele liebe Erinnerungen.

Rudy war beim Einkaufen oft dabei gewesen und fast jedes Mal verschwunden und hatte so getan, als würde er nach etwas Besonderem suchen. Ich wusste schon, was er vorhatte und ich entdeckte ihn immer, wenn er mit drei gelben Rosen in der Hand zwischen den Regalen wieder auftauchte.

Rudy wusste, dass ich gelbe Rosen liebe. Mein Herz war schwer vor Kummer und ich wollte nur schnell ein paar notwendige Dinge einkaufen und wieder gehen. Selbst der Lebensmitteleinkauf war anders geworden, seit Rudy gestorben war.

Das Einkaufen für eine Person dauert länger und erfordert mehr Nachdenken, als für zwei. Als ich am Fleischstand wartete und nach dem richtigen kleinen Steak für mich suchte, fiel mir ein, wie Rudy sein Steak am liebsten hatte. Plötzlich tauchte eine junge Frau neben mir auf. Sie war blond, schlank und sehr hübsch in ihrem hellgrünen Hosenanzug. Ich beobachtete, wie sie nach einer Packung Steaks griff und sie in ihren Einkaufswagen legte. Dann zögerte sie und tat sie wieder zurück. Sie wollte schon gehen, als sie noch einmal nach der Packung mit den Steaks griff. Als sie merkte, dass ich sie dabei beobachtete, lächelte sie.

„Mein Mann liebt Steaks, doch ehrlich gesagt, bei diesen Preisen – ich weiß nicht."

Ich schluckte meine Gefühle hinunter und begegnete dem Blick ihrer hellblauen Augen.

„Mein Mann ist vor acht Tagen gestorben", sagte ich zu ihr.

Ich blickte auf die Packung in ihrer Hand und bemühte mich, meine Stimme unter Kontrolle zu behalten. „Kaufen Sie die Steaks und genießen Sie jeden Augenblick, den Sie zusammen haben." Sie nickte und ich konnte in ihren Augen sehen, was sie fühlte, als sie die Steaks in ihren Einkaufswagen legte und weiterging.

Ich drehte mich um und schob meinen Wagen quer durch den Verkaufsraum zur Milchwarenabteilung. Wieder stand ich da und überlegte, wie viel Milch ich kaufen sollte. Schließlich entschied ich mich für einen Liter und ging weiter zur Gefriertruhe mit den verschiedenen Eiskremsorten, die sich in der Nähe des Eingangs befand. Wenn ich nichts anderes herunterbekommen konnte, so konnte ich mir doch zur Not immer noch ein Schüsselchen Eis zurechtmachen.

Ich tat die Packung Vanilleeis in meinen Einkaufswagen und blickte zur Kasse hinüber. Zuerst bemerkte ich den grünen Hosenanzug, dann sah ich, dass die hübsche Dame auf mich zukam. Sie hielt etwas im Arm und auf ihrem Gesicht lag das strahlendste Lächeln, das ich je gesehen habe. Ihre Augen hielten meinen Blick fest und ich hätte schwören können, dass sich über ihrem blonden Haar ein sanfter Heiligenschein befand. Als sie vor mir stand, sah ich, was sie im Arm hielt und musste mit den Tränen kämpfen.

„Die sind für Sie", sagte sie und legte mir drei herrliche, langstielige gelbe Rosen in den Arm. „Wenn Sie zur Kasse kommen, weiß die Kassiererin, dass sie bezahlt sind." Sie beugte sich vor, drückte einen zarten Kuss auf meine Wange und lächelte wieder.

Ich wollte ihr erklären, was sie getan hatte, was die Rosen für mich bedeuteten, doch ich brachte keinen Ton heraus. Ich sah ihr nach bis meine Tränen alle Konturen verwischten, dann sah ich auf die wundervollen Rosen im grünen Seidenpapier und das Ganze kam mir fast unwirklich vor. Woher hatte sie es gewusst? Plötzlich schien die Antwort ganz klar zu sein: Ich war nicht allein.

„Oh, Rudy, du hast mich nicht vergessen", flüsterte ich unter Tränen. Er war noch immer bei mir und die hübsche Frau war sein Engel gewesen.

Wilma Hankins Hlawicza

Inspiration

In zwanzig Jahren

In zwanzig Jahren wirst du mehr Reue empfinden
über Dinge, die du nicht getan hast,
als über die, die du getan hast.
Schneide deshalb die Leinen durch,
segele fort vom sicheren Hafen.
Fang den Passatwind in deinen Segeln.
Forsche.
Träume.
Entdecke.
Mark Twain

Der alte Ed hat's nie vergessen

Dem unbeteiligten Betrachter erscheinen manche Dinge wie leere Rituale, während sie für den Eingeweihten mehr Bedeutung haben als das Leben selbst. Nehmen Sie zum Beispiel den alten Ed in Florida. Jeden Freitagabend, wenn die Sonne einer riesigen Orange gleicht und im Begriff ist, ins Wasser zu tauchen, kommt der alte Ed den Strand entlanggeschlendert, um seinen Lieblingspier aufzusuchen. In seiner knochigen Hand trägt er einen Eimer voller Krabben. Die Krabben sind nicht für ihn. Die Krabben sind nicht für die Fische. Es klingt sonderbar, doch die Krabben sind für die Möwen. Allein mit seinen Gedanken und ohne ein Wort zu sagen, schreitet Ed mit dem Eimer hinaus zum Ende des Piers. Und dort beginnt das Ritual.

Nicht lange und der Himmel füllt sich mit kleinen Punkten, die mit schrillen Schreien zum alten Ed am Ende des Piers hinunterstoßen. Sie hüllen ihn mit ihrer Anwesenheit ein. Das Schlagen ihrer starken Flügel hört sich fast wie Donnergrollen an. Doch Ed steht da und während sie die Krabben fressen, spricht er leise mit ihnen. Tatsache ist, er greift in den Eimer und wirft ein paar zu ihnen hoch. Man kann fast hören, wie er „Danke, danke" dabei sagt. Nur ein paar Minuten und der Eimer ist leer. Ed steht förmlich in Verzückung, während seine Gedanken zu einer anderen Zeit und einem anderen Ort zurückwandern. Dann, ohne ein Wort zu sagen, macht er sich ruhig auf den Heimweg.

Wer ist der alte Ed eigentlich? Sein voller Name ist Eddie Rickenbacker. Er war Hauptmann im Zweiten Weltkrieg. Da flog er eine B 17, eine „fliegende Festung". Er und sieben weitere Männer wurden damals auf eine Suchaktion über den Pazifik geschickt, um General MacArthur zu finden. Doch ihr Flugzeug stürzte ins Wasser. Und wie durch ein Wunder retteten sich alle aus dem Flugzeug in ein Schlauchboot.

An Bord des Schlauchbootes hatten sie mit der Sonne und den Haien zu kämpfen. Doch am meisten kämpften sie gegen den Hunger an. Alle acht Männer aßen und tranken nur ganz wenig, bis die Rationen am achten Tag schließlich aufgebraucht waren. Nichts zu essen! Kein Wasser! Sie brauchten also ein Wunder, um zu überleben.

Nachdem die Männer einen Nachmittag lang gebetet hatten, versuchten sie zu schlafen. Während Ed Rickenbacker mit der Mütze über den Augen schlief, landete etwas auf seinem Kopf. Es war eine Möwe. Die Möwe konnte man essen, wenn man sie fangen konnte. Und er schaffte es.

Er rupfte ihr die Federn aus und teilte sie so, dass jeder einen Bissen erhielt. Die Eingeweide benutzten sie als Köder. Auf diese Weise gelang es ihnen, so lange zu überleben, bis sie in letzter Minute, kurz vor ihrem Tod, gefunden und gerettet wurden.

Später fragte Billy Graham Hauptmann Rickenbacker nach dieser Geschichte, weil er gehört hatte, dass dieses Erlebnis ihn dazu gebracht hatte, Jesus Christus als seinen Herrn anzunehmen.

Rickenbacker sagte zu Billy Graham: „Ich kann es nicht anders erklären, als dass Gott einen Engel zu unserer Rettung geschickt hat.“

Und das hat der alte Ed nie vergessen. Nie hat er aufgehört, „Danke“ zu sagen. Jahrelang, bis zu seinem Tod, ging er jeden Freitagabend mit einem Eimer voller Krabben und einem Herzen voller Dankbarkeit für seine Rettung zu dem alten Pier, um „Danke, Danke, Danke“ zu sagen.

Max Lucado

Die Liebe und der Taxifahrer

Neulich war ich in New York und fuhr mit einem Freund in einem Taxi. Als wir ausstiegen, sagte mein Freund zu dem Taxifahrer: „Vielen Dank für die Fahrt. Sie sind ausgezeichnet gefahren."

Der Taxifahrer schien einen Augenblick lang verblüfft zu sein, dann fragte er: „Wollen Sie mich auf den Arm nehmen, oder was?"

„Nein, lieber Mann, ich meine es ernst. Ich bewundere, wie Sie in dem dichten Verkehr die Nerven behalten."

„Tja", sagte der Taxifahrer und fuhr weiter.

„Was sollte denn das bedeuten?", fragte ich.

„Ich versuche die Liebe zurück nach New York zu bringen", sagte mein Freund. „Ich glaube, sie ist das Einzige, was diese Stadt noch retten kann."

„Wie kann *ein* Mann New York retten?"

„Es ist nicht nur *ein* Mann. Ich glaube, dass ich dem Taxifahrer eine Freude gemacht habe. Nimm mal an, dass er heute noch 20 Fahrten hat. Er wird zu den 20 Fahrgästen nett sein, weil jemand zu ihm nett war. Diese Fahrgäste wiederum werden netter zu ihren Angestellten, zu den Ladenbesitzern, Kellnern oder ihren eigenen Familien sein. Schließlich kann sich das Nettsein auf mindestens Tausend Menschen ausbreiten. Nicht schlecht, meinst du nicht auch?"

„Du verlässt dich aber darauf, dass der Taxifahrer deine Nettigkeit an andere weitergibt."

„Ich verlasse mich nicht darauf", erklärte mein Freund. „Ich bin mir völlig darüber im Klaren, dass mein System nicht narrensicher ist, deshalb werde ich heute zu zehn verschiedenen Menschen nett sein. Wenn ich von zehn Personen drei glücklich machen kann, beeinflusse ich auf indirekte Weise letztendlich das Verhalten von weiteren 3000 Menschen."

„Auf dem Papier hört sich das gut an“, gab ich zu. „Ich bin aber nicht sicher, dass es in der Praxis funktioniert.“

„Wenn nicht, ist es auch nicht schlimm. Es hat mich nicht viel Zeit gekostet, dem Mann zu sagen, dass er gute Arbeit leistet. Er hat weder ein größeres, noch ein kleineres Trinkgeld erhalten. Und was schadet es schon, wenn meine Worte in taube Ohren gefallen sind? Morgen finde ich einen anderen Taxifahrer, den ich glücklich machen kann.“

„Du bist schon ein seltsamer Kauz“, sagte ich.

„Das zeigt, wie zynisch du geworden bist. Ich habe dieses Phänomen einmal anhand der Postbeamten, mit denen ich zu tun habe, beobachtet. Das, was unseren Postangestellten am meisten zu fehlen scheint – vom Geld einmal abgesehen – ist, dass ihnen niemand sagt, was für gute Arbeit sie leisten.“

„Aber sie leisten keine gute Arbeit.“

„Sie leisten keine gute Arbeit, weil sie das Gefühl haben, dass niemand sich darum schert, ob sie es tun oder nicht. Warum aber sollte nicht jemand ein freundliches Wort zu ihnen sagen?“

Wir kamen zu einem halb fertigen Gebäude und gingen an fünf Bauarbeitern vorbei, die gerade Mittagspause machten. Mein Freund blieb stehen. „Ihr habt hier fantastische Arbeit geleistet. Das muss eine schwieriges und gefährliches Projekt sein.“

Die Arbeiter beäugten meinen Freund misstrauisch.

„Wann wird der Bau fertig sein?“

„Juni“, grunzte einer der Männer.

„Ah, das ist wirklich beeindruckend. Sie müssen alle sehr stolz darauf sein.“

Wir gingen weiter. Ich sagte zu ihm: „Jemanden wie dich habe ich seit *Don Quijote* nicht mehr auf dieser Welt gesehen.“

„Sobald die Männer dort meine Worte verdaut haben, werden sie sich dadurch besser fühlen. Und auf irgendeine Weise wird anschließend diese Stadt von ihrem Glücklichsein profitieren.“

„Aber du kannst das nicht ganz allein machen“, protestierte ich. „Du bist nur ein einziger Mann.“

„Das Wichtigste ist, dass man sich nicht entmutigen lässt. Es ist kein leichter Job, die Menschen in der Stadt netter zu machen, doch wenn ich andere für meine Kampagne gewinnen kann ..."

„Du hast eben einer völlig nichts sagend aussehenden Frau zugezwinkert", sagte ich.

„Ja, ich weiß", erwiderte er. „Und wenn sie Lehrerin ist, wird ihre Klasse heute einen wunderbaren Tag haben."

Art Buchwald

Die schönsten Dinge des Universums

Die zwei schönsten Dinge im Universum
Sind der Sternenhimmel über unseren Häuptern
Und das Pflichtgefühl in unseren Herzen.

Bossuet

Die Wende

Ein Soldat, der an Christus glaubte, hatte es sich zur Gewohnheit gemacht, jeden Tag mit einer Bibellese und einem Gebet zu beenden. Immer während seine Kameraden in die Baracke kamen und sich für die Nacht fertig machten, kniete er neben seinem Bett und sprach mit Jesus, seinem Herrn.

Die anderen Soldaten sahen es und fingen an, über ihn zu spotten. Eines Nachts ging der Angriff auf ihn jedoch über die gemeinen Worte hinaus. Denn als der Soldat im Dunkeln betend vor seinem Herrn kniete, schleuderte einer seiner Widersacher seinen Stiefel nach ihm und traf ihn im Gesicht. Die anderen Soldaten lachten und hetzten und hofften auf einen Kampf.

Doch die Vergeltung blieb aus.

Als der Soldat, der geworfen hatte, am nächsten Morgen aufwachte, blickte er überrascht zum Fußende seines Bettes. Dort standen für alle sichtbar beide Stiefel – blank poliert.

Steven J. Lawson

Weisheit

Die Weisheit ist uns oft näher, wenn wir uns bücken,
als wenn wir fliegen.

William Wordsworth

Der Duft der Weihnachtszeit

Von Zeit zu Zeit versuche ich mich an das erste Weihnachtsfest ohne meinen Mann zu erinnern. Das meiste davon ist jedoch verschwunden. In den Bruchstücken, die noch auftauchen, gibt es gezwungenes Lachen, aufgesetztes Lächeln und den krampfhaften Versuch, sich zu amüsieren.

Seit dem frühen Tod meines Mannes waren damals erst drei Monate vergangen, doch Weihnachten hatte sich trotzdem pünktlich wie immer eingestellt. Es gab keine Tränen oder Diskussionen über seine Abwesenheit, sondern nur leere Festlichkeiten. Manchmal bin ich froh, dass ich mich nicht mehr an alles erinnere. „Witwenschock" hatte es jemand genannt und mir versichert, dass ich mich davon erholen würde.

Zwölf Monate später bewahrheitete sich das. Der Beweis war die frohe Erregung, mit der ich ein verschwenderisches, herrliches Fest vorbereitete. Die Kinder würden kommen! Zwei Töchter, ein Schwiegersohn und zwei Enkelkinder waren bereit, das Weihnachtsfest bei mir zu Hause zu verbringen.

Ich dekorierte alles, was sich in Reichweite befand. An den Blättern des Gummibaums hingen bunte Glaskugeln und an den Zweigen des Ficus bewegten sich bei jedem Luftzug die Lamettafäden. Das Tonbandgerät erfüllte alles mit Weihnachtsklängen.

Die Schlafzimmer, das Wohnzimmer und die Wand über der Badewanne hatte ich mit Weihnachtssternen, Stechpalmen- und Mistelzweigen verschönert. Selbst der Hund bewachte getreulich die Pfefferkuchenmänner am Weihnachtsbaum und knurrte jedes Mal, wenn die Katze in ihre Nähe kam.

Das Beste am Fest war der Weihnachtsduft, der den Geruch des Todes, der bis dahin mein Haus durchzogen hatte, ersetzte. Die Lebkuchen und glasierten Zitronensterne erzeugten einen würzigen, anhaltenden Duft, der das Herz erfreute.

Klebrige Zimtschnecken, mit Butter getränkte Weißbrotzöpfe und goldbraune Kürbiskuchen wanderten aus der mit verlockenden Düften gefüllten Küche in die Gefriertruhe, um dort die Geburtstagsfeier unseres Erlösers und das Wiedersehen mit Familie und Freunden zu erwarten.

In diesem Jahr konnten die Weihnachtsdüfte bis in den Dachstuhl ziehen, ohne durch die Regelung des Nachlasses, die Schließung des Geschäfts oder das Aussortieren von Kleidung und Werkzeugen beeinträchtigt zu werden. Und so wartete ich diesmal sehnsüchtig darauf, dass Weihnachten beginnen und die Familie sich in meinem Haus einfinden würde.

Drei Tage vor Weihnachten, um sieben Uhr morgens, kam der erste Anruf. „Mutti, ich hoffe, du hast Verständnis dafür. Hier herrscht eine schreckliche Kälte. Die ganze Nacht über musste ich aufbleiben, weil die Wasserleitungen eingefroren und gebrochen sind. Auf keinen Fall kann ich zum Fest nach Haus kommen und den Wohnwagen bei diesem Wetter allein lassen. Ist das in Ordnung, Mutti?"

„Aber ja, Kind!" Natürlich wusste ich, dass in Portland ungewöhnlich kaltes Wetter herrschte und dass Jeris Wohnwagen alt und schlecht isoliert war. Jeri war noch immer allein stehend. Wenn sie fortging und ihren Wohnwagen unbeaufsichtigt ließ, konnten daraus beträchtliche Reparaturkosten entstehen. „Wir werden Weihnachten nachfeiern", versprach ich ihr. „Pass schön auf dein kleines Zuhause auf."

Der zweite Anruf kam nur 20 Minuten später. „Mutti, es sind minus zwölf Grad. Wir können die Schafe und die Wasserleitungen nicht allein lassen und zu Weihnachten nach Haus kommen. Besteht die Möglichkeit, dass du zu uns kommst?"

„Ich wüsste nicht, wie ich hier wegkommen sollte, mein Herz. Das ist schon in Ordnung. Habt ein schönes Weihnachtsfest. Ich schicke eure Geschenke mit der Post zu euch. Und grüße Greg und die Kinder lieb von mir."

Nachdem ich aufgelegt hatte, fühlte ich mich sehr, sehr einsam. Diese Tochter und meine einzigen Enkelkinder lebten nur 195 Kilometer weit entfernt und doch konnte ich nicht zu ihnen fahren, weil ich einigen Leuten hier in der Stadt Zusagen gemacht hatte.

Für den ersten Feiertag hatte ich meinen verwitweten Schwager, seine 84-jährige Mutter sowie einen allein stehenden jungen Mann aus unserer Gemeinde zum Essen eingeladen. *Wenn ich gewusst hätte, dass meine Familie nicht hier sein würde, hätte ich das garantiert nicht getan.*

Außerdem hatte ich dem alten Mann auf der anderen Straßenseite versprochen, ihm am Weihnachtstag um 14 Uhr einen Teller von unserem Festessen hinüberzubringen. Er war ein komischer alter Kauz in den 80ern, dem ständig der Geruch von kalten Zigarren anhaftete und brauner Speichel über das Kinn in seinen verfilzten Bart floss. Da ich ihn nicht gern einladen wollte, hatte ich ihm angeboten, das Essen hinüberzubringen. „Ich und Tisch (sein Hund) brauchen nichts“, hatte er mir erklärt. Es hatte jedoch mein Gewissen beruhigt, dass ich ihm wenigstens das Essen versprochen hatte.

Dann hatte ich noch eine allein stehende Bekannte mit ihrem achtjährigen Sohn eingeladen, Heiligabend mit mir und meiner Familie zu verbringen. Und jetzt kam meine Familie nicht.

„Warum, Herr?“, protestierte ich laut. „Warum kann ich am Weihnachtsfest nicht mit meiner Familie zusammen sein? Du wusstest, dass sie nicht kommen würden. Warum hast du mich nicht daran gehindert, all den anderen Zusagen zu machen?“

Die Witwe nebenan war erst kürzlich aus dem Krankenhaus entlassen worden. Da ich versprochen hatte, nach ihr zu sehen, die Post hineinzubringen und den Hund zu füttern, war ihre Familie über Weihnachten weggefahren. *Also, ich bin hier regelrecht festgenagelt!*

Jetzt würde ich nicht erleben, wie meine Enkelkinder ihre schönen Weihnachtspakete auspackten und vor Freude außer sich gerieten. Und meine Tochter hatte sich sehnlichst einen Fruchttrockner gewünscht. „Herr, du weißt, dass ich einen für sie gekauft habe. Warum kann ich nicht dabei sein, wenn sie den Karton öffnet und sich darüber freut? Schließlich ist doch Weihnachten, Herr!“

Unerwartet überkam mich eine ehrfürchtige Bescheidenheit und brachte mein klagendes Herz zum Schweigen. Ohne einen Laut und ohne eine Bewegung begann Gott meine Fragen zu beantworten: „Ich weiß, dass es Weihnachten ist, Barbara; es ist mein Geburtstag. Was hast du für mich zum Geburtstag?"

„Wie meinst du das, was ich für dich zum Geburtstag habe, Herr?"

„Wessen Geburtstag ist es denn?", verlangte er zu wissen. „Was hast du für mich besorgt?"

Plötzlich schienen die teuren Geschenke unter dem Weihnachtsbaum nicht mehr wichtig zu sein.

„Was soll ich dir zum Geburtstag schenken?" Da war nur Stille. „Soll ich damit beginnen, dass ich noch mehr Menschen zu deiner Geburtstagsfeier einlade? Vielleicht könnte ich mich mit bereiterem Herzen um meine Nachbarin kümmern. Ich könnte sogar den alten Kauz von Gegenüber bitten, seinen Hund mitzubringen und mit uns am Tisch zu sitzen."

Mein Herz begann vor Aufregung zu klopfen. „Da ist der Mann von der Heilsarmee, den ich vorigen Sommer beim Beschneiden der Bäume hinausgeworfen habe, weil mir sein Benehmen nicht gepasst hat." Ich fing an zu lachen. „Bestimmt wäre er völlig verblüfft, wenn ich ihn plötzlich zum Essen einlade."

„Und den Mann, der im Lebensmittelladen die Tüten einpackt und mir nach dem letzten Schneefall die Einfahrt freigeschaufelt hat. Er ist jetzt allein. Wahrscheinlich wird er nur in irgendeinem Restaurant etwas essen."

Meine Freude erhielt Flügel. *Was für ein Häufchen einsamer Sterblicher; eine geniale Mischung von Fürsten und Gammler!*

Als ich mit anderen Bekannten telefonierte, die Weihnachten allein waren, wurde die Liste immer länger. Bald war mein Tisch voll, doch lang nicht so voll wie mein Herz.

Dem alten Mann von Gegenüber verschlug es die Sprache, so sehr war er von seinen Gefühlen übermannt, als ich ihn einlud, uns beim Essen Gesellschaft zu leisten.

„Ihr Kinderlein kommet, oh kommt doch all, selbst wenn ihr

keine Kinder mehr seid!", sang ich aus voller Lunge und knetete den Brotteig zu Ende.

Ich glaube nicht, dass ich jemals so viel Freude bei der Vorbereitung des Essens hatte, wie an dem Tag, an dem ich dem Herrn mein Weihnachtsfest zum Geburtstag schenkte. Wie geplant erfüllte der Festtagsduft mein Haus und völlig unerwartet wurde mein Herz von der Bedeutung des Weihnachtsfestes durchdrungen.

Nie war mir ein kostbareres Geschenk gegeben worden, als der Anblick des Mannes von der Heilsarmee, wie er sich fünfmal den Teller füllte, und ich spürte, dass Gott zustimmend dazu nickte.

„Weihnachten allein verbringen? Niemals. Jesus hat Geburtstag und bei mir findet eine Party statt. Möchten Sie auch kommen?"

Barbara Baumgardner

Der Weg zum Glücklichsein

Das Allerwichtigste zum Glücklichsein ist:
etwas zu tun,
etwas zu lieben,
auf etwas zu hoffen.

Allan K. Chalmers

Morgenherrlichkeit

Es ist 5:30 Uhr und der Tag klopft an die dunklen Türen der Nacht. Ich sitze in meiner Gartenschaukel unter einem dunkelgrünen Schirm aus Platanenblättern, der sich schützend über das Verandadach wölbt und warte auf die Sonne.

Über der Kaffeetasse in meiner Hand hängt erwartungsvoll ein leichtes Dampfwölkchen. Die Luft vibriert von ekstatischem Vogelgesang. Die Katze, die sich neben mir zusammengerollt hat, hält ihr letztes Schläfchen vor dem Frühstück. Die blauen Trompeten der Winde beginnen sich langsam zu entfalten. Dann beginnt das Schauspiel und ich bin davon ergriffen, als hätte ich noch nie einen Sonnenaufgang gesehen.

Die Vorhänge der Nacht werden schweigend zur Seite gezogen und sieghaft bricht die Sonne durch den blauen Dunst der fernen Hügel, indem sie die Erde mit grünen und braunen Streifen bemalt. Es ist Morgen – und es ist herrlich!

Ich lausche und höre die Sonne ein Lied von neuen Möglichkeiten pfeifen. Ich höre das erste Tageslied der Natur darauf warten, gesungen zu werden und ich werde daran erinnert: „Diesen Tag hat der Herr zum Festtag gemacht" und nehme mir vor, heute werde ich mich „freuen und jubeln."

Linda Anderen

Der Traum eines kleinen Mädchens

Es dauerte lange, ehe das Versprechen erfüllt wurde. Aber auch bei dem Traum hatte es lange gedauert. Es geschah in den frühen 50er-Jahren, in einer kleinen südkalifornischen Stadt, dass wieder einmal ein kleines Mädchen einen Stapel Bücher auf den winzigen Abfertigungstisch der Bücherei schob.

Das Mädchen war ein Bücherwurm. In der Wohnung seiner Eltern gab es überall Bücher, doch meistens nicht die, die es lesen wollte. Deshalb machte es wöchentlich einen Ausflug zu der gelben Bücherei mit dem braunen Dach, zu dem winzig kleinen Gebäude, dessen Kinderbücherei eigentlich nur eine Nische war. Und regelmäßig wagte es sich auf der Suche nach gewichtigerem Lesestoff aus dieser Nische heraus.

Während die Hand der weißhaarigen Bibliothekarin den Rückgabetermin in die Auswahl der Zehnjährigen stempelte, blickte die Kleine voller Verlangen auf das *Neue Buch*, das allen sichtbar auf dem Tisch ausgestellt war. Wie schon oft dachte sie darüber nach, was für ein Wunder es war, ein Buch schreiben zu können und es derart geehrt und für die ganze Welt sichtbar ausgestellt zu sehen.

An diesem Tag gab sie zu, welches Ziel sie hatte.

„Wenn ich groß bin“, sagte sie, „werde ich Schriftstellerin. Ich werde Bücher schreiben.“

Die Bibliothekarin sah vom Stempeln auf und lächelte – nicht mit der Nachsicht, die so vielen Kindern zuteil wird, sondern voller Ermutigung.

„Wenn du dein erstes Buch geschrieben hast“, erwiderte sie, „dann bring es in unsere Bücherei und wir werden es hier auf diesem Tisch ausstellen.“

Das kleine Mädchen versprach, das zu tun.

Und während sie heranwuchs, wuchs auch ihr Traum. In der

neunten Klasse erhielt sie ihre erste Stelle, wo sie für die Lokalzeitung Kurzbiographien schrieb, für die sie einen Dollar fünfzig das Stück bekam. Doch die Wichtigkeit des Geldes verblasste hinter dem Zauber, ihre Worte gedruckt auf dem Papier zu sehen.

Bis zu einem eigenen Buch sollte jedoch noch viel Zeit vergehen.

Sie redigierte die Schülerzeitung ihrer Universität, heiratete und bekam Kinder, doch die Lust am Schreiben verließ sie nie. Sie fand eine Teilzeitbeschäftigung bei einer Tageszeitung, für die sie über Schulneuigkeiten schrieb. Während ihre Kinder noch klein waren, gab ihr das geistige Anregung.

Doch ein Buch kam nicht zu Stande.

Schließlich arbeitete sie ganztags für eine der größten Tageszeitungen und versuchte sich sogar im Schreiben für Zeitschriften.

Doch zu einem Buch hatte es noch immer nicht gereicht.

Endlich glaubte sie, etwas sagen zu können. Sie begann mit einem Buch. Das Manuskript schickte sie an zwei Verlage, doch beide Male wurde es abgelehnt. Traurig legte sie es zur Seite.

Mehrere Jahre später meldete sich der alte Traum mit zunehmender Hartnäckigkeit. Sie suchte sich einen Agenten und schrieb ein weiteres Buch. Dann holte sie das andere aus seinem Versteck und schon bald hatte sie beide verkauft.

In der Welt der Buchverlage geht es langsamer zu, als bei den Tageszeitungen, und sie musste zwei lange Jahre warten. Als das Paket mit den Belegexemplaren eintraf, riss sie es auf und weinte. Sie hatte so lange darauf gewartet, ihren Traum in Händen zu halten! Dann erinnerte sie sich an die Aufforderung der Bibliothekarin und ihr eigenes Versprechen.

Natürlich, die alte Bibliothekarin war längst gestorben und die kleine Bücherei war abgerissen worden, um einer größeren Platz zu machen.

Die Frau rief an und erkundigte sich nach dem Namen der leitenden Bibliothekarin. Der schrieb sie einen Brief, in dem sie mitteilte, wie viel ihr als Mädchen die Worte der alten Bibliothekarin bedeutet hatten. Sie schrieb, dass sie für ihr 30. Klassentreffen in der Stadt sein würde und ob sie vielleicht ihre beiden

Bücher vorbeibringen und sie der Bücherei schenken dürfe. Es würde dem zehnjährigen Mädchen so viel bedeuten und schien ihr ein Weg zu sein, alle Bibliothekarinnen zu ehren, die jemals ein Kind ermutigt haben.

Die Leiterin der Bibliothek rief an und sagte: „Kommen Sie." Und so ging sie hin, eine Ausgabe ihrer beiden Bücher an die Brust gedrückt.

Sie fand die große neue Bücherei direkt gegenüber von ihrer alten Schule und dem Raum, in dem sie sich einst mit Algebra abgeplagt und über die Notwendigkeit eines Faches getrauert hatte, das eine Schriftstellerin mit Sicherheit niemals brauchen würde. Es war fast die gleiche Stelle, an der ihr altes Haus einmal gestanden hatte. Die ganze Nachbarschaft war für einen Stadtverwaltungskomplex und die für sie so bedeutsame Bücherei abgerissen worden.

Drinnen hieß die Bibliothekarin sie herzlich willkommen und stellte sie einem Reporter vor. Er arbeitete für die örtliche Tageszeitung, die eine Nachfolgerin der Zeitung war, bei der sie sich vor langer Zeit um die Möglichkeit zum Schreiben beworben hatte. Sie überreichte der Bibliothekarin die Bücher, die diese mit einem Erklärungsschild auf dem Abfertigungstisch ausstellte. Tränen rannen über das Gesicht der Frau.

Sie umarmte die Bibliothekarin und wandte sich zum Gehen. Draußen blieb sie lange genug stehen, um sich fotografieren zu lassen, zum Zeichen, dass Träume in Erfüllung gehen und Versprechen gehalten werden können, selbst wenn es 38 Jahre dauert. Das zehnjährige Mädchen und die Schriftstellerin, die aus ihr geworden war, posierten neben dem Namensschild der Bücherei und der Ankündigungstafel, auf der stand:

Wir freuen uns, dich wieder zu sehen, Jann Mitchell!

Jann Mitchell

Du bringst mir keine Blumen mehr

Der alternde Verwalter eines einsamen kleinen Landfriedhofs erhielt jeden Monat von einer Frau, die Langzeitpatientin im Krankenhaus einer nahe gelegenen Stadt war, einen Scheck zugesandt. Der Scheck war dafür bestimmt, frische Blumen für das Grab ihres Sohnes zu kaufen, der vor ein paar Jahren bei einem Autounfall ums Leben gekommen war.

Eines Tages hielt ein Auto vor dem efeubewachsenen Gebäude der Friedhofsverwaltung. Der Wagen wurde von einem Mann gesteuert und auf dem Rücksitz saß eine ältere Dame, bleich wie der Tod, die Augen halb geschlossen.

„Die Dame ist zu krank, um zu laufen“, erklärte der Fahrer dem Verwalter. „Würde es Ihnen etwas ausmachen, mit uns zum Grab ihres Sohnes zu kommen. Sie möchte Sie um einen Gefallen bitten. Wissen Sie, es geht mit ihr zu Ende und da hat sie mich als alten Freund der Familie gebeten, sie hierher zu bringen, damit sie noch einmal das Grab ihres Sohnes sehen kann.“

„Ist das Mrs. Wilson?“, fragte der Verwalter.

Der Mann nickte.

„Ja, dann weiß ich Bescheid. Sie hat mir jeden Monat einen Scheck geschickt, damit ich frische Blumen auf das Grab ihres Sohnes lege.“ Der Verwalter folgte dem Mann zum Auto und setzte sich neben die Frau. Sie war schwach und offensichtlich dem Tode nahe. Als der Verwalter sie ansah, bemerkte er jedoch noch etwas anderes in ihrem Gesicht: ihre Augen waren dunkel und verdrossen, als würden sie einen tiefen, schon lange währenden Schmerz verbergen.

„Ich bin Mrs. Wilson“, flüsterte sie. „In den vergangenen zwei Jahren habe ich Ihnen jeden Monat ...“

„Ja, ich weiß. Ich habe mich darum gekümmert, genau wie Sie es gewünscht haben.“

„Ich bin gekommen, weil mir die Ärzte sagten, dass ich nur noch ein paar Wochen zu leben habe. Bevor ich sterbe, möchte ich noch einen letzten Blick auf das Grab werfen und mit Ihnen Vereinbarungen bezüglich der Blumen für das Grab meines Sohnes treffen."

Es schien, als erschöpfte sie die bloße Anstrengung des Sprechens. Der Wagen fuhr den schmalen Kiesweg zum Grab hinunter. Als sie dort angelangt waren, richtete sich die Frau mühsam auf und blickte durch die Windschutzscheibe auf den Grabstein ihres Sohnes.

In der langen Stille, die nun folgte, hörte man nur das Tschilpen der Vögel in den großen alten Bäumen, die zwischen den Gräbern standen.

Schließlich sagte der Verwalter: „Wissen Sie, meine Dame, es hat mir immer Leid getan, dass Sie das Geld für die Blumen geschickt haben."

Zuerst schien es, als hätte die Frau ihn nicht gehört. Dann wandte sie sich ihm langsam zu.

„Leid getan?", flüsterte sie. „Ist Ihnen klar, was Sie da sagen? Mein Sohn ..."

„Ja, ich weiß", sagte er zart. „Aber sehen Sie, ich gehöre in unserer Gemeinde einer Gruppe an, die jede Woche Krankenhäuser, Pflegeheime und Gefängnisse besucht. Dort gibt es lebendige Menschen, die Aufheiterung dringend nötig haben und die meisten von ihnen lieben Blumen. Diese Menschen können sie sehen und daran riechen. In dem Grab dort", sagte er, „lebt niemand mehr, niemand, der die Blumen sehen und riechen kann." Er wandte sich ab und seine Stimme verlor sich.

Die Frau antwortete nicht, sondern starrte weiter auf das Grab ihres Sohnes. Es schien als seien Stunden vergangen, ehe sie endlich die Hand hob und der Mann sie zurück zum Verwaltungsgebäude fuhr. Der Verwalter stieg aus und ohne ein weiteres Wort fuhr der Wagen davon. *Ich habe sie verletzt,* dachte er. *Das hätte ich besser nicht sagen sollen.*

Deshalb war er nicht wenig erstaunt, als ihn die Frau ein paar Monate später wieder besuchte. Diesmal kam sie ohne Fahrer.

Diesmal fuhr sie selbst! Der Verwalter traute seinen Augen nicht.

„Sie hatten Recht mit den Blumen“, sagte sie. „Deshalb habe ich Ihnen auch keine Schecks mehr geschickt. Als ich wieder im Krankenhaus war, gingen mir ihre Worte ständig im Kopf herum. Da habe ich angefangen, Blumen für Patienten zu kaufen, die keine hatten. Wenn ich sah, wie sehr sie sich darüber freuten, obwohl sie von einer völlig Fremden kamen, hat mich das sehr froh gestimmt. Die Patienten waren glücklich, doch mehr noch, ich wurde dadurch glücklich.

„Die Ärzte wissen nicht, was mich plötzlich gesund gemacht hat“, fügte sie hinzu. „Doch ich weiß es genau!“

Autor unbekannt

Mut im Sturm

Ich fürchte mich nicht vor dem Sturm,
denn ich lerne, mein Schiff zu segeln.

Louisa May Alcott

Der Cellist von Sarajevo

Als Pianist wurde ich eingeladen, zusammen mit dem Cellist Eugene Friesen bei den Internationalen Cello-Festspielen in Manchester aufzutreten. Alle zwei Jahre treffen sich die größten Cellisten der Welt und einige andere, die sich diesem bescheidenen Instrument verschrieben haben – Bogenhersteller, Sammler, Historiker –, um eine Woche lang Seminare, Arbeitsgruppen, Meisterklassen, Konzerte und Partys zu besuchen. Und jeden Abend versammelten sich die etwa 600 Teilnehmer zu einem Konzert.

Für das Eröffnungskonzert im *Royal Northern College of Music* sollten Werke für Cello ohne Begleitung aufgeführt werden. Deshalb stand auf der Bühne des großartigen Konzertsaals nur ein einsamer Stuhl – kein Klavier, kein Notenpult, kein Dirigentenpodium. Es würde Cellomusik in ihrer reinsten, intensivsten Form sein. Die Atmosphäre war erwartungsvoll und spannungsgeladen.

Der weltbekannte Cellist, Yo-Yo Ma, gehörte zu den Künstlern dieses Abends im April 1994 und hinter der Komposition, die er spielen sollte, verbarg sich eine äußerst bewegende Geschichte.

Eine der wenigen Bäckereien Sarajevos, die noch Mehl hatte, backte am 27. Mai 1992 Brot und verteilte es an die hungernden und vom Krieg verstörten Menschen. Um 16 Uhr dieses Tages zog sich deshalb von dem Geschäft aus eine lange Warteschlange die Straße entlang. Plötzlich schlug ein Geschoss mitten in die Ansammlung, tötete 22 Menschen und verspritzte Fleisch, Blut, Knochen und Schutt in der Gegend.

Nicht weit von dieser Stätte des Grauens lebte ein 35-jähriger Musiker namens Vedran Smailovic. Vor dem Krieg war er Cellist an der Oper Sarajevos gewesen, eine hervorragende Karriere, nach der er sich geduldig zurücksehnte. Der Anblick des entsetzlichen Massakers vor seinem Fenster stieß ihn über die Grenze dessen, was er ertragen konnte. Von Qualen geschüttelt beschloss er zu tun, was er am besten konnte: Musik zu machen. Öffentliche Musik, verwegene Musik, Musik auf einem Schlachtfeld.

An jedem der nun folgenden 22 Tage nahm Vedran Smailovic um 16 Uhr sein Cello und ging in seinem Smoking, den er sonst nur für Konzerte trug, aus seiner Wohnung hinaus in die Schlacht, die rund um ihn im Gange war. Er stellte einen Plastikstuhl neben den Krater, den das Geschoss gerissen hatte, und spielte den Toten zum Gedenken Albinonis Adagio in G-Moll, eines der traurigsten und klagendsten Stücke, die je für Cello geschrieben wurden. Er spielte für die verlassene Straße, die zerstörten Lastautos, die brennenden Gebäude und für die verschreckten Menschen, die sich in Kellern versteckten, während die Bomben fielen und die Geschosse flogen. Von Ruinen umgeben, trat er auf eine unvorstellbar mutige Weise für menschliche Würde, für die an den Krieg verlorenen Leben, für die Zivilisation, für Mitgefühl und für den Frieden ein. Und obwohl das Bombardement immer noch andauerte, geschah ihm nichts.

Als eine Zeitung die Geschichte dieses außerordentlichen Mannes veröffentlichte, war der englische Komponist, David Wilde, so tief davon berührt, dass er ebenfalls beschloss, seine Empfindungen in Musik umzusetzen. Er schrieb eine Komposition für unbegleitetes Cello mit dem Titel „Der Cellist von Sarajewo“, in die er seine Empörung und seine Gefühle der Liebe und Brüderlichkeit in Bezug auf Vedran Smailovic strömen ließ.

Es war das Stück „Der Cellist von Sarajevo“, das Yo-Yo Ma an diesem Abend spielen sollte.

Ma kam heraus, verbeugte sich vor dem Publikum und setzte sich ruhig auf den Stuhl. Die Musik begann, zog hinaus in den verstummten Saal und schuf ein schattenhaftes, leeres Universum, Unheil verkündend und geisterhaft. Langsam steigerten sich die Töne zu einer todeswütigen, kreischenden, vernichtenden Raserei, von der wir alle gepackt wurden, ehe sie zu einem hohlen Todesrasseln wurde, das endlich in der Stille erstarb.

Als er geendet hatte, blieb Ma über sein Cello gebeugt sitzen. Sein Bogen ruhte auf den Saiten. Für lange Zeit bewegte sich niemand im Saal und kein Laut war zu hören. Es schien, als wären wir selbst gerade Zeugen des Massakers geworden.

Endlich blickte Ma ins Publikum hinab, streckte seine Hand aus und bedeutete jemandem, auf die Bühne zu kommen. Ein unbeschreiblicher Schock durchlief uns alle, als wir begriffen, wer es war: Vedran Smailovic, der Cellist von Sarajevo!

Smailovic erhob sich von seinem Platz und lief den Gang entlang auf Ma zu, der die Bühne verlassen hatte und ihm entgegenging. Mit weitausholenden Bewegungen warfen sie die Arme umeinander. Alle im Saal gaben sich einem rasenden, chaotischen Beifallssturm hin, klatschten, schrien und trampelten.

Die zwei Männer hielten sich in dem Tumult umarmt und weinten ohne Scham. Yo-Yo Ma, der zuvorkommende, elegante Prinz der klassischen Musik, untadelig in Erscheinung und Darbietung und Vedran Smailovic in einem fleckigen, ledernen Motorradanzug. Sein wildes Haar und riesiger Schnurrbart umrahmten ein Gesicht, das über seine Jahre hinaus gealtert, tränennass und von Schmerz zerfurcht war.

Durch die Begegnung mit dem Mann, der im Angesicht von Bomben, Tod und Ruinen sein Cello geschüttelt und ihnen getrotzt hatte, wurde bei uns allen unsere tiefste Menschlichkeit freigelegt.

Als ich eine Woche später wieder in Amerika war, saß ich eines Abends am Klavier und spielte für die Bewohner eines örtlichen Altersheims. Ich konnte nicht anders, ich musste dieses Konzert mit der Herrlichkeit vergleichen, deren Augenzeuge ich bei den Festspielen in Manchester geworden war. Als ich mir der tiefen Ähnlichkeit bewusst wurde, war ich betroffen. Der Cellist von Sarajevo hatte mit seiner Musik gegen Tod und Verzweiflung getrotzt und das Leben und die Liebe gefeiert. Und hier waren wir, ein Chor krächzender Stimmen, begleitet von einem ausgedienten Klavier und taten dasselbe. Zwar gab es keine Bomben und Geschosse, dafür aber wirkliche Schmerzen, versagende Sehkraft, überwältigende Einsamkeit, ja all die Narben, die wir in unserem

Leben sammeln - und nur wenige gehegte Erinnerungen als Trost. Trotzdem aber sangen und klatschten wir.

In diesem Augenblick wurde mir bewusst, dass Musik ein Geschenk ist, das wir alle gleichermaßen teilen. Ob wir sie spielen, singen oder einfach nur zuhören, sie ist ein Geschenk, das uns beruhigen, inspirieren und vereinen kann - oftmals, wenn wir es am nötigsten haben - und am wenigsten erwarten.

Paul Sullivan

Fliegen

Man kann niemals einwilligen zu kriechen,
wenn man das Verlangen zu fliegen verspürt.

Helen Keller

Die Babydecke

Es war an einem Samstag im Frühling und obwohl es viele Dinge gab, die eigentlich meine Aufmerksamkeit verlangten, hatte ich diese Zeit gewählt, um mich hinzusetzen und zu häkeln. Ich habe Freude an dieser Tätigkeit, was ich früher einmal für unmöglich gehalten hatte.

Gewöhnlich macht es mir nichts aus, dass ich Linkshänderin bin, im Gegenteil, ich bin sogar stolz darauf. Doch vor ein paar Jahren, als ich bei einem Projekt in der Kirche mithelfen wollte, hatte ich deshalb Schwierigkeiten.

Man hatte uns gebeten, für eine Schwangerschaftsberatungsstelle in unserem Ort Babydecken zu häkeln, die zu Weihnachten verschenkt werden sollten. Ich hätte mich daran gern beteiligt, hatte jedoch keine Ahnung wie man häkelt, und dass ich Linkshänderin war, half mir auch nicht gerade. Die Schwierigkeit bestand darin, dass ich „rückwärts denken" sollte.

Ich nehme an, wo ein Wille ist, ist auch ein Weg, denn einige Damen taten sich zusammen und brachten mir ein Muster bei. Mehr brauchte ich nicht. Das „Omamuster" fiel mir dann auch nicht schwer und es dauerte nicht lange, bis ich eine Decke fertig hatte. Ich war ungeheuer stolz auf meine kleine Errungenschaft. Und aus irgendeinem Grund kam mir die Sache so wichtig vor, dass ich im gleichen Jahr noch einige weitere Decken anfertigte. Ich stickte sogar auf jede der Decken ein kleines Gedicht, das ich selbst geschrieben hatte. Es lautete:

Ob ein Mädchen in Rosa und Spitze,
oder ein Junge gewickelt in Blau,
egal, was der Herr dir auch schenkt,
eine bessere Mutter als dich
konnt er nirgendwo finden.

Meine Gedanken wurden vom Klingeln des Telefons unterbrochen. Eilig nahm ich den Hörer ab und zu meiner Überraschung und Freude meldete sich Karen Sharp, die seit der Grundschule meine beste Freundin war. Karen, ihr Mann Jim und ihre Tochter Kim waren vor ein paar Jahren von hier fortgezogen. Jetzt rief sie an, um mir zu sagen, dass sie für ein paar Tage in der Stadt wäre und vorbeikommen wolle. Ich freute mich unbändig, ihre Stimme zu hören.

Als es schließlich klingelte, riss ich die Tür auf und wir beide quietschten vor Wiedersehensfreude, als wären wir noch immer dieselben Schulmädchen. Wir fielen uns gegenseitig in die Arme und die Fragerei ging los. Endlich dirigierte ich Karen in die Küche. Und erst als ich uns beiden ein Glas Eistee eingegossen hatte, wurde die Unterhaltung etwas ruhiger.

Zu meiner großen Freude schien Karen zufrieden, ausgeglichen und vor allem selbstsicher zu sein – Eigenschaften, die ihr in den letzten Monaten vor ihrem Umzug abhanden gekommen waren. Ich fragte mich, worin die Ursache für diese positive Veränderung liegen mochte.

Als wir ins Erzählen kamen und Erinnerungen austauschten, begann Karen über die wirklichen Gründe zu sprechen, die ihre Familie vor ein paar Jahren zum Umzug bewogen hatte. Damals hatte es geheißen dass man Jim in einer anderen Stadt eine Stelle angeboten hätte, die zu gut sei, um sie sich entgehen zu lassen. Und obwohl es Kims letztes Jahr auf der Schule gewesen war, hatten sie den Umzug für notwendig gehalten. Offensichtlich war der Stellenwechsel nicht der Hauptgrund gewesen.

Während sie noch erzählte, nahm Karen eine Fotografie aus ihrer Handtasche und gab sie mir. Auf dem Bild sah ich ein entzückendes kleines Mädchen, das zwei oder drei Jahre alt war.

„Das ist meine Enkelin Kayla“, sagte Karen.

Ich konnte es nicht glauben. „Du bist Oma geworden?“, fragte ich. „Ich verstehe das nicht.“

„Nun ja“, sagte Karen, „als wir wegzogen, war Kim bereits einige Monate schwanger. Wir hatten es gerade erst herausgefunden und Kim hatte große Schwierigkeiten damit. Sie hat damals sogar von Selbstmord gesprochen. Wir waren verzweifelt und beschlossen wegzuziehen, weil wir hofften, dass sie dann mit der Schwangerschaft leichter fertig wird. Als wir uns in unserem neuen Heim eingerichtet hatten, erwarteten wir, dass Kims Verfassung sich bessern würde. Doch Kim wurde regelrecht depressiv. Egal, was wir sagten, sie hielt sich für wertlos und für einen Versager. Schließlich fanden wir Mrs. Barber, eine wunderbare Schwangerschaftsberaterin. Sie half Kim durch eine sehr schwierige Zeit.

„Als die Entbindung schon kurz bevorstand, hatte Kim noch immer nicht entschieden, ob sie das Baby behalten wollte oder nicht. Ihr Vater und ich beteten, dass sie es nicht weggeben würde. Wir dachten, dass wir in der Lage wären, dem Baby ein liebevolles Heim zu geben. Schließlich war es unser erstes Enkelkind!

„Als es so weit war, brachte Kim ein sechseinhalb Pfund schweres Mädchen zur Welt. Mrs. Barber besuchte Kim im Krankenhaus, umarmte sie liebevoll und sagte, wie stolz sie auf sie wäre. Sie gab ihr ein hübsch eingewickeltes Päckchen, in dem sich eine gehäkelte Babydecke befand."

Plötzlich war mir, als hätte ich einen riesigen Kloß im Hals und ich fühlte mich merkwürdig schwach. Ich gab mir Mühe, meine Gefühle nicht zu zeigen und weiter auf Karens Geschichte zu hören.

Karen musste meinen Gesichtsausdruck bemerkt haben, denn sie fragte mich, ob mir nicht gut sei. Ich versicherte ihr, dass alles in Ordnung wäre und bat sie fortzufahren.

„Wie gesagt", erzählte sie weiter, „da war diese Babydecke mit einem kleinen persönlichen Gruß, einem Gedicht, in dem es um kleine Mädchen in rosa Spitzen und kleine Jungen in Hellblau und eine Ermutigung für die junge Mutter ging."

„Wir fragten, wer diese Decke gemacht hätte und Mrs. Barber erklärte, dass es Frauen gäbe, die diese Decken kostenlos für die Schwangerschaftsberatungsstellen anfertigen als Geschenk für junge Mütter und ihre Babys. Ihre Beratungsstelle hatte einige überschüssigen Decken von einer anderen Stadt erhalten und sie war froh, dass sie dadurch eine Decke für Kim hatte.

„Kim war zutiefst davon berührt, dass eine völlig Fremde daran gedacht und sich die Mühe gemacht hatte, eine Decke für sie und ihr Baby zu häkeln. Sie erklärte, plötzlich hätte sie von Kopf bis Fuß eine wunderbare Wärme gespürt. Später sagte sie ihrem Vater und mir, das kleine Gedicht hätte ihr das nötige Vertrauen geschenkt und ihr bei dem Entschluss geholfen, die kleine Kayla zu behalten."

Und als wäre das nicht schon wunderbar genug, es gibt sogar noch ein glücklicheres Ende zu Karens Geschichte. Ein Jahr später heiratete Kim einen jungen Mann, der Kim und Kayla von ganzem Herzen liebt.

Als Karen mir das erzählte, lächelte sie, doch dann schien sie plötzlich ernst zu werden. „Was ich wirklich bereue, ist, dass ich meinen Freunden hier nicht genug vertraut habe, um mich von ihnen trösten und unterstützen zu lassen, anstatt wegzuziehen.

Wir sind für viele Dinge sehr, sehr dankbar und besonders dafür, wie alles gut ausgegangen ist. Am dankbarsten aber sind wir für die gütige Person, die diese kleine Babydecke für unsere Tochter und ihr Baby gehäkelt hat. Ich wünschte, ich könnte sie umarmen und ihr sagen, wie lieb unsere Familie sie hat und wie dankbar wir ihr sind."

Noch einmal betrachtete ich das entzückende Kind auf dem Foto in meiner Hand. Dann beugte ich mich zu Karen hinüber und schloss sie in meine Arme.

Winona Smith

Das Herz des Vaters

Kein Seufzer wird gehaucht, kein Schmerz wird empfunden,
keine Trauer zerreißt die Seele,
ohne dass die Wellen davon das Herz des Vaters
vibrieren lassen.

Autor unbekannt

Familie

Anerkennung

Mein Vater sprach nie mit mir darüber,
wie man Menschen behandelt.
Jede Güte, die ich anderen erwies,
ergab sich aus dem Versuch, ihn nachzuahmen.
Pamela McGrew

Die Nacht der Sternschnuppen

In einer Sommernacht, in einem Ferienhaus am Meer, spürte ein kleiner Junge, wie er aus seinem Bett gehoben wurde. Noch ganz benommen vom Schlaf hörte er die leise Stimme seiner Mutter, die sagte, dass es schon spät sei. Er hörte seinen Vater lachen und spürte, wie ihn dessen Arme mit traumhafter Schnelligkeit die Verandastufen hinunter und zum Strand trugen.

Der Himmel über ihnen war mit funkelnden Sternen besät.

„Pass auf!", sagte sein Vater.

Und dann geschah das Unglaubliche; ein Stern bewegte sich. Ein goldener Feuerschweif zog über den erstaunten Himmel. Und noch bevor dieses Wunder verblichen war, sprang ein anderer Stern von seinem Platz und dann noch einer, der hinunter in die unruhige See fiel.

„Was ist das?", fragte das Kind.

„Sternschnuppen", antwortete sein Vater. „Sie erscheinen jedes Jahr in bestimmten Nächten im August am Himmel. Ich dachte, du möchtest dieses Schauspiel gerne sehen."

Das war alles: Nur ein unerwarteter, flüchtiger Blick auf etwas Geisterhaftes, Geheimnisvolles, Schönes. Als das Kind wieder im Bett lag, starrte es noch lange in die Dunkelheit, beseelt von dem Wissen, dass die Nacht rund um das stille Haus von der lautlosen Musik der fallenden Sterne erfüllt war.

Jahrzehnte sind seitdem vergangen, doch ich erinnere mich noch immer an diese Nacht, denn ich war der glückliche Siebenjährige, dessen Vater überzeugt war, dass ein neues Erlebnis für einen kleinen Jungen wichtiger ist, als der ungestörte Nachtschlaf. Es besteht kein Zweifel, dass ich in meiner Kindheit die übliche Menge Spielzeug besessen habe. Doch das ist jetzt vergessen. Woran ich mich erinnere, ist die Nacht der Sternschnuppen.

Arthur Gordon

Mit den Augen eines Vaters

Ich sah das Auto erst, unmittelbar bevor es auf mich prallte. Danach schien es mir, als würde ich im Wasser treiben, bis mir Dunkelheit die Sinne nahm.

In einem Rettungswagen kam ich wieder zu mir. Als ich meine Augen öffnete, konnte ich durch meine geschwollenen, zugeklebten Lider nur wenige Lichtfetzen sehen. Zu diesem Zeitpunkt wusste ich noch nicht, dass in meinem 16-jährigen, sommersprossigen Gesicht kleine Schotterstückchen steckten. Als ich es berühren wollte, drückte jemand meinen Arm sanft herunter und flüsterte: „Lieg still."

Irgendwo in der Ferne klang das Heulen einer Sirene. Ich fiel wieder in meine Bewusstlosigkeit zurück. Doch mein letzter Gedanke wurde zu einem inbrünstigen Gebet: „Lieber Gott, bitte nicht mein Gesicht ..."

Wie viele Mädchen bezog auch ich einen Großteil meiner Identität durch mein Aussehen. Und das Erwachsenwerden drehte sich hauptsächlich um meine äußere Erscheinung. War man hübsch, bedeutete das, viele Verabredungen und einen großen Freundeskreis zu haben.

Mein Vater war regelrecht in mich vernarrt, denn er hatte vier Söhne aber nur eine Tochter. Diesbezüglich erinnere ich mich ganz besonders noch an einen Sonntag. Als wir an diesem Morgen vor der Kirche aus dem Auto stiegen, rannten meine Brüder bereits voraus – ein gammliges Duo in Kord mit zerzausten Haaren. Meine Mutter war zu Haus bei dem kranken Baby geblieben.

Ich suchte noch meine kleine Handtasche, mein Sonntagsschulbuch und meine Bibel zusammen, als mein Vater für mich die Tür öffnete. Ich sah zu ihm auf und war in meinem siebenjährigen Herzen fest davon überzeugt, dass er der bestaussehendste, wohlriechendste Vater war, den es gab.

Er streckte mir die Hand entgegen und sagte mit einem Zwinkern in den Augen: „Darf ich Ihnen die Hand reichen?" Dann schloss er mich in die Arme und sagte, wie hübsch ich sei. „Es hat nie einen Vater gegeben, der sein kleines Mädchen mehr geliebt hat, als ich dich liebe."

In meinem kindlichen Herzen, dem das Ausmaß von Vaterliebe noch unverständlich war, dachte ich, dass es mein hübsches Gesicht und das Kleid wären, das er liebte.

Nur ein paar Wochen vor dem Unfall hatte ich den ersten Preis in einem Schönheitswettbewerb gewonnen und war zur Festwochenkönigin erklärt worden. Mein Vater hatte nicht viel dazu gesagt. Er hatte nur neben mir gestanden, den Arm um meine Schultern gelegt und vor Stolz gestrahlt. Wieder einmal war ich sein hübsches kleines Mädchen gewesen und ich hatte mich in der Wärme seiner Liebe und Anerkennung gesonnt.

Etwa um die gleiche Zeit hatte ich Jesus als meinen Herrn und Erlöser in mein Leben aufgenommen. Während ich noch von den Versammlungen der Schülervertretung, dem Schönheitswettbewerb und den Paraden in Anspruch genommen wurde, begann meine Beziehung zu Gott.

In den Stunden unmittelbar nach meinem Unfall erwachte ich manchmal für kurze Zeit aus meiner Bewusstlosigkeit. Sobald ich halbwegs klar denken konnte, fragte ich mich, was mit meinem Gesicht geschehen war. Ich hatte innere Blutungen und eine schwere Gehirnerschütterung, doch mir kam nie in den Sinn, dass meine Sorge über mein Aussehen in keinem Verhältnis dazu stand.

Obwohl ich am nächsten Morgen meine Augen nur einen Spalt weit öffnen konnte, bat ich die Krankenschwester um einen Spiegel. „Konzentriere dich mal darauf, dass es dir besser geht, junge Dame", sagte sie, als sie ohne mich anzusehen meinen Blutdruck maß.

Dass sie sich weigerte, mir einen Spiegel zu geben, verstärkte meine irrationale Entschlossenheit nur noch mehr. Ich dachte: *Sie gibt mir keinen Spiegel, also muss es schlimmer sein, als ich angenommen habe.* Mein Gesicht fühlte sich stramm an und juckte.

Manchmal brannte es und oft tat es weh. Trotzdem berührte ich es nicht, denn der Arzt hatte gesagt, dass dies zu einer Infektion führen könnte.

Auch meine Eltern bemühten sich, Spiegel von mir fern zu halten. Als mein Körper heilte und meine Kraft wiederkehrte, machte ich immer mehr Schwierigkeiten. Einmal bat ich in einer knappen Stunde ganze viermal um einen Spiegel. Seit dem Unfall waren gerade mal erst fünf Tage vergangen.

Ratlos und voller Ärger schrie mein Vater schließlich: „Frag nicht noch einmal. Ich habe nein gesagt und dabei bleibt es."

Ich wünschte, dass ich eine Entschuldigung für das hätte, was ich dann sagte. Auf meinen Ellenbogen gestützt, zischte ich durch meine fast unbeweglichen Lippen: „Du liebst mich eben nicht. Jetzt wo ich nicht mehr hübsch bin, liebst du mich nicht mehr."

Mein Vater sah aus, als hätte ihm jemand ins Gesicht geschlagen. Er ließ sich in einen Stuhl fallen und vergrub das Gesicht in den Händen. Meine Mutter ging zu ihm und legte ihm die Hand auf die Schulter, während er sich bemühte, die Tränen zurückzuhalten. Ich fiel in meine Kissen zurück.

Danach fragte ich meine Eltern nicht mehr nach einem Spiegel, sondern wartete bis zum nächsten Morgen, als eine Reinigungskraft mein Zimmer aufräumte.

Der Vorhang, der mein Bett umgab, war zugezogen. Es sah aus, als würde ich mich gerade waschen. „Können Sie mir bitte einen Spiegel geben?", fragte ich. „Ich muss meinen verlegt haben. Nachdem sie einen Moment gesucht hatte, fand sie einen und reichte ihn mir diskret durch den Vorhang.

Nichts hätte mich auf den Anblick vorbereiten können, der sich mir bot. Mein Gesicht glich einem riesigen, abgeschabten Knie, das nässte und eine entzündete, feurig rosa Farbe hatte. Meine Augen und Lippen waren geschwollen und völlig verkrustet. Von einem Ohr bis zum anderen war kaum ein Fetzen Haut verschont geblieben.

Kurz darauf kam mein Vater, um mir Zeitschriften und meine Schulaufgaben zu bringen. Er fand mich, wie ich in den Spiegel starrte. Behutsam löste er jeden meiner Finger einzeln von dem

Griff des Spiegels und sagte: „Das ist nicht wichtig. Das ändert nichts an dem, worauf es ankommt. Niemand wird dich deshalb weniger lieb haben."

Schließlich hatte er mir den Spiegel entwunden und ihn auf einen Stuhl gelegt. Er setzte sich auf meine Bettkante, nahm mich in die Arme und hielt mich eine unendlich lange Zeit fest.

„Ich weiß, was du denkst", sagte er.

„Nein, das kannst du nicht", murmelte ich, indem ich mich abwandte und aus dem Fenster starrte.

„Das stimmt nicht", sagte er, ohne mein Selbstmitleid zu beachten.

„Das ändert gar nichts", wiederholte er noch einmal und legte seine Hand auf meinen Arm. Behutsam berührte er den Infusionsschlauch. „Weißt du, die Menschen, die dich lieben, haben dich schon in deinem schlimmsten Zustand gesehen."

„Natürlich, die haben mich mit Lockenwicklern gesehen oder wenn ich mit Reinigungscreme voll geschmiert war, aber nicht mit abgerissenem Gesicht!"

„Dann wollen wir über mich reden", sagte er. „Ich liebe dich. Nichts wird das jemals ändern, weil du es bist, die ich liebe, nicht dein Äußeres. Ich habe deine Windeln gewechselt und gesehen wie die Blasen aufplatzten, als du Windpocken hattest. Ich habe dich abgewischt, wenn du Nasenbluten hattest und deinen Kopf gehalten, wenn du dich übergeben musstest. Ich hatte dich auch lieb, wenn du nicht hübsch warst."

Er zögerte. „Gestern warst du hässlich. Nicht wegen deiner Haut, sondern weil du dich hässlich benommen hast. Trotzdem bin ich heute hier und werde auch morgen hier sein. Väter hören nicht auf, ihre Kinder zu lieben, egal was das Leben ihnen nimmt. Du kannst von Glück reden, wenn dir vom Leben nur dein Gesicht genommen wird."

Ich sah meinen Vater an. Ich hatte das Gefühl, dass dies nur Worte waren, passende Worte, höfliche Lügen, die seinem Pflichtbewusstsein entsprangen.

„Dann sieh mich an, Vati", verlangte ich. „Sieh mich an und sage mir, dass du mich liebst!"

Nie werde ich vergessen, was dann geschah. Mein Vater sah in mein zerschundenes Gesicht und seine Augen füllten sich mit Tränen. Langsam beugte er sich zu mir und mit weit geöffneten Augen, küsste er meine verkrusteten, nässenden Lippen.

Dieser Kuss war es, der mich an jedem Abend meines jungen Lebens geborgen einschlafen ließ und mich morgens beim Aufwachen wärmte.

Viele Jahre sind seitdem vergangen. Von dem Unfall ist nur eine leichte Delle über einer Augenbraue zurückgeblieben. Doch der Kuss meines Vaters und was er mich über die Liebe lehrte, wird immer auf meinen Lippen sein.

Lonni Collins Pratt

Das Herz einer Mutter

Das Herz der Mutter ist das Klassenzimmer des Kindes.

Henry Ward Beecher

Neuer Boden

Ich erinnere mich noch gut daran, wie schwer sich an jenem Morgen beim Aufwachen die Luft in meinem Zimmer anfühlte. Im Juli ist es in diesem Schlafzimmer immer stickig. Einen Augenblick lang blieb ich ruhig liegen und horchte draußen auf das Geräusch des Bachs, der Vögel und der Grillen. Ich dachte darüber nach, wie sehr diese Geräusche sich von denen unterschieden, an die ich gewöhnt war – dem Hupen der Autos und dem stumpfen Singen der Gummireifen auf dem Asphalt.

In meinem Haus in Tennessee waren es Geräusche der Anstrengung: Menschen rannten von hier nach dort, immer dem schwer zu erreichenden Dollar nach oder sie hetzten irgendwohin, um ein paar kostbare Augenblicke des Friedens zu finden. Es waren die Geräusche einer hektischen Reise.

Hier, in dem Haus, in dem meine Eltern ihren Lebensabend verbrachten, erinnerten die Geräusche an die Ankunft nach einer gut verlaufenen Reise. Es gab keine Nachbarn, die ihre Kinder anschreien und keinen Verkehr um 8:30 Uhr morgens. Man hörte höchstens einmal einen vereinzelten Wagen vorbeifahren, dessen Besitzer seine Zeitung vom Laden an der Ecke holte. Wahrscheinlich war das der Grund, warum das Klappern meine Aufmerksamkeit erregte. *Merkwürdig,* dachte ich und sah auf die Uhr. *Es ist doch erst neun. Was kann das bloß sein?* Ich lauschte einen Moment. Es war ein regelmäßiges Geräusch, dessen Rhythmus ich bald erkannte. Als ich den Vorhang zur Seite schob, sah ich meinen Vater, auf dessen gerötetem Gesicht Schweißperlen standen. Seine Züge zeigten feste Entschlossenheit, wie er so mitten im Garten stand und mit einer verrosteten Hacke den harten Boden bearbeitete. Drei Meter um ihn herum lag in einem vollendeten Quadrat dunkelrote, frisch umgegrabene Muttererde. Ich brauchte einen Augenblick, ehe ich begriff, was er tat. Es war ein trockenes Jahr gewesen. Das Gras, das sich früher wie ein grüner Teppich ausgedehnt hatte, bildete jetzt struppige braune Inseln. Es war nicht das erste Mal, dass ich sah, wie er die Erde umgrub, bevor er neuen Samen aussäte.

Er war ein fleißiger Arbeiter und ich war der Beweis dafür. In meinem Leben hatte er schon oft den Spaten genommen und damit den brachliegenden Boden meines Herzens umgegraben, meine Bedürfnisse eingeschätzt und am Rande meines Weges den Samen der Wahrheit gesät. Wenn ich mich überwältigt fühlte, erinnerte er mich an meine Stärke. Wenn ich Unrecht hatte, kam umgehend seine Korrektur und endete mit einer Umarmung, die mich wissen ließ, dass alles vergessen war. Wenn ich seinen Rat brauchte, erteilte er ihn mit Respekt und Vorsicht. Er erlaubte sogar, dass hier und da ein wenig „Unkraut" wuchs, um mir den Preis der Freiheit und die Wichtigkeit weiser Entscheidungen beizubringen.

Während ich ihn beobachtete, gingen meine Gedanken in die Vergangenheit zurück. Ich dachte daran, wie ich mich in der Geborgenheit seines Schoßes zusammengerollt hatte, um den wundersamen Geschichten von Königen und Prinzessinnen ferner Länder zu lauschen. Ich erinnerte mich, wie seine starken Hände spielerisch nach mir griffen und mich in die Sicherheit seiner Umarmung zogen. Ich erinnerte mich an seine unerschöpfliche Geduld, die er meinen endlosen Fragen entgegenbrachte, an den Schatten seines Körpers auf dem Esstisch, wenn er die Antworten meiner Hausarbeit überprüfte, die Kühle der Abendluft, die frisch an seiner Hand war, wenn er sie auf meine fieberheiße Stirn legte, die Behutsamkeit seiner Schritte beim alljährlichen Vater-Tochter-Tanz. Ich hatte so viele wundervolle Erinnerungen.

Als ich ihn an diesem stickig heißen Sommermorgen betrachtete, war es, als sähe ich ihn zum ersten Mal. Das war mein Vater: ein ehrlicher Mann, ein gütiger Mann, ein Mann, der sein ganzes Leben damit verbracht hatte, sich für andere zu verausgaben.

Es überraschte mich, dass mir plötzlich die Tränen kamen. Ich fragte mich, welche Erinnerung es sein mochte, die mir durch den Kopf gegangen und ohne dass ich es wusste, das Herz durchbohrt hatte. Es waren doch alles glückliche Erinnerungen, keine, die einen zum Weinen bringen, nichts, was das nagende Gefühl in meiner Magengegend gerechtfertigt hätte.

Während mein Blick planlos durch mein Zimmer schweifte, forschte ich in meinem Innern nach einer Antwort. Sekunden später blickte ich wieder hinaus auf meinen Vater. Die warme Explosion in meiner Brust kam unerwartet und fühlte sich doch bekannt an. Mit schmerzhafter Klarheit offenbarte sich mir die Wahrheit. An wie vielen Sonnabenden hatte ich morgens die gleichen Geräusche gehört, den dumpfen Aufprall der Schaufel, das Rattern des Rasenmähers, das bündige Schnappen der Schere und wie oft hatte ich mich auf die andere Seite gedreht, um noch eine halbe Stunde zu schlafen? An wie vielen Sonntagnachmittagen hatte ich beobachtet, wie sich mein Vater mit steifem Körper vorsichtig auf das Sofa niederließ, mehr erschöpft von den Pflichten des Wochenendes, als von seinem normalen elfstündigen Arbeitstag?

Wie oft hatte ich ihm gesagt, dass ich ihn liebe? Wie oft hatte ich ihm versichert, dass er ein wunderbarer Vater ist, der verschwenderisch mit dem Notwendigen, wie Liebe, Aufmerksamkeit und Zeit war? Wie viele Gelegenheiten hatte ich verstreichen lassen, ihm zu zeigen, dass er mir wichtig ist, so wie er es mir tagtäglich gezeigt hatte?

In diesem Augenblick verstand ich das Ausmaß der Liebe, die das Rückgrat der Vaterschaft ist: die ständig sich wiederholenden Dinge, die niemand bemerkt, die vielen Einzelheiten, die stillschweigend erledigt werden. Ich dachte daran, wie Gott in seiner väterlichen Güte für mich gesorgt hatte, als er mir diesen Mann zum Vater gab. Nur selten bin ich für etwas so dankbar gewesen, wie in diesem Augenblick für den Umstand, dass ich atmete. Ich war hier, er war dort – es war noch immer Zeit.

Eilig sprang ich aus dem Bett, zog meine Shorts und Turnschuhe an und wischte mir die Tränen vom Kinn. Einen Moment lang senkte ich den Kopf. „Herr, ich danke dir für den wunderbaren Mann, den du mir zum Vater gegeben hast."

Nie werde ich seinen Blick vergessen, als er mich mit der Harke in der Hand um die Hausecke kommen sah.

„Warum bist du denn schon so früh auf, Maggie?", fragte er.

„Ich wollte dir helfen, Vati."

Er lächelte voller Wärme und mit einem Ausdruck, den ich im Laufe der Jahre nur ein paar Mal gesehen hatte. Sein Gesicht sagte mir, dass er das unausgesprochene Bedauern gehört, die Rauheit des Augenblicks empfunden hatte und ihn gütig verstreichen lassen wollte. Es war ein Ausdruck, den nur Eltern in ihrem Gesicht haben können. Wir begannen den neuen Boden zu kultivieren und mit jedem Strich der uralten Harke fühlte ich eine Freude und Erregung, die sich nur einstellt, wenn eine lange überfällige Liebesschuld getilgt wird.

Margaret Becker

Der Takt der Liebe

Das Herz eines jeden Kindes schlägt im Takt der Liebe seines Vaters.

Steve Curley

Das Kostüm

Ein Teil des Erfolges in meiner Ehe mit Rhoda liegt in unserer Freiheit, die Seiten des Lebens zu erforschen, die traditionsgemäß dem anderen Geschlecht vorbehalten sind.

Ich koche - was ist schon dabei?

Sie repariert den tropfenden Wasserhahn - kein Problem.

Ich kaufe die Lebensmittel ein - na und?

Sie hantiert geschickt mit ihrer Tischsäge, ihrer Fräse und ihrer Bohrmaschine - warum auch nicht?

Diese Dinge sind es, die unsere Ehe stark gemacht haben.

Ich konnte deshalb nicht fassen, was mir rausrutschte, als Jesse eines nachmittags zu mir kam und sagte: „Papa, ich brauche ein Kostüm für das Theaterstück, in dem ich auftrete."

„Warum fragst du mich? Geh zu deiner Mutter."

Wir sahen uns verblüfft an.

„Warum Papa?"

„Äh, ich weiß nicht", stammelte ich und fügte hinzu: „Vielleicht, weil ich keine Ahnung von Kostümen habe oder weil ich nichts vom Nähen verstehe oder weil du bei deinen Kostümen immer Mama um Hilfe gebeten hast. Warum fragst du jetzt auf einmal mich um Hilfe?"

Nach einer Pause gab mein Sohn widerstrebend zu: „Weil Mama nicht da ist und ich es heute Abend brauche."

„Heute Abend?"

„Ja", sagte er und lachte gezwungen, „ich habe sozusagen erst jetzt dran gedacht."

Und wieder einmal befand ich mich in einer Zwickmühle: Sollte ich ihm über die Gefährlichkeit des Hinauszögerns eine Lehre erteilen oder als Vater des Jahres zu seiner Rettung eilen?

Nach einem kurzen Gebet entschied ich mich für den Vater des Jahres.

„Na gut“, sagte ich langsam. „Was müssen wir als Erstes tun?“

Jesse saß eine Sekunde lang da und lächelte nur – sein unausgesprochenes Dankeschön dafür, dass ich ihm zur Hilfe kam.

„Zuerst müssen wir in den Second-Hand-Laden gehen und ein paar alte Hosen kaufen, die wie Sackleinen aussehen.“

„Wie Sackleinen?“

„Ja, ich bin ein Holzfäller im Mittelalter.“

Warum konnte er nicht Moses, ein Detektiv oder ein Clown sein? fragte ich mich. *Bademäntel, Trenchcoats und Clownskostüme konnte man überall finden.*

„Na gut, dann lass uns jetzt gehen.“

Wir fuhren los und kauften ein paar feine Hosen aus Sackleinen. Auf der Heimfahrt erklärte mir Jesse den Rest meiner Aufgabe.

„Wir müssen die Hose so zurichten, dass sie richtig alt und zerlumpt aussieht, weißt du? Sie muss Löcher und Risse im Hosenboden haben.“

Sobald wir daheim waren, suchte Jesse Hemd, Stiefel und Hut zusammen, während ich Rhodas Nähkasten aus dem Schlafzimmerschrank holte.

Ich traf mich mit Jesse im Wohnzimmer, holte die Schere hervor und begann, Löcher in das Hemd und die Hose zu schneiden. Während ich herumschnibbelte, redeten und lachten wir und amüsierten uns großartig. Sie war schon witzig, diese Verbrüderung zweier Männer über einem Nähkasten.

Glücklicherweise musste das Kostüm zerlumpt aussehen. Jesse war nicht nur ein gewöhnlicher Holzfäller, er musste außerdem noch als Bettler auftreten.

„Dein Vater ist wirklich gut im Sachen zerreißen“, prahlte ich, als Jesse die neuen „alten“ Hosen anprobierte.

„Ja, Papa, die sind super!“

So also fühlen sich Mütter, wenn sie für ihre Kinder eine ihrer vielen Pflichten erledigt haben! Ich konnte mich vor Stolz kaum halten. Während der Kostümprobe in der Schule beugte ich mich zu einer der Mütter und sagte: „*Ich* habe die Hosen, die er anhat, zerrissen!“

Sie sah mich freundlich und ein wenig spöttisch an. Sie konnte ja nicht wissen, dass ich gerade herausgefunden hatte, wie man zum Vater des Jahres wird: Indem man sich wie eine Mutter verhält.

Bill Butterworth

Nur eine Mutter

Die meisten wunderbaren Dinge kommen zu zweit,
zu dritt, im Dutzend, zu Hunderten.
Es gibt viele Rosen, Sterne, Sonnenuntergänge, Regenbögen,
Brüder und Schwestern, Tanten und Cousinen,
doch auf der ganzen Welt gibt es nur eine Mutter.

Kate Douglas Wiggin

Der Rotschopf und die Brünette

Sie saßen direkt vor mir, als ich im Flugzeug saß. Falls Sie schon einmal in der Economy-Class geflogen sind, wissen Sie, wie nahe das ist. Sogar ihr Parfüm konnte ich riechen. Vermutlich waren sie gleich alt und ähnlich gebaut, doch damit hatte die Ähnlichkeit schon ein Ende.

Die Brünette hatte sich zuerst gesetzt. Ihre Kleidung war modisch, elegant und wie aus dem Ei gepellt. Alles an ihr war aufeinander abgestimmt. Ihre Haare schimmerten und wechselten kaum merklich die Farbe, sobald sie ihren Kopf bewegte und das Licht aus einem anderen Winkel darauf fiel. Jede Strähne war an ihrem Platz. Ihre Nägel waren lang und manikürt, ihr Lippenstift und ihr Make-up makellos. Sie war atemberaubend schön. Der elegante Aktenkoffer, den sie bei sich hatte, war aus weichem Leder und musste sie ein Vermögen gekostet haben. Außerdem trug sie eine exklusiv aussehende Einkaufstüte, auf der in großen Buchstaben MACY'S stand.

Sie hatte ein schönes, strahlendes Lächeln, das ihr ganzes Gesicht erhellte. Langsam und einladend öffnete sie dabei ihre Lippen und entblößte Zähne, die vollendet weiß und wohlgeformt waren. Es war ein beabsichtigtes Lächeln, eines, das sie tausendmal vor dem Spiegel geübt hatte. Sie trug drei Ringe. Es waren keine großen, protzigen Ringe, sondern solche, die edel und teuer aussahen. Zwei trug sie an ihrer rechten und einen an ihrer linken Hand, doch keinen an ihrem Ringfinger. Ehe sie am Fenster Platz nahm, stellte sie die Einkaufstüte in das Handgepäckfach und ihren Aktenkoffer neben sich.

Die rothaarige Frau hingegen schleppte sich mit einer riesigen Windeltasche, einem faltbaren Kinderwagen und einem Baby ab. Eine wilde Haarfülle umgab ihren Kopf, nicht ungekämmt, aber widerspenstig. Ihre Kleidung, die nach Woolworth aussah, war einfach und hing lose um ihren schlanken Körper. Sie trug kein Make-up und hatte keine Einkaufstüte. Ihre Nägel waren so kurz, dass sie nicht manikürt werden konnten und sie trug nur einen bescheidenen Ring - und den am Ringfinger. Sie lächelte die Brünette an und fragte, ob sie neben ihr sitzen könne. Ihr Lächeln war großartig, eins von der Sorte, die sich wie eine Explosion ausbreitet. Niemand konnte auch nur hoffen, ein solches Lächeln durch Übung zu Stande zu bringen. Es erschien so schnell, dass man nicht sagen konnte, wo es begann, doch bevor es aufhörte, erreichte es ihre Augen, vertiefte es die Grübchen in ihren Wangen, krauste es ihre Nase, hob es ihre Augenbrauen, bewegte es ihre Ohren, enthüllte es ihre Zahnfüllungen und zwang einen, ob man wollte oder nicht, zurückzulächeln.

Zunächst hatte man unschwer erkennen können, dass die Brünette nicht belästigt werden wollte. Doch das Lächeln wirkte. Diesem Lächeln konnte sie unmöglich widerstehen. Ein wenig steif lächelte sie zurück und sagte, sie würde sich freuen, wenn die Frau neben ihr sitzen würde. Und zwar sagte sie das mit einem so freundlichen Enthusiasmus, dass sie - glaube ich - selbst überrascht war.

Bis jetzt hatten wir das Baby noch nicht gesehen, doch sobald die Mutter saß, steckte es den Kopf unter der Decke hervor. Sie war (ich sage sie, weil sie wie eine „sie" aussah) vielleicht neun Monate oder ein Jahr alt und das absolute Ebenbild ihrer Mutter. Es konnte gar keinen Zweifel geben, wem dieses Baby gehörte. Sie hatte sogar das gleiche ansteckende Lächeln.

Die rothaarige Frau war lebhaft und angeregt. Ich hörte genug von dem, was sie sagte, um zu wissen, dass sie bei ihrer Mutter gewesen war, um ihr das Baby zu zeigen und dass sie eine schöne Zeit gehabt hatte, es jetzt aber kaum erwarten konnte, ihren Mann wieder zu sehen. Die Brünette tat ganz geschäftsmäßig. Sie war nicht direkt unfreundlich, doch das, was sie sagte, war kurz und präzise. Sie nannte ihren Namen, ihre Firma, ihre dortige Position und die Universitäten, die sie besucht hatte. Sie erklärte der Rothaarigen, dass ihr Baby süß sei und öffnete danach ihren

Aktenkoffer, dem sie das neueste Modell eines Laptops entnahm. Nachdem sie ihn angestellt hatte, begann sie, einige Dokumente aufzurufen, um dem Rotschopf zu bedeuten, dass die Unterhaltung beendet war.

Doch die andere Frau reagierte nicht auf diesen Wink.

Die Frau mit dem Rotschopf war niedlich, wirklich niedlich und besaß einen Enthusiasmus und eine Naivität, die angeboren waren und die Brünette entwaffneten. Sie erzählte leicht und völlig natürlich von ihrem Mann, ihrem Haus und den Nachbarn und erklärte der Brünetten, welche Pläne sie für die Ausgestaltung des Kinderzimmers hätte. Sie sagte, dass sie die Kleine noch stille und dass es nun Zeit dafür sei. Voller Erstaunen sah die Brünette zu, wie der Rotschopf ohne Hemmungen und ganz unauffällig Vorbereitungen traf, das Kind zu stillen. Während das Baby trank, brauchte die Mutter etwas und bat die Brünette, es ihr aus der Windeltasche zu geben. Die Brünette schaltete ihren Computer aus, verstaute ihn in ihrem ledernen Aktenkoffer, den sie verschloss, bevor sie nach der Windeltasche griff.

Zehn Minuten später war das Baby satt und wollte spielen. Die Mutter legte die Kleine über ihre Schulter und klopfte ihr so lange auf den Rücken, bis sie aufgestoßen hatte. Die Brünette sah dabei zu. Nach dem Aufstoßen saß das Baby auf dem Schoß des Rotschopfes, plapperte, gurgelte, griff nach allem, was ihm vor die Augen kam und was es griff, versuchte es, in den Mund zu stecken. Die Brünette wendete nun keinen Blick von dem Rotschopf und dem Baby.

Das Baby lächelte die Brünette an, blickte fasziniert auf deren farbige Ohrgehänge und streckte die Hand danach aus. Gerade noch rechtzeitig ergriff die Mutter die kleine Hand und sagte: „Nein, nein!“ Die Brünette versicherte, dass es ihr nichts ausmache, nahm den Ohrring heraus und reichte ihn dem Baby, das ihn sofort in den Mund steckte. Behutsam entfernte die Mutter den Ohrring aus dem Mund des Babys. Freundlich sagte sie, dass es nicht gut sei, einem Baby etwas zu geben, was es verschlucken könne und gab den Ohrring zurück.

„Könnte ich sie vielleicht auch einmal halten?“

Ich traute meinen Ohren nicht. Es war die Brünette, die diese Frage gestellt hatte.

Jetzt wird es spannend, dachte ich bei mir.

„Du meine Güte, natürlich, Sie können sie gerne halten. Sind Sie aber wirklich sicher, dass Sie sie nehmen wollen? Sie bewegt sich dauernd und wird Ihnen das Kleid zerdrücken. Und", fügte sie in einem Ton tiefster Bewunderung hinzu, „ihr Kleid ist so schön."

Die Brünette streckte versuchsweise die Hände nach dem Baby aus, völlig überzeugt, denke ich, dass das Baby sie zurückweisen würde. Auch ich dachte das. Es war ein wichtiger, ein kritischer Augenblick, von dem mehr abhing, als jeder, der dabei zusah, ahnen konnte. Das Baby sah nachdenklich auf die ausgestreckten Hände und blickte seine Mutter fragend an, die ihm ermunternd zulächelte. Dann explodierte das Lächeln auf dem Gesicht des Babys und seine Händchen streckten sich der Brünetten entgegen. Es war großartig.

Die Brünette hielt das Kind so fest an sich gedrückt, dass ich fürchtete, es würde zu schreien anfangen. Sie war ein wenig unbeholfen am Anfang, doch es dauerte nicht lange, bis sie es begriffen hatte. Dann machte sie ihre Sache so gut, als hätte sie nie etwas anderes getan. Das Gesicht der Brünetten konnte ich nicht sehen, doch ich kannte den Ausdruck von Frieden und Freude, der darauf zu sehen war. Für die nächsten 20 Minuten ließ diese vollendet gekleidete Frau das Baby hüpfen, sprach mit ihm in der Babysprache, spielte „Backe, backe Kuchen" und vergnügte sich mit ihm.

Nach vielleicht zehn Minuten erbrach sich das Kind, ich glaube, „spuckte" wäre der bessere Ausdruck. Die rothaarige Frau war entsetzt und versuchte den Fleck mit einer Windel abzuwischen. Sie entschuldigte sich vielmals und griff nach dem Baby, um es zurückzunehmen. Die Brünette benahm sich sehr nett, das muss zu ihrer Ehre gesagt werden. Sie versicherte, dass es ihr nichts ausmache und bestand darauf, das Baby weiter zu halten.

Als der Flugkapitän durchsagte, dass wir in Kürze landen würden, nahm der Rotschopf das Baby zurück und die Brünette holte ihr Schminktäschchen heraus und verbrachte die restliche Zeit mit der Wiederherstellung ihrer berufsmäßig makellosen Erscheinung. Als wir das Flugzeug verließen, bot die Brünette an, das Baby bis zum Gepäckkarussell zu tragen und die rothaarige Frau nahm das Angebot dankend an. Sie legte die Einkaufstüte von Macy, die Windeltasche und die lederne Aktentasche in den Klappwagen und auf dem Weg zur Gepäckausgabe unterhielten sich die beiden Frauen, als hätten sie sich schon ewig gekannt. Ich hielt mich dicht hinter ihnen, denn ich war gespannt, wie die Geschichte ausgehen würde.

Der Mann der Rothaarigen wartete am Gepäckkarussell. Nachdem sie sich geküssst und ungewöhnlich lange umarmt hatten, stellte die rothaarige Frau die Brünette vor, die widerstrebend das Baby seinem Vater übergab. Während sie auf das Gepäck warteten, standen die Rothaarige und ihr Mann dicht beisammen, einer den Arm um die Taille des anderen gelegt und der Vater hielt das Baby. Einmal streckte das Baby die Händchen nach der Brünetten aus. Diese war im Begriff, ebenfalls nach dem Baby zu greifen, nahm sich jedoch zusammen und stemmte mit einiger Anstrengung die Hände in die Seiten.

Das Gepäck der rothaarigen Frau kam als erstes. Während der Mann die Koffer nahm, wandte sich seine Frau der Brünetten zu, um sich zu verabschieden. In einer spontanen Bezeugung echter Zuneigung umarmten sich die rothaarige und die brünette Frau. Dann nahm die Brünette die Einkaufstüte von Macy, reichte sie der Rothaarigen und bat sie, diese zu behalten. Ich konnte nur Bruchstücke der Unterhaltung verstehen, doch es sah so aus, als wäre es ihnen beiden peinlich. Die Brünette siegte und die Einkaufstüte von Macy wurde zu dem übrigen Gepäck gelegt. Dann streckte die Brünette die Hand aus, legte zart ihre Finger auf die Wange des Babys und flüsterte ihm ein paar letzte Koseworte zu.

Kurz bevor die kleine Familie verschwand, winkte sie dem Baby, dessen Gesicht ihr zugewandt war, noch einmal zu. Auch das Baby machte eine Geste, die man als Winken auslegen konnte. Als die Brünette sich wieder dem Gepäckkarussell zuwandte, hatte sie Spuren von Tränen und Wimperntusche auf beiden

Wangen. Sie machte nicht einmal den Versuch, diese abzuwischen. Ihr Gepäck erschien, sie nahm einen Wagen und lud es darauf.

Anschließend stand sie noch eine ganze Weile da und wischte mit dem Finger an den Tränen und Tuscheflecken herum, was die Sache natürlich noch schlimmer machte. Endlich fasste sie sich, griff nach dem Gepäckwagen und ging zielstrebig auf den Ausgang zu.

Ich vermute, dass die Rothaarige in ihr Heim und die Brünette in ihr Büro zurückkehrte und dass beide, davon bin ich überzeugt, nun den Wert der Mutterschaft mehr zu schätzen wissen.

John William Smith

Kindheitserinnerungen

Kinder werden sich nicht an dich erinnern,
weil du ihnen materielle Dinge gegeben hast,
sondern weil sie fühlten, dass sie dir wichtig waren.

Richard I. Evans

Die Preisverleihung

Seit Jahren hatte ich Gordon, meinen ältesten Sohn, dazu angespornt, ein besserer Schüler zu werden und seine Zensuren und Prüfungsergebnisse zu verbessern. Immer war ich ein bisschen enttäuscht von ihm gewesen, weil er meinen hohen Maßstäben nicht gerecht wurde. Ich wusste, dass er nicht dumm war, deshalb war die Zwei, die er bei seinen schulischen Leistungen als Durchschnitt hatte, für mich unbefriedigend. Nicht, dass ich früher selbst ein großartiger Schüler gewesen wäre, ich erwartete einfach etwas Besseres von ihm.

Als Gordon in der elften Klasse war, beschloss der Schülerrat, die Eltern zu einer Preisverleihung einzuladen, damit wir sehen konnten, wie unsere Kinder für verschiedene Leistungen geehrt wurden. Ich war ziemlich erstaunt über die Einladung. Anscheinend sollte Gordon eine Auszeichnung erhalten, ich konnte mir nur nicht vorstellen, wofür.

Als wir den Saal betraten, drückte man uns ein Programm in die Hand, doch keine der genannten Auszeichnungen schien auf Gordon zu passen. Ich begann mich zu ärgern. Hatten sie uns nur eingeladen, um den Saal voll zu bekommen? Sollte ich dabei sitzen und jeden Schüler, der als Durchschnitt eine Eins hatte, unter Beifall nach vorn marschieren sehen, während mein Sohn im hinteren Teil des Saales saß? Warum hatte er sich nicht mehr Mühe gegeben? Warum war er so mittelmäßig? Meine Stimmung verschlechterte sich, je länger die Feierlichkeit dauerte.

Am Ende kochte ich vor Zorn. Doch dann ging der Direktor ans Mikrofon und machte folgende Ankündigung. „In diesem Jahr verleihe ich zum ersten Mal einen Sonderpreis an einen jungen Mann, der so hervorragend war, dass wir seine Leistungen nicht übersehen konnten ..."

Er rief Gordon nach vorn und verwandte mehrere Minuten

darauf, den guten Charakter, die Güte gegenüber anderen, die Vertrauenswürdigkeit und die unauffälligen Führungsqualitäten meines Sohnes zu beschreiben. „Noch nie haben wir einen Schüler wie Gordon in unserer Schule gehabt", sagte er, „und vielleicht wird es nie wieder einen anderen geben. Deshalb überreichen wir dir, Gordon, den ersten und möglicherweise letzten „Direktorpokal für Integrität, Fleiß und Anstand". Wir danken dir für deinen Beitrag, der unser aller Leben hier an der Schule reicher macht. Niemand, der dich wirklich kennen gelernt hat, wird je wieder ganz derselbe sein."

In diesem Augenblick wurde mir klar, dass er zu mir sprach. Ich hatte meinen Sohn niemals wirklich kennen gelernt und noch weniger ihn für die Person geschätzt, die er war. Und ich wusste, sobald ich das tat, würde ich, sein Vater, nie wieder derselbe sein.

P.R.

Elternliebe

Um die Liebe seiner Eltern verstehen zu können,
muss man selbst Kinder großziehen.

Chinesisches Sprichwort

Vaterhände

Ich wachte nachts auf und sah, wie mein Mann Marty sanft unseren jüngsten Sohn Noah wiegte. Einen Augenblick lang stand ich in der Tür und beobachtete diesen erstaunlichen Mann, mit dem ich das Glück habe, mein Leben zu teilen. Liebevoll und beruhigend streichelte er Noahs dicke rosa Wangen. Mein Herz sagte mir, dass mit Noah etwas nicht stimmte. Schon seit einigen Tagen war Noah nachts aufgewacht und hatte vor Fieber geglüht.

Als ich sah, wie mein wunderbarer Mann Noahs kleine Wange gegen seine entblößte Brust legte, damit Noah das Vibrieren seiner Stimme fühlen konnte, stiegen mir Tränen in die Augen. Noah ist taub. Als wir lernten, wie man ihn beruhigt, mussten wir völlig anders denken lernen. Bei unseren anderen Kindern verließen wir uns darauf, dass unsere Stimmen, ein Schlaflied, Spieluhren und Musik sie beruhigen würden. Doch bei Noah müssen wir Berührungen, seine weiche Decke, Dinge, die er sehen kann, das Gefühl unserer Stimmen und, was am wichtigsten ist, die Zeichensprache benutzen, um ihn zu beruhigen und uns verständlich zu machen.

Mein Mann machte mit seiner Hand das Zeichen für „ich liebe dich" und ich sah, wie eine Träne über seine Wange rollte, als er Noahs kleine, schwache Hand auf seine große legte.

Wir hatten Noah so oft zum Arzt gebracht, dass man es nicht mehr zählen kann. Jetzt war das letzte Mal anderthalb Wochen her und trotz allem, was der Arzt und wir versucht hatten, blieb Noahs Fieber gefährlich hoch. In meinem Herzen wusste ich, wie nur eine Mutter es wissen kann, dass mein Sohn ernsthaft in Gefahr war.

Sanft berührte ich die Schulter meines Mannes. Wir sahen uns mit der gleichen Angst an, denn wir beide wussten, dass es Noah nicht besser ging. Ich wollte ihn ablösen, doch er schüttelte den Kopf und wieder war ich erstaunt über diesen wunderbaren

Mann, der der Vater meiner Kinder ist. Wo andere Väter bereitwillig die elterlichen Pflichten jemand anderem überlassen hätten, um den so nötigen Schlaf zu bekommen, blieb mein Mann eigensinnig und entschlossen bei unserem Kind.

Als es endlich Morgen wurde, riefen wir den Arzt an, der uns sagte, dass wir ihn wieder zu ihm bringen sollten. Da wir bereits vermuteten, dass er Noah ins Krankenhaus überweisen würde, trafen wir Vorkehrungen für die anderen Kinder, packten die Koffer für uns drei und fuhren wieder einmal unter Tränen in die Sprechstunde. Mit ängstlichen Herzen warteten wir in einem gesonderten kleinen Raum, nicht in dem üblichen Untersuchungszimmer. Als der Arzt schließlich kam, sah er sich Noah an und bestätigte unsere Erwartung. Noah musste ins Krankenhaus und zwar sofort.

Das Krankenhaus liegt in einer anderen Stadt und die Fahrt dorthin kam mir völlig unwirklich vor. Ich konnte mich auf nichts konzentrieren, konnte nicht denken, konnte nicht aufhören zu weinen. Mein Mann versicherte mir, sein Herz sage ihm, dass Noah gesund werden würde. Als wir im Krankenhaus ankamen, brachte man uns sofort zu Noahs Zimmer. Die Nacht war qualvoll, denn es wurden eine Reihe von Tests gemacht, bei denen Noah wieder und wieder schrie, dass die Korridore von der schwachen kleinen Stimme meines Sohnes widerhallten.

Mir war, als würde ich von innen nach außen zerbrechen. Mein Mann dagegen ließ sich in seinem Glauben nicht beirren. Er tröstete mich und Noah und jeden, der kam, um zu sehen wie es Noah ging. Er war wie ein Fels in der Brandung.

Nach der ersten Testreihe informierte uns die Schwester, dass eine Rückenmarkpunktion nötig wäre, weil man eine Hirnhautentzündung vermutete. Marty und ich beteten mit Noah. Wir verschlangen unsere Händen ineinander und hielten unseren Sohn. Mein geliebter Mann wandte sich an den Herrn und sagte ihm, wie dankbar wir für diese wunderbare kleine Seele sind, die er uns anvertraut hatte und bat demütig, mit tränenüberströmtem Gesicht, dass der Herr unseren Sohn heilt. Mein Herz füllte sich mit Trost und Dankbarkeit.

Kurz darauf kam der Stationsarzt herein. Er erklärte, dass Noahs erste Testergebnisse vorlägen und dass er eine schwere Grippe hätte. Eine Rückenmarkpunktion wäre demnach nicht notwendig. Schon bald würde Noah sich erholen und der alte, übermütige Wildfang sein. Und tatsächlich stand Noah bereits in seinem Krankenhausbettchen und hüpfte auf und ab, als befände er sich auf einem Trampolin. Die Bitte meines Mannes an den Herrn war bereits erhört worden.

Marty und ich lachten unter Tränen und warteten darauf, dass Noah aus dem Krankenhaus entlassen würde. Mitten in der Nacht kam unser eigener Arzt und sagte uns, dass Noah nach Hause gehen durfte. Wir konnten gar nicht schnell genug packen.

Ein paar Tage später war ich damit beschäftigt, das Abendbrot zuzubereiten. Noah erholte sich langsam aber sicher. Ich war von einem tiefen Frieden erfüllt und wusste, dass mein Mann der beste Vater war, den ich mir für meine Kinder wünschen konnte. Als ich um die Ecke ins Wohnzimmer sah, musste ich lachen, über den Anblick, der sich mir bot. Mein Mann saß mit Noah auf dem Schoß in seinem „Papastuhl" und las mit ihm gemeinsam ein Buch. Marty hielt Noahs winzige Hände in seinen und half ihm, die Zeichen für die Worte im Buch zu machen. Beide sahen auf und begegneten meinem beobachtenden Blick. Gleichzeitig machten mein Mann und ich das Zeichen für „ich liebe dich", erst zueinander, dann zu Noah. Danach hielt Noah seinen kleinen Arm hoch und bemühte sich, mit seinem Patschhändchen für seinen Vater das Zeichen für „ich liebe dich" zu machen. Mit Tränen in den Augen sah ich zu, wie mein Mann ihm vorsichtig half, das Zeichen zu machen, indem er Noahs winzige Hände in seine eigenen, sanften Vaterhände nahm.

Susan Fahncke

Eine Sache des Stolzes

Sie hat es geschafft! Sie hat sich den Traum ihres Lebens – ihres dreieinhalbjährigen Lebens – erfüllt. Sie hat sich die Haare geschnitten!

Ihr Vater und ich saßen im Wohnzimmer in unseren Lieblingssesseln und diskutierten miteinander. Das Gespräch war intensiv und nahm mitunter die Form einer heißen Debatte an. Gelegentlich sah ich aus dem Fenster und ließ meinen Blick über unser Land schweifen, mehrere Hektar winterlicher Schönheit, die mein Auge beglückten. Wenn mein Blick zu meinem Mann zurückkehrte, beteiligte ich mich wieder an der Unterhaltung.

Eine kurze Stille legte sich über den Raum und wieder hörten wir das leise Geräusch, das uns in den letzten Minuten schon mehrmals zu Ohren gekommen war. Was war das für ein Geräusch? Ich spitzte meine Ohren. Oh, ja. Es war das bekannte Geräusch der Tür des Badezimmerschrankes, wenn sie geschlossen wird. Unten im Badezimmerschrank befand sich der Mülleimer. Ich wandte mich meinem Mann zu.

Und wieder hörten wir das Geräusch. *Das ist ja komisch,* dachte ich. *Ich kann verstehen, wenn die Tür einmal oder zweimal geöffnet wird, wenn sie ein Papiertaschentuch wegwerfen will, nachdem sie sich die Nase geputzt hat. Aber das?*

„Schätzchen", rief ich. „Was machst du da?"

Sie kam ins Wohnzimmer und stellte sich mit einem strahlenden Lächeln neben meinen Stuhl. Zuerst bemerkte ich nicht, warum sie so glücklich war. Ich sah nur meine gute Haarschneideschere in ihrer linken Hand.

Ihre Augen leuchteten auf, als sie mit der Hand durch ihre dunklen Locken fuhr. „Sieh mal meine Haare, Mama!"

Ich sah hin, hob meine Augenbrauen, schloss meine Augen und atmete tief ein. Mit angehaltener Luft sah ich noch einmal hin. Nein, meine Augen hatten mich nicht getäuscht: Sie hatte sich die Haare geschnitten!

Erschreckt wie ich war, drehte ich sie sanft herum. Sie hatte die Seiten bis zum Ohr hin abgeschnitten. Durch einige kahle Stellen konnte man die Kopfhaut schimmern sehen. Und der heutigen Mode entsprechend, hatte sie in der Mitte ein Büschel langer Haare stehen lassen, die in Wellen über ihren kleinen Rücken fielen.

Ihr Vater und ich marschierten mit ihr ins Badezimmer. Im Mülleimer lagen in zwanzig Zentimeter langen, lockigen Strähnen die Überreste ihrer dunkelbraunen Haare. Ich verbarg mein erschrockenes Gesicht in den Händen. Doch der kleine Liebling plapperte selig. Sie war so stolz auf sich selbst. Schließlich wollte sie seit ihrem zweiten Lebensjahr die Haare geschnitten haben. Unglücklicherweise war ihre Mutter nicht darüber erfreut gewesen. In meinem schwangeren Zustand und mit meinen von Hormonen kontrollierten Gefühlen rannte ich in unser Schlafzimmer, warf mich aufs Bett und weinte.

Hatte sie nicht gewusst, welchen unbezahlbaren Schatz ihr Haar darstellte? Wusste sie nicht, was sie gerade verloren hatte? Es war so üppig gewesen, dass ihre kleinen Freunde sie darum beneidet und meine Freunde sie bewundert hatten.

„O, was für ein schönes Kind! Sie sollten sie Modell werden lassen“, hatten mir völlig Fremde oft gesagt.

Und ich musste zugeben, dass sie mit ihren üppigen, kastanienbraunen Locken, die ihr Gesicht mit den dunklen, langbewimperten Augen umgaben, ein Bild der Lieblichkeit darstellte.

Obwohl ich befürchtete, dass sie durch Komplimente eingebildet werden könnte, hatte ich sie ermahnt, sich dafür zu bedanken. Natürlich war mir nicht in den Sinn gekommen, dass ich diejenige sein könnte, die eingebildet wurde. Nein, das konnte nicht sein, es war ja nicht mein Haar.

Als ich auf dem Bett lag und mir selbst Leid tat, konnte ich auf dem Flur ihr aufgeregtes Geplapper hören.

„Gefällt es dir, Papa? Ich finde es toll!“

Plötzlich wurde mir bewusst, dass sie glücklich war. Nicht sie tat mir Leid, ich tat vielmehr mir selber Leid! Sie war für mich zu einer lebendigen Puppe geworden, zu meiner eigenen Schöpfung, die ich heimlich für meinen eigenen Ruhm ausgenutzt hatte. Seit über einem Jahr hatte sie sich einen Haarschnitt gewünscht und fast jedes Mal geweint, wenn ich ihr nur die Haare kämmte. Trotzdem zwängte ich sie in die Schablone, die ich für sie angefertigt hatte. Ich musste meinen Stolz bekämpfen und ihr gestatten, sie selbst zu sein, mit eigenen Ideen und Wünschen. Schließlich hatte Gott sie so gemacht.

Ich trocknete meine Tränen und strich meine zerknitterte Kleidung glatt. Mit gestrafften Schultern ging ich in den Flur. Da war mein kleiner Liebling und sah mich aus strahlenden braunen Augen erwartungsvoll an.

„Mama, findest du meine Haare nicht auch schön? Ich habe alle Zotteln rausgeschnitten!“

Lächelnd beugte ich mich zu ihr hinunter und hob sie hoch. Ich küsste ihre rosa Wange und berührte zart den Überrest der weichen, welligen Locken, die einmal mein ganzer Stolz gewesen waren. „Ja, Schatz, ich liebe deine neue Frisur und dich liebe ich auch!“

Terry L. Pfleghaar

Erinnerungen

Erinnerungen und Rosen

Gott, gib uns Erinnerungen,
damit wir im Dezember Rosen haben.
Autor unbekannt

Ihr Bestes

Wir sprechen noch immer von dem eisigen Januarmorgen des Jahres 1950, als ich acht Jahre alt war.

Ich bürstete mir die Haare und hielt mich dabei dicht neben dem Holzofen auf, in dessen Nähe auch mein älterer Bruder und meine drei kleinen Schwestern versuchten warm zu bleiben, während Mutter den Haferbrei kochte. Plötzlich hörten wir vom oberen Stockwerk ein Geräusch, als würden Murmeln über den Boden rollen und Vater ging hinauf, um nachzusehen.

Er war nur halb die Treppe hinaufgestiegen, als er schrie: „Das Haus brennt!"

Wir lebten weit draußen auf dem Lande, in der Nähe von Orrock, in Minnesota und besaßen noch kein Telefon. Ehe Hilfe eintraf, war der größte Teil des Hauses mit dem, was wir besaßen, heruntergebrannt. Ein paar Familienfotos, Mutters alte Nähmaschine und einige andere persönliche Dinge waren alles, was aus dem Haus gerettet wurde, während wir Mädchen zu den Nachbarn rannten.

Vater war in diesem Winter arbeitslos und wir besaßen weder Geld noch eine Versicherung, mit der wir die verbrannten Dinge hätten ersetzen können. Nachdem wir ein paar Tage bei Verwandten geblieben waren, borgte Vater sich Geld, um in der Nähe eine alte Farm zu mieten. Mutter richtete das Haus mit Möbeln, Bettzeug und Hausrat ein, mit Dingen, die uns von Verwandten und Freunden geschenkt worden waren.

Wir hatten auch vor dem Feuer nicht viel besessen, doch ich hatte unsere Armut nicht gespürt. Jetzt stand ich in einem viel zu großen Kleid in einem farblosen Raum ohne Vorhänge und sah auf den mit Farbe bespritzten Tisch, das Sammelsurium von Stühlen, die abgenutzten Handtücher, eine Kelle, deren Griff zerbrochen war und konnte nicht aufhören zu weinen. Wir waren zu Bettlern geworden. Obwohl wir für die geschenkten Dinge dankbar waren, war es eine außerordentlich schwere, traurige Zeit für uns.

Irgendwann erschien eine Nachbarin mit einem Geschenk. Sie gab meiner Mutter eine nagelneue Garnitur herrlicher, handbestickter Bettwäsche. Der Anblick der reinen, weißen Baumwollbezüge, die so gefaltet waren, dass man das leuchtende, handgestickte, rosa, zartlila und grüne Blumenmuster sehen konnte, nahm mir fast den Atem. Ich konnte kaum glauben, dass wir sie behalten durften. Die anderen hatten uns das gegeben, was sie selbst am wenigsten brauchten. Diese Nachbarin hatte gebracht, was ihr selbst am liebsten war.

Wir lebten noch nicht lange in dem Ort, bevor das Feuer ausgebrochen war und zogen auch bald danach in einen anderen Ort. Später verloren wir die Verbindung zu unseren alten Nachbarn. Jetzt, nach fast 50 Jahren, erinnere ich mich nicht mehr, wer uns dieses Geschenk gemacht hat, doch ich erinnere mich noch genau daran, dass mit ihm ein neues Selbstwertgefühl in mir wachgerufen worden war. *Wenn uns jemand ein so kostbares, handgesticktes Geschenk gab, mussten wir doch etwas wert sein!*

Es ist eine meiner liebsten Erinnerungen und hat mir oft als Beispiel für mein eigenes Verhalten gedient. Sie gab das Beste, das sie besaß.

Connie Lounsbury

Bausteine

Unser Heute und Gestern sind die Bausteine,
mit denen wir das Morgen errichten.

Henry Wadsworth Longfellow

Ein Paar ausgetretene Schuhe

An diesem Morgen waren es seine Schuhe. Ich suchte den Müll zusammen, sammelte das Papier und die Flaschen für die Wiederverwertung in einen Karton und trug alles hinaus auf die Straße. Noch einmal blickte ich umher, ob ich nicht irgendetwas übersehen hatte. Da die Mülltonne nur halb voll war – ein weiterer Umstand, der mich daran erinnerte, wie sehr sich alles verändert hatte – ging ich noch einmal in die Garage, wo noch eine Unmenge Krempel herumlag.

Als erstes warf ich die zerbrochene Schneeschaufel fort, dann den Hammerkopf ohne Stiel, die rostigen Nägel in einer zerfledderten Papiertüte und zwei alte Taschen, die einmal Werkzeuge beherbergt hatten. Und dann sah ich sie – seine alten Schuhe, Turnschuhe von Nike. Vor langer Zeit waren sie einmal weiß gewesen, doch jetzt waren sie rot von dem Schmutz unseres sandigen, unbepflanzten Hofes und voller dunkler Farbflecke, die den gleichen Ton hatten wie die Fensterläden unseres alten Hauses. Blaue Farbspritzer waren darauf gekommen, als er die Veranda unseres neuen Hauses gestrichen hatte und die Sägespäne und Zementspuren stammten von den Stufen und dem Geländer, die er im Dezember gebaut hatte, um den Bauinspektor zufrieden zu stellen. Mindestens ein Dutzend Mal hatte ich ihn gebeten, die schmutzigen, hässlichen, ausgetretenen Schuhe wegzuwerfen, doch er hatte sie aufgehoben, sie weitergetragen und sie geliebt. Ich glaube, er hat niemals etwas weggeworfen. Er gehörte zu den Du-weißt-nie-wann-man-es-noch-braucht-Menschen. Doch jetzt war er fort und brauchte diese Schuhe nicht mehr und ich konnte sie auf der Stelle wegwerfen. In den Müll damit! Puh!

Dann sah ich sie an und dachte an die Jahre voller Arbeit: das Streichen, das Renovieren, das Bauen, das Reparieren, das Graben, das Sägen, das Klempnern und das Entwerfen. So viel von dem, wer er gewesen war und wie er gelebt hatte und all den Dingen, die er tun konnte und gerne getan hatte, lag in diesen alten Schuhen. Und jetzt steckte niemand mehr in diesen Schuhen und es würde auch niemals mehr jemand in diesen Schuhen gehen. Er war in diesen Schuhen aufrecht, stark und zuversichtlich gegangen. Was für eine Ironie, dass diese alten hässlichen Schuhe noch da waren und er, der sie getragen hatte, gegangen war.

Doch jetzt lag die Entscheidung bei mir; jetzt konnte ich sie wegwerfen, wenn ich das wollte. Ich *sollte* sie wegwerfen. Niemand hielt mich davon ab.

Behutsam legte ich sie oben auf den Müll, schloss die Mülltonne und wartete. Doch ich brachte es nicht fertig und nahm sie wieder heraus. Liebevoll hielt ich sie an mich gepresst und weinte um den Mann, der in ihnen gegangen war.

Als ich die wertlosen Schuhe an mich drückte, drehte ich sie seitlich und etwas, das aussah wie Kieselsteine, fiel aus ihrem Inneren heraus. *Da sind Steine drin,* dachte ich, *wahrscheinlich noch vom Graben oder von damals, als er den Kies verteilt hat.*

Dann sah ich genauer hin. Nein, keine Steine, es waren Pinienkerne, die Eichhörnchen darin versteckt hatten. Es waren ziemlich viele Kerne, wahrscheinlich genug, dass ein bescheidenes Eichhörnchen eine Woche lang davon leben konnte.

Und ich dachte, die Schuhe seien wertlos! Ha, mein Mann und die Eichhörnchen hatten es besser gewusst! Die Nützlichkeit dieser Schuhe war von meinem Mann niemals in Frage gestellt worden. Und jetzt hatte die Natur seine Ansicht bestätigt.

Ich stellte die Schuhe wieder dorthin, wo ich sie gefunden hatte. Sie wurden viel mehr als ein sicheres Versteck für den Wintervorrat der Eichhörnchen gebraucht als auf der Müllhalde. Und irgendwie bin ich nun weniger traurig und fühle mich sicherer durch diese Verbindung mit der Natur. Es gefällt mir und ich weiß, dass es meinem Mann gefallen würde, zu wissen, dass ein wunderbares wildes graues Geschöpf jetzt in seinen schönen alten Schuhen geht.

Thelda Bevens

Die reiche Familie

Ich werde niemals das Osterfest 1946 vergessen. Ich war 14, meine kleine Schwester Ocy zwölf und meine ältere Schwester Darlene war 16. Zu viert lebten wir bei meiner Mutter und wussten, was es hieß, auf viele Dinge verzichten zu müssen.

Mein Vater war fünf Jahre zuvor gestorben und hatte Mutter mit sieben schulpflichtigen Kindern und ohne Geld zurückgelassen. Im Jahre 1946 waren meine älteren Schwestern bereits verheiratet und meine Brüder waren von zu Hause weggezogen.

Einen Monat vor Ostern verkündete der Pastor unserer Kirche, dass eine besondere Kollekte eingesammelt werden sollte, um einer armen Familie damit zu helfen. Er forderte alle auf, zu sparen und opferbereit zu geben.

Als wir nach Haus kamen, sprachen wir darüber, was wir tun konnten. Wir beschlossen gemeinsam 50 Pfund Kartoffeln zu kaufen und uns davon zu ernähren. Auf diese Weise würde es uns möglich sein, 20 Dollar von unserem Lebensmittelgeld für die Sammlung zu sparen.

Dann überlegten wir, dass wir Geld an unserer Stromrechnung sparten, wenn wir so wenig wie möglich Licht brennen und das Radio nicht anschalteten würden. Darlene übernahm so viele Reinigungs- und Gartenarbeiten wie möglich und wir beide passten so oft es ging auf Kinder auf. Für 15 Cents konnten wir genügend Baumwollgarn kaufen, um einen Topflappen daraus zu machen, der sich für einen Dollar verkaufen ließ. Mit diesen Topflappen verdienten wir wiederum 20 Dollar.

Dieser Monat gehört zu den besten unseres Lebens. Jeden Tag zählten wir das Geld, um zu sehen, wie viel wir gespart hatten. Am Abend saßen wir dann im Dunkeln und sprachen darüber, wie sich die arme Familie über das Geld der Kirchengemeinde freuen würde. Es gab 80 Mitglieder in unserer Gemeinde, deshalb überlegten wir, dass, gerechnet an dem, was wir geben würden, mit Sicherheit zwanzig Mal so viel zusammenkommen musste. Schließlich wurden wir jeden Sonntag vom Pastor an das Opfer erinnert, das wir bringen sollten.

Einen Tag vor Ostern gingen Ocy und ich zum Lebensmittelgeschäft und ließen uns von dem Besitzer für all unser Kleingeld drei knisternde Zwanzigdollarscheine und einen Zehndollarschein geben. Wir rannten den ganzen Weg nach Hause, um die Scheine Mutter und Darlene zu zeigen. Noch nie hatten wir so viel Geld besessen.

In der Nacht waren wir so aufgeregt, dass wir kaum schlafen konnten. Es machte uns nichts aus, dass wir zu Ostern keine neuen Kleider bekamen; wir hatten 70 Dollar für die Opfergabe und konnten es kaum erwarten, zur Kirche zu gehen.

Sonntagmorgen regnete es. Wir besaßen keine Regenschirme und die Kirche lag anderthalb Kilometer weit entfernt. Es kam nicht darauf an, wie nass wir wurden. Darlene hatte Pappe in ihren Schuhen, um die Löcher zu verdecken. Die Pappe weichte auf und ihre Füße wurden nass, doch wir saßen voller Stolz in der Kirche. Ich hörte, wie einige Teenager darüber redeten, dass die Smith-Mädchen ihre alten Kleider trugen. Ich sah sie an mit ihren neuen Kleidern und fühlte mich sehr reich.

Als die Opfergabe eingesammelt wurde, legte Mutter den Zehndollarschein und wir Mädchen jede einen Zwanzigdollarschein hinein. Als wir nach dem Gottesdienst nach Hause gingen, sangen wir den ganzen Weg über. Mittags hatte Mutter eine Überraschung für uns. Sie hatte ein Dutzend Eier gekauft und es gab Rühreier zu unseren Bratkartoffeln.

Am späten Nachmittag fuhr der Pastor in seinem Auto vor. Mutter ging an die Tür, sprach einen Augenblick mit ihm und kam mit einem Briefumschlag zurück. Wir fragten, was es wäre, doch sie sagte kein Wort. Sie öffnete den Umschlag und ein Bündel Geldscheine fiel heraus. Da waren drei knisternde Zwanzigdollarscheine, ein Zehndollarschein und siebzehn Eindollarscheine.

Mutter tat das Geld zurück in den Umschlag. Wir sprachen

nicht und starrten nur auf den Boden. Wir hatten uns wie Millionäre gefühlt und jetzt fühlten wir uns wie die letzten Bettler.

Wir Kinder hatten ein so glückliches Leben gehabt, dass wir jeden bedauerten, der keine Eltern wie unsere und kein Haus voller Brüder und Schwestern hatte und bei denen keine anderen Kinder zu Besuch kamen. Wir hielten es für einen Spaß, wenn wir uns das Besteck teilen und sehen mussten, wer an diesem Abend die Gabel und wer den Löffel bekommt. Wir besaßen zwei Messer, die jedes Mal der bekam, der sie gerade brauchte.

Ich wusste, dass wir vieles nicht hatten, was andere Leute besaßen, doch ich hatte uns niemals für arm gehalten. An diesem Ostersonntag fand ich heraus, dass wir es waren. Der Pastor hatte uns das Geld für die arme Familie gebracht, also mussten wir arm sein.

Ich wollte nicht arm sein. Ich sah auf mein Kleid, auf meine ausgetretenen Schuhe und schämte mich so sehr, dass ich nicht wieder in die Kirche gehen wollte. Wahrscheinlich wussten alle bereits, dass wir arm sind. Ich dachte an die Schule. Ich war in der neunten Klasse und die Beste aus einem Jahrgang von über 100 Schülern. Jetzt überlegte ich, ob die Kinder in der Schule wussten, dass wir arm sind. Ich dachte daran, dass ich von der Schule abgehen konnte, da ich die achte Klasse beendet hatte. Das war damals alles, was das Gesetz verlangte.

Lange Zeit saßen wir da und schwiegen. Als es dunkel wurde, gingen wir ins Bett. Die ganze folgende Woche über gingen wir Mädchen zur Schule und kamen nach Hause, ohne dass jemand viel redete. Am Sonnabend fragte Mutter uns schließlich, was wir mit dem Geld anfangen wollten. Was fangen arme Leute mit Geld an? Wir wussten es nicht. Wir hatten nie gewusst, dass wir arm sind.

Am Sonntag wollten wir nicht zur Kirche gehen, doch Mutter bestand darauf. Obwohl es ein sonniger Tag war, sprachen wir auf dem Weg nicht. Mutter begann zu singen, doch niemand sang mit, und sie sang nur eine Strophe.

An diesem Tag sprach ein Missionar in der Kirche. Er sprach darüber, dass die Gemeinden in Afrika ihre Kirchen aus sonnengetrockneten Lehmziegeln bauten, doch dass sie Geld für die Dächer brauchten. Er sagte, dass eine Kirche bereits für nur 100 Dollar ein Dach bekommen würde.

Der Pastor fragte: „Können wir nicht alle ein Opfer bringen, um diesen armen Menschen zu helfen?“

Wir sahen uns an und zum ersten Mal seit einer Woche lächelten wir. Mutter griff in ihre Handtasche und holte den Umschlag heraus. Sie reichte das Geld Darlene, Darlene gab es mir und ich gab es weiter an Ocy. Ocy tat es in den Sammelbeutel.

Als die Opfergabe gezählt wurde, gab der Pastor bekannt, dass es ein bisschen mehr als hundert Dollar waren. Der Missionar war ganz aufgeregt. Von einer so kleinen Gemeinde hatte er keine so große Summe erwartet.

Er sagte: „Sie müssen ein paar reiche Leute in ihrer Kirche haben.“

Plötzlich traf es uns wie ein Schlag. Von den „etwas über hundert Dollar“ hatten wir 87 gegeben. Wir waren die reichste Familie in der Gemeinde! Hatte der Missionar es nicht selbst gesagt?

Eddie Ogan

Dinge für andere

Wenn Sie auf Ihr Leben zurückblicken,
werden Sie merken,
dass die herausragenden Augenblicke die sind,
in denen Sie Dinge für andere taten.

Henry Drummond

Ein Fremder geht vorbei

Als ich sieben Jahre alt war, hatte ich keine Mutter mehr und verbrachte deshalb viel Zeit mit meinen Freundinnen. Ihre Mütter waren es, die lächelnd mein Verhalten korrigierten und Rüschen annähten, wo keine notwendig waren.

Ich hörte ihre Worte. Ich wusste, was sie taten. Sie versuchten das Fehlen meiner Mutter wettzumachen, indem sie mich wie eines ihrer Kinder behandelten.

„Mädchen! Mädchen! Wo seid ihr? Beeilt euch und kommt ins Haus!“ Wir wussten genau, was es bedeutete, wenn eine Mutter so rief.

Denn sobald wir sicher im Haus waren, durften wir durch die Spitzengardinen den Mann beobachten, der in seinen zerlumpten Kleidern mit einem Jutesack über der Schulter in ausgetretenen Schuhen den Bürgersteig entlang schlurfte.

Damals rollte eine unentwegte Prozession von Zügen auf Stahlschienen durch die kleine Stadt im Mittleren Westen, in der ich aufwuchs. Während einige Fahrgäste auf bequemen, mit braunem Samt gepolsterten Sitzen reisten, kauerten andere in den Ecken der leeren Güterwagen.

Die Weltwirtschaftskrise näherte sich ihrem Ende – zumindest behaupteten das die Zeitungen. In unserer ländlichen Gegend gab es jedoch nur wenige Beweise dafür und die umherziehenden Männer klopften weiterhin an unsere Türen, um für ein wenig Essen alle möglichen Arbeiten zu verrichten.

Nachdem ein solcher Fremder dann vorbeigegangen war, durften wir wieder zu unseren Spielen zurückkehren, doch oft hatte ich keine Lust mehr dazu. Meist verabschiedete ich mich sofort und lief nach Hause.

Mehr als einmal saß bei meiner Heimkehr derselbe Mann, den ich durch die Spitzengardinen im Haus meiner Freundinnen beobachtet hatte, mit meinem Vater auf den Küchenstufen hinter unserem Haus. Und gewöhnlich hatte dieser einen blauen Porzellanteller auf dem Schoß, voll gepackt mit den Essenresten vom Abend zuvor.

Als ich im Beisein eines dieser Fremden einmal fragte: „Wie kommt es, dass alte Strolche von unseren guten Tellern essen dürfen?“, hatte mein Vater mich mit seinem Darüber-sprechen-wir-später-Blick zurechtgewiesen.

„Kind“, hatte er mir erklärt, „die meisten Männer, die durch unsere Stadt kommen, gehen nur durch eine schwere Zeit. Viele von ihnen haben Frau und Kinder zu Hause und versuchen ein paar Dollar zu verdienen, damit sie sie nach Haus schicken können, oder sie sind auf dem Weg nach Hause, um ihre Lieben wieder zu sehen.“

Mein Vater besaß keinen Doktorbrief, den er sich einrahmen und an die Wand hängen konnte, aber er war ein Gelehrter, ein Forscher der menschlichen Natur. Er betrachtete Menschen anders, als die meisten es taten, immer bemüht, die Beweggründe für ihr jeweiliges Verhalten zu finden. Wenn er entdeckt hatte, was sich in ihrem Innern verbarg, sah er noch genauer hin, um zu sehen, was aus dem Menschen werden konnte, falls er eine neue Chance bekam.

Jetzt bin ich erwachsen und vieles hat sich verändert. Unsere Regierung kümmert sich um die Unterstützung der Armen und das ist wahrscheinlich genauso gut. Ich sehe noch immer viele Menschen, die mich an die Mütter erinnern, die uns vom Spiel hereinriefen, doch ich sehe nicht viele, die mich an meinen Vater erinnern.

Ruth Lee

Die kleine Schürze

Jeder von uns nennt Gegenstände sein eigen, die keinen besonderen Wert besitzen, deren Anblick jedoch ein Meer von Erinnerungen heraufbeschwört. Ich habe viele solcher Dinge. Ich hebe sie so auf, dass ich sie sehen kann. Einige trösten mich, andere bringen mich zum Lachen. Sie reichen von Steinen bis zu Fotos.

Kürzlich ging mir einer dieser Gegenstände verloren, ein Taschenmesser mit einer grünen Hülle, nicht mehr als sechs Zentimeter lang. Seine Klinge hatte die Form eines Säbels und war ungeheuer scharf. Das Messer hatte einmal meiner Großmutter gehört und ich benutzte es gerne zum Schneiden.

Oft stellte ich mir vor, was Großmutter damit geschnitten, gewürfelt, geschraubt, geschnitzt oder gestochen hatte. George und ich hatten es noch unmittelbar bevor es verschwand benutzt. Als wir im Urlaub waren, hatten wir Salami damit geschnitten und dann war es weg gewesen.

Ein anderes Lieblingsstück von mir ist ein Stein von zwölf Zentimetern Durchmesser, der im Wohnzimmer auf einem Sockel steht. Mutter hat ihn vom Boden des Sees heraufgeholt, als wir das letzte Mal zusammen geangelt hatten.

Mehrere Monate nach Mutters Tod sah ich ihre Sachen durch. Ich betrachtete jedes einzelne Stück in ihrem Kleiderschrank. Der Anblick der vertrauten Kleider löste Erinnerungen an bestimmte Ereignisse und Erlebnisse aus. Und plötzlich sah ich die Schürze. Es war keine Kittelschürze, nur eine halbe, die man auf dem Rücken zubindet, mit einer Tasche auf der rechten Seite. Wahrscheinlich war sie aus Baumwolle, aber mit Sicherheit kann ich das nicht sagen. Ich fing an zu weinen und konnte kaum hinsehen. Der Schmerz war zu nahe, zu plötzlich, zu stechend.

Mutter hatte immer gern Gäste gehabt. Sie liebte ihr Heim, ihre Pflichten, ihre Tagesordnung, doch am meisten liebte sie uns. Sie freute sich, wenn sie etwas für uns tun konnte. Und wenn sie es tat, trug sie diese Schürze. Die Schürze war wie das Signal eines Leuchtturms, dass es niemals mehr so sein würde.

Jetzt hängt die abgetragene Schürze an der Wand meines Büros und erinnert mich daran, wie weise Mutter ihre Zeit einteilte und wohl nutzte, indem sie Kartoffeln schälte, ihre spezielle Ananastorte machte, Kürbiskerne in die mit der Hand umgegrabenen dunklen Erdhaufen pflanzte, in Panik die Wohnung staubsaugte, bevor die Gäste eintrafen, uns mit knusprig gebratenem Huhn, Kartoffelbrei, gekochtem Mais – frisch aus dem Garten natürlich – und der besten weißen Hühnersauce verwöhnte, die ein Mensch jemals gekostet hat.

Die Schürze beschwor auch Erinnerungen an ihren Mumm herauf, wie sie einem Schuhverkäufer entgegengetreten war, der zu behaupten versuchte, dass es unsere Schuld sei, wenn ihre kleine Tochter Blasen an den Füßen hätte. Wie sie im Keller einen Fuchs erschossen hat. Wie sie im neunten Monat schwanger einen Lieferwagen nach Chicago gefahren hat, um zu verhindern, dass Vaters neues Geschäft Pleite ging. Wie sie selbst, nachdem sie bereits die 50 überschritten hatte, zum ersten Mal Geschäftsfrau wurde und wie sie eine Bowle über dem Kopf einer blonden Sexbombe ausleerte, die einmal zu viel mit meinem Vater geflirtet hatte.

Die Schürze verkörpert heißen Tee und kalte Wassermelone, Bügelwäsche, Eis am Stiel, wenn wir krank waren, Popcorn an Sonntagabenden und frische Zitronenlimonade, wenn wir gesund waren. Sie erinnert mich an den Geruch von Maiglöckchenparfum, das sich Mutter einmal im Jahr gönnte. Sie beschwört das Bild meiner Mutter herauf, wie sie ihr erstes Enkelkind an die Brust drückte und weinte.

Und Gelächter. Endloses, schallendes Gelächter, das so leicht ihrem freigiebigen, von Freude überfließenden Geist entsprang.

Ich danke Gott für dieses Symbol der Mutterschaft. Und sollte die Schürze, genau wie das Messer eines Tages verschwinden, würde ich zwar traurig sein, doch ich wüsste, dass ich die Erinnerungen, die die Gegenstände in mir wachrufen, nie verlieren werde.

Charlene Ann Baumbich

Immer währende Freude

Ein Gegenstand der Schönheit ist eine immer
währende Freude.
Seine Lieblichkeit nimmt zu;
er kann niemals zu Nichts werden.

Keats

Die Einkerbungen

Ich war knapp 18, als mich mein zukünftiger Mann an den Ufern des Williamsflusses im Süden Oregons zum Angeln mitnahm. Als wir auf unserer Tour dann im *Collier Park* ein Picknick machten, schnitzte er meine Initialen tief in den Stamm einer Birke. Und ich machte ein Foto davon für mein Album.

Nach über 40 Jahren kehrte ich zum *Collier Park* zurück, diesmal als Witwe, die sich nach einer Umarmung der Vergangenheit sehnte. Der Park war vergrößert worden.

Sehnsuchtsvoll suchten meine Augen die vielen Einkerbungen an den Stämmen der einzigen kleinen Birkengruppe ab, die es in der Gegend gab. Ich fotografierte die Bäume von allen Seiten und hoffte, dass ein Schnappschuss mir die Überreste dieses Zeichens unserer keimenden Liebe offenbaren würde.

Ich fand den Parkwächter und fragte ihn um Rat. „Könnte der Baum so sehr gewachsen sein, dass man meine Initialen nicht mehr sehen kann?“

„O, nein“, erwiderte er, „doch die Borke ist inzwischen geheilt und die Schnitzereien haben sich beträchtlich ausgedehnt, so dass sie schwer zu lesen sein werden.“

Ich ließ mich von seinen entmutigenden Worten nicht beeindrucken, verkniff mir ein mädchenhaftes Kichern und suchte weiter nach meiner Baumtätowierung. Wie lächerlich ich ausgesehen haben muss, als ich meine Kamera auf all die schweigenden, ausgezackten Baumnarben richtete.

Dabei fiel mir ein Gedicht ein:

Vor dreiundvierzig Jahren – es ist wie ein Traum,
Schnitt mein künftiger Mann meinen Namen in den Baum
Heute komme ich zurück und suche danach
An einem lieblichen Ort, dem Collier Park.

Als meine Filme eine Woche später entwickelt waren und ich die Fotos mit dem 43 Jahre alten Foto verglich, wusste ich, dass ich die Schnitzerei gefunden hatte. Es war die einzige doppelstämmige Birke in dem inzwischen herangewachsenen Hain. Ich lachte. Ich weinte. Und dann kamen die Erinnerungen zurück.

Ich nehme an, dass sich die Menschen, die sich nun eine Generation später in dem Park ausruhen, über den Ursprung der Schnitzereien wundern oder auf den Mann schimpfen, der ein scharfes Messer benutzte, um seine Liebe für ein junges Mädchen sichtbar zu machen. Wie dem auch sei, mich erinnern die tiefen Narben des Baumstamms an die Narben, die das scharfe Messer des Todes in meinem Herzen hinterlassen hat. Und wie die großen Birken in dem kleinen Hain bin auch ich wunderbar geheilt und gestreckt worden.

Barbara Baumgardner

Kleine Dinge

Erfreue dich der kleinen Dinge,
denn eines Tages könntest du zurückblicken
und erkennen, dass es die großen Dinge waren.

Robert Brault

Flieder zur Erinnerung

Die weiche Frühlingsluft ist vom Duft der ersten Heuernte des Jahres erfüllt. Die ordentlich verteilten, goldenen Ballen bilden ein Muster auf den Wiesen und die Obstbäume sehen aus, als wären sie mit Schlagsahne bedeckt. Wie ich auf meiner Veranda stehe und über das Tal auf die dahinter liegenden Bergspitzen blicke, merke ich, dass sich das helle Grün der neuen Blätter die Hänge hinaufzieht und fast die Spitzen erreicht hat. Es wird Zeit, den ersten Wildblumenspaziergang der Saison zu machen.

Mein Mann und ich fahren mit unserem Geländewagen einen alten Holzfällerweg entlang, der sich die Berghänge hinaufwindet. Während wir über Steine und Schlaglöcher holpern, streichen die rosa blühenden Zweige des Berglorbeers gegen unsere Scheiben. Die Straße endet unterhalb von einem wilden Rhododendron. Wir ziehen unsere Wanderstiefel an und füllen unsere Flaschen an einer Quelle, die aus moosigem Gestein sprudelt.

Auf unserem Weg entdecken wir die weißen dreiblättrigen Blüten des Trillium, wilden Frauenschuh und gelbe und blaue Veilchen. Die sonnendurchwärmten Kiefernnadeln verströmen ihren scharfen Geruch, während wir unter den weit herabhängenden Zweigen der großen Bäume durchgehen.

Ein kaum erkennbarer Weg führt in einen Tannenwald. Wir haben ihn früher schon gesehen, sind ihn jedoch nie gegangen. Diesmal beschließen wir, ihn zu erkunden. Der Wald beginnt sich zu öffnen und wir sehen eine Lichtung vor uns, in dessen Mitte ein alter Schornstein steht. Das ist alles, was von einem verlassenen Anwesen noch übrig ist.

Ich rieche den Flieder, bevor ich ihn sehe. Die Luft ist plötzlich süß und schwer. Neben dem Schornstein finden wir den Eingang zu einem alten Vorratskeller, der mit Immergrün überwuchert ist, dessen blassblaue Blüten sich wie Sterne gegen die dunkelgrünen, glänzenden Blätter abheben. Neben einem großen flachen Stein, der als Eingangsstufe gedient haben mag, steht der Fliederstrauch, dessen dicke, knorrige Zweige mit tief lila Dolden beladen sind. Ich ziehe eine zu mir herunter. Der Duft hüllt mich ein und plötzlich bin ich nicht mehr auf einer Waldlichtung, sondern im Garten meiner Großmutter.

Fliederbüsche waren ihre Lieblingssträucher, ihr Garten war davon umsäumt. Ich war neun oder zehn Jahre alt, als ich herausfand, dass einer der Büsche mir gehörte. An einem milden Frühlingsnachmittag waren Großmutter und ich dabei, Blumen für ihren Esszimmertisch zu sammeln.

Als ich mich reckte, um den weißen Flieder zu schneiden, sagte sie: „Weißt du, dass der Fliederstrauch dir gehört?"

Erstaunt drehte ich mich um.

Sie lächelte. „Ja, in dem Jahr, in dem du geboren bist, habe ich ihn dir zu Ehren gepflanzt."

Von da an betrachtete ich den herrlichen Strauch, der viel größer war als ich, und kam mir sehr wichtig vor.

Dann nahm mich Großmutter bei der Hand und stellte mir all die anderen Fliederbüsche in ihrem Garten vor. Als wir unter dem größten standen, sagte sie: „Den habe ich in dem Jahr gepflanzt, als Jimmy geboren wurde." (Jimmy war mein Vater und es verblüffte mich jedes Mal, wenn jemand den großen, fast kahlen Mann Jimmy rief. Mutter nannte ihn Jim.)

Wir gingen weiter zu einem Busch mit weinroten Dolden. „Und diesen hier habe ich in dem Jahr, als dein Großvater starb, zu seiner Erinnerung gepflanzt."

Ihr Lächeln verblasste für einen Augenblick und dann führte sie mich in den Vorgarten. Bei der Pforte stand ein dunkelrosa Fliederbusch, der nur ein bisschen größer war als meiner.

„Diesen habe ich in dem Jahr gepflanzt, als deine Eltern heirateten", sagte Großmutter.

„Er hat sich sehr gut herausgemacht."

Das hatte er tatsächlich. Manche Äste waren so schwer mit Blüten beladen, dass Großmutter sie mit gegabelten Stöcken, die vom Beschneiden des Apfelbaums stammten, stützen musste.

Hinter dem Blumenbeet standen zwei kleine Fliederbüsche, von denen einer lavendelfarben und der andere hellrosa war. „Diese habe ich für deine Schwestern gepflanzt", sagte sie, als sie von jedem einen Stiel abschnitt und in ihren Korb legte. „Der lavendelfarbene gehört Ellen; er heißt ‚Menuett' und der hellrosa heißt ‚Mondschein'. Den habe ich vor drei Jahren für Betty gepflanzt."

Meine kleinen Schwestern waren erst sechs und drei Jahre alt, aber ich konnte es kaum erwarten, ihnen zu sagen, dass sie in Großmutters Garten ihre eigenen Fliederbüsche hatten, Fliederbüsche mit wunderschönen Namen.

Als wir uns der Terrasse näherten, sah ich einen kleinen Fliederstrauch, der nur einige winzige Blüten hatte. Sie waren blau wie der Nachthimmel und ihr Duft war exotisch und beinahe würzig. Ich hatte ihn noch nie vorher gesehen. Fragend sah ich Großmutter an.

„Dieser heißt ‚Nocturne'", sagte sie. „Den habe ich mir selbst zu Ehren gepflanzt, als ich im vorigen Jahr aufhörte, in der Bücherei zu arbeiten." Sie lachte. „Ich dachte, ich hätte es mir verdient."

Großmutter hatte jahrelang den Kindern des Dorfes dabei geholfen, das passende Buch zu finden. Jetzt war sie in der Lage, das zu tun, was sie am liebsten tat: Lesen und im Garten arbeiten.

Viele Jahre lang füllten unsere Fliederbüsche, wie ich sie nannte, ihr und unser Haus mit duftenden Sträußen. Zu meiner Hochzeit hatte Großmutter mir ein Brautbouquet aus Flieder von meinem Strauch gemacht.

Als mein erstes Kind geboren wurde, konnte Großmutter schon nicht mehr im Garten arbeiten.

„Pflanze einen Fliederstrauch für ihn, mein Herz", hatte sie gesagt, als ich ihr Drews Geburt mitteilte. Ich versprach ihr, dass ich es tun würde.

Es vergingen jedoch viele Jahre, ehe wir ein eigenes Haus besaßen. Zwar pflanzte ich Flieder für meine Kinder, doch wir zogen oft um und mussten jedes Mal die Fliedersträucher zurücklassen. Als wir uns endlich niederließen, ging mein Sohn bereits auf die Oberschule und ich hatte den Flieder vergessen.

Jetzt, umschmeichelt von dem süßen Duft des blühenden Flieders, erinnerte ich mich an Großmutter und das Versprechen, das ich ihr gegeben hatte. Drew ist im vorigen Monat Vater geworden. Seine erste Tochter, Carter Elisabeth, hat sein helles Haar und seine blauen Augen. Ich nehme mir vor, zu Ehren ihrer Geburt und in Erinnerung an ihre Urgroßmutter einen Fliederbusch zu pflanzen.

Als wir den Rückweg antreten, breche ich eine kleine Fliederdolde ab und stecke sie mir hinter mein Hutband. Der Geruch der erdhaften Feuchtigkeit unter meinen Füßen, der sich mit dem Duft des Flieders vermischt, erinnert an einen Garten nach dem Regen.

Wenn ich nach Haus komme, werde ich meine Gartenbücher vom Regal nehmen und die passende Fliedersorte für meine neue Enkelin und meine Großmutter aussuchen. Vielleicht nehme ich ‚Vesta', eine weißblühende Sorte wie die, die Großmutter für mich gepflanzt hatte, oder ich nehme ‚Primel', einen seltenen gelben Flieder, der die Farbe von Carters Haar hat.

Der Flieder für meine erste Enkelin muss vollkommen sein. Sie wird wachsen und gedeihen und eines Tages im Frühling, wenn sie mich besuchen kommt, werde ich einen Strauß süßduftender Blüten von ihrem eigenen Fliederstrauch pflücken. Und dann wird sie sich sehr wertvoll vorkommen.

Faith Andrew Bedford

Dinge, die das Herz gewinnen

Das Leben besteht nicht aus großen Opfern und Pflichten,
sondern aus kleinen Dingen, die mit Lächeln und Güte
gewohnheitsmäßig verrichtet, das sind,
was das Herz gewinnt und erhält.

Sir Humphrey Davy

Die Handschuhe meiner Mutter

Vermutlich waren sie aus Baumwollsatin. Ich weiß nur, dass sie schwarz, weiß und marineblau waren und nach Handcreme und Gesichtspuder rochen. Mutter trug sie ständig, doch am liebsten war es mir, wenn ich ihre Handschuhe am Sonntagmorgen während des Gottesdienstes halten durfte. Ich liebte die Glätte des Materials, wenn ich sie in meiner Faust zusammenpresste. Und ich streifte sie immer wieder über, stopfte dabei die leeren Spitzen zurück, die meine kurzen, dicken Finger nicht ausfüllen konnten und tat, als wäre ich eine feine Dame.

Als ich erwachsen wurde, wären Mutters Handschuhe wohl in Vergessenheit geraten, hätte ich als kleines Mädchen nicht ständig darüber gemurrt, was für fabelhafte Sachen die Jungen tun durften. Ich wollte so gerne einer von ihnen sein.

„Jungen treten in die Fußtapfen ihrer Väter", murmelte ich. „Und was dürfen Mädchen tun? Wahrscheinlich nur in den Handschuhen ihrer Mütter folgen."

Ich tat diesen Gedanken beiseite, doch Jahre später kam er mir wieder in den Sinn, als ich meine eigenen Kinder beobachtete, wie sie sich verkleideten und taten, als wären sie erwachsen.

Was hatte ich gelernt, als meine kleine Hand in der behandschuhten Hand meiner Mutter steckte?

Die Spitzen an Mutters linkem Handschuh waren leer und einer der Tuchfinger war sogar zur Hälfte hohl. Lange bevor ich geboren wurde, hatte sie, als sie bei der Heuernte half, ihre Fingerspitzen durch den Stich einer Heugabel verloren. Für mich waren es ganz einfach ihre Finger, doch sie hasste die stumpfen Enden. Vielleicht trug sie die Handschuhe, weil sie sich schämte. Doch durch sie habe ich enorm viel über das Leben gelernt.

Meine ersten Erinnerungen reichen bis zurück in die Zeit von Mutters großen Lebensveränderungen: Sie hatte drei Söhne in den Krieg ziehen sehen, von denen einer nicht zurückkam, einen invaliden Mann gepflegt, ihre älteste Tochter zur Universität geschickt, einen Teenager-Sohn erzogen und mich, ihre jüngste Tochter, überallhin mitgenommen.

Als ihr Mann starb, zog sie mit uns in die Stadt, renovierte dort verwohnte alte Häuser, die sie gemütlich herrichtete und dann wieder verkaufte, um andere zu kaufen, die sie wieder renovieren konnte. Sie arbeitete auch außerhalb unseres Hauses in einer Anstalt für geistig Behinderte, wo sie als Näherin begann und sich zur leitenden Haushälterin hocharbeitete.

Mir wurde erst bewusst, was ich in diesen Jahren alles gelernt hatte, als meine Scheidung bevorstand. Als ich während dieser Zeit eines Morgens in der Dusche stand, fing ich an zu weinen. Ich lehnte mich gegen die Wand und schluchzte herzzerreißend. Der Gedanke überfiel mich: *Ich kann nicht mehr weitermachen!*

Und dann kam mir: *Doch, ich kann.*

Und: *Woher weiß ich das? Wo habe ich gelernt, wie man weitermacht?*

Plötzlich wusste ich es. Mit Schwierigkeiten fertig zu werden hatte ich gelernt, als ich Hand in Handschuh meine Mutter begleitete. Wir waren zur Kirche, zum Markt und zur Großmutter, zu Schulveranstaltungen und Arbeitseinsätzen gegangen. Und obwohl Mutter eine Ganztagsarbeit hatte, hatte sie sich stets Zeit zum Backen genommen. Dicke, goldene Brotlaibe, lockere Torten und knusprige Kekse häuften sich jeden Samstag in unserer Küche. Ich kann mich kaum an eine Woche erinnern, in der sie nicht noch zusätzlich Gebäck gebacken hätte.

Das brachte sie dann den Alten, Kranken oder Behinderten. Ich wurde jedes Mal mitgenommen und saß still dabei und hörte zu. Die Gespräche habe ich vergessen, doch ich erinnere mich an das Kratzen der Feder, wenn sie einen Namen auf ihrer Liste abhakte, an die Geräusche von Sportübertragungen im Radio, an Limonade, an Kekse, und „wie gut das für Mrs. Soundso ist", und „wie wenig es gekostet hat."

Einmal im Sommer 1945 oder 46 rief Mutter mich vom Spielen ins Haus, weil ich sie auf einem Gang begleiten sollte. Wir nahmen einen Korb voller Essen und gingen damit um den Häuserblock. Ich dachte, wir würden zu einem Picknick gehen und quälte Mutter mit Fragen. Warum nehmen wir einen Korb? Für wen ist er bestimmt? Wohin gehen wir?

Zuerst sagte sie einfach: „Zu dem Haus da vorn."

Ich hörte nicht auf zu fragen. Schließlich sagte sie: „Ein Freund von deinem Bruder Garnett hat ein japanisches Mädchen geheiratet und sie mit nach Hause gebracht. Niemand in der Stadt verkauft ihnen etwas, deshalb bringen wir ihnen etwas zu essen." Ich wusste, dass mein Bruder im Krieg gegen die Japaner getötet worden war.

Zu lernen wie man *vergibt,* dauerte für mich viel länger als für meine Mutter, doch auf diesem kurzen Sommerspaziergang lernte ich, wie man *gibt.*

Meine Mutter ist jetzt 92. Ihre Handschuhe warten auf dem Tisch. Bis zu ihrem 85. Lebensjahr trug sie diese noch, wenn sie selbst zur Kirche fuhr und jedes Mal den Wagen voller „alter Damen, die nicht fahren können" hatte. Sie ging auch jeden Tag und fütterte ihren ältesten Bruder.

Vor 45 Jahren mag mir die Freude, eine Frau zu sein, zweifelhaft erschienen sein, jetzt aber weiß ich, dass ein kleines Mädchen kaum etwas falsch machen kann, wenn es heranwächst, um in den „Handschuhen" seiner Mutter zu folgen.

Sharon Dean McCann

Erinnerung

Wenn wir uns selbst vergessen, geschieht es,
dass wir Dinge tun, an die man sich erinnert.

Autor unbekannt

Die Schaukel auf der Veranda

Als wir unser Haus, unser erstes eigenes Haus kauften, war ich mit unserem ersten Kind im sechsten Monat schwanger.

Das Haus war klein, doch nahezu vollkommen. Sein Charme der 20er-Jahre fiel mir jedoch bei der ersten Besichtigung, als die Augusthitze meine morgendliche Übelkeit noch verstärkte und die Mücken zum Angriff übergingen, gar nicht auf.

Aber meinem Mann gefiel es sofort. Als dann der Makler aber ein weiteres Mal das Haus anpries, gingen wir noch einmal hin und nachdem ich auch unsere beiden Familien durch das Haus geschleust hatte, änderte ich meine Meinung. Plötzlich bemerkte ich die Unmengen von Blumen, dic im Garten und in dem steinernen Blumenkasten, der die vorderste Wand unserer Veranda bildete, wuchsen.

Es gab auch eine riesige Platane, die aussah, als hätte sie jedem Sturm getrotzt, der unsere kleine Stadt je heimgesucht hatte. Obwohl die riesigen Fenster von jahrelangem Zigarettenrauch erblindet und deren Rahmen von mehreren Farbschichten verklebt waren, zogen sie mich an. Und es gab eingebaute Fensterbänke, die ich mir als junges Mädchen sehnlichst gewünscht hatte, um darauf zu träumen oder mein Tagebuch zu schreiben. Das Haus würde das richtige für mein kleines Mädchen sein.

Am meisten überzeugte mich jedoch die Schaukel auf der Veranda davon, dass dies unser neues Heim war. Danach hatte ich stets Ausschau gehalten, als wir in der Stadt nach einem Haus suchten. Keine Veranda für eine Schaukel, kein Geschäft.

Ich hatte wunderbare Erinnerungen daran, wie ich bei meinen Großeltern auf der Schaukel gesessen habe. Dem Grundstück fehlte nur noch ein weißer Staketenzaun und wir konnten einziehen.

Unsere kleine Tochter wurde geboren und unser Heim schien langsam Gestalt anzunehmen. Es musste allerhand daran gemacht werden und als es wärmer wurde, verbrachten wir viel Zeit im Freien. Wir gingen in unserer Straße spazieren, spielten Haschen auf dem Rasen und natürlich schaukelten wir auf der Veranda. Ich kann nicht zählen, wie oft ich sie auf der Schaukel in den Schlaf gewiegt habe, und mit meiner zweiten Tochter war es genauso.

Wir lernten dort das Lied vom ABC und andere Kinderlieder und einige, die wir selbst erfanden. Die Schaukel klebte ständig von Eis am Stiel, das in unseren Händen schmolz, wenn wir an heißen Sommerabenden draußen saßen. Oft schaukelten und spielten wir wild. Oder wir schaukelten sanft, wenn wir die Vorbeigehenden vor dem Haus oder den Mond beobachteten, der durch die Zweige der Platane schien. Ich saß auf der Schaukel und sah meinen Töchtern zu, wie sie im Garten spielten, in die herbstlichen Blätterhaufen sprangen oder unter dem Gartensprenger durchliefen und vor Freude jauchzten. Ich fühlte mich wie im Himmel.

Von Anfang an hatten wir vorgehabt, unser kleines Puppenhaus - wie der Makler es nannte - wieder zu verkaufen. Mein Mann und ich arbeiteten schwer an den notwendigen Reparaturen, Modernisierungen und Verschönerungen. Nach fünf Jahren und zwei Kindern waren wir aus dem Haus „herausgewachsen". Es wurde Zeit, hinaus aufs Land zu ziehen. Ich hatte immer davon geträumt, meine Kinder auf dem Land großzuziehen, doch jetzt konnte ich nur den ganzen Tag lang weinen.

Ein letztes Mal gingen wir zum Haus zurück, für eine Abschiedsrunde, eine letzte schnelle Mahlzeit in unserem alten Heim und um ein letztes Mal auf der Schaukel zu sitzen.

Ich glaube, die letzten fünf Jahre zogen in diesem Moment blitzschnell an meinem geistigen Auge vorbei, ähnlich wie bei Menschen, die dem Tode nahe sind. Als wir gingen, weinte ich so sehr, dass ich kaum etwas sehen konnte. Wir winkten alle noch einmal zurück und fuhren mit tränenverschmierten Gesichtern davon.

Über zwei Monate waren vergangen, ohne dass ich ein einziges Mal dort vorbeigefahren wäre. Doch dann wollte ich die alte

Dame in unserer ehemaligen Nachbarschaft besuchen, mit der ich mich in den vergangenen Jahren angefreundet hatte.

Ich hielt und sah hinter den Blumen, die ich zeitig im Frühling gepflanzt hatte, eine junge Frau auf der Schaukel sitzen. Sie war etwa so alt wie ich, als ich meine Mädchen bekommen hatte und spielte mit ihrem Baby. Ich rief ihr einen Gruß zu und klopfte an die Haustür der Nachbarin.

Es war mir unmöglich, den Blick von der jungen Frau zu wenden oder die Tränen aufzuhalten, die mir über das Gesicht strömten. Meine Nachbarin war nicht zu Hause und ich war versucht, hinüberzugehen und mich der Frau vorzustellen. Diese Idee verwarf ich jedoch wieder, weil ich wusste, dass ich mir das Weinen nicht lange genug verkneifen konnte, um auch nur meinen Namen zu nennen.

Also stieg ich in mein Auto und beobachtete beim Wegfahren im Rückspiegel, wie sie auf der Veranda spielten.

Ich weinte Tränen der Trauer über meinen Verlust und Glückstränen über das, was diese junge Familie gewonnen hatte. Ich weinte vor Freude darüber, dass meine Verandaschaukel dazu bestimmt war, glückliche Erinnerungen zu schaffen. Sicher hatte sie das schon vor mir getan und würde es – wie ich sehen konnte – in Zukunft auch ohne mich tun.

Brenda A. Christensen

Der Stall

Im Winter, wenn es früh dunkel wurde, war mein liebster Platz der Stall. Nicht unser Stall, sondern der von Onkel Ernie. Onkel Ernie und Tante Audry und deren Collie Matty waren Nachbarn, die auf mich aufpassten. Mit Matty stromerte ich durch die ersten sieben Jahre meines Lebens.

Ich wusste immer, wann es Zeit war in den Stall zu gehen, denn Matty stupste mich mit ihrer Schnauze und holte mich, egal, was ich gerade tat. Nachdem sie mich zur Tür geschoben und gezogen hatte, wartete sie ungeduldig, bis ich mir lange Hosen, Gummistiefel, Mantel, Mütze und Handschuhe angezogen hatte.

Es war nicht weit bis zum Stall, doch zwischen Haus und Stall befand sich ein Zaun mit einem Tor und einer Hundeklappe. Immer zwängten wir uns beide durch die Hundeklappe und blieben beisammen, bis wir das Stalltor erreicht hatten. Dann sauste Matty durch eine andere Tür in das Gehege, das den Stall umgab und lief, all ihre Instinkte benutzend, zwischen den Tieren umher, um sie in den Stall zu treiben.

Während sie damit beschäftigt war, rannte ich durch eine Seitentür zu ebener Erde in den Stall und kletterte auf den Heuboden. Onkel Ernie hatte gesagt, die Tiere gingen leichter in den Stall, wenn ihnen niemand in die Quere käme. Mir machte es nichts aus, mich zu verstecken, denn ich liebte es, im staubigen Heu zu liegen, zu lauschen, zu fühlen und zu riechen.

Mein Stall war kein moderner Melkraum. Er war nicht geschrubbt und sauber. Er war kein ordentlicher rotbrauner Stall, bei dem der Heuboden durch Gabelstapler erreicht wurde. Die Decke in der Mitte des Stalls war gerade hoch genug, um ein Pferdegespann und einen beladenen Heuwagen hinein zu lassen. Die Seiten waren schräg und fielen etwa bis zur Höhe von Onkel

Ernies Kopf ab. Auf der einen Seite befanden sich zwei Boxen für die Pferde, Lady und Tony, und vier Halterungen für die Kühe, Bessie, Elsie, May und June. Unter der anderen abfallenden Seite befand sich der Schafstall.

Sobald das Mampfen der Tiere begann, wusste ich, dass alle im Stall waren. Sie mampften, schnauften, muhten und wieherten. Onkel Ernie sagte, man könne es eigentlich nicht Muhen oder Wiehern nennen, weil die Töne zu weich und zu leise seien.

Sobald die Kühe an ihren Halterungen festgemacht waren, kam Matty auf den Heuboden, um mich zu holen. Der Stall dampfte von einer Mischung aus kalter Nachtluft und dem Dunst sich erwärmender Tierkörper. Onkel Ernie saß auf seinem kleinen Schemel und überredete die vier Jerseykühe, ihm ihre Milch zu geben. Während er molk, sollte ich meine Arbeiten erledigen.

Ich lief zu den Eimern, die er für mich vorbereitet hatte, damit ich sie zu den Tieren bringe. Ich hielt mich nie lange mit der Krippe auf, denn Kuhgesichter mochte ich nicht und außerdem kauten und schlürften sie bereits. Das Klappern ihrer Halterungen und das Gurgeln aus ihren Wassereimern gehörte zur Musik des Stalls.

Eilig und leise kippte ich die Eimer in die Futtertraufen der Schafe. Sie waren so ruhig, dass ich dachte, ich müsste ebenfalls ruhig sein. Die Traufe war lang und schmal und umdrängt von wolligen Körpern. Sanft schoben sie sich dazwischen und kauten friedlich, was ich ihnen vorgesetzt hatte.

Ich beeilte mich, Milch in die Näpfe von Matty und den Katzen zu füllen, um mehr Zeit mit den Pferden verbringen zu können, die ich besonders liebte. Ich griff mir den Eimer mit dem Hafer und kletterte in die Krippe von Lady und Tony. Nachdem ich den Hafer auf die eine Seite geschüttet hatte, nahm ich Heu und hielt es ihnen vors Gesicht. Sie kauten und schnaubten und schienen nichts dagegen zu haben, dass ich bei ihnen in der Krippe saß und ihre Nüstern reiben wollte.

Wenn alle Futterkrippen leer gefressen waren, war auch das Melken beendet. Das Licht wurde ausgeschaltet und wir waren so weit, ins Haus zu gehen. Ein wenig verweilten Onkel Ernie und ich dann noch in der dunklen Stille und genossen den Augenblick. Es war eine köstliche Zeit für mich voller Töne, Ansichten und Gerüche.

Ich wurde erwachsen und verließ den Stall. Seit Jahren hatte ich keine Krippe mehr gesehen, als mir die Schwester meinen erstgeborenen Sohn in den Arm legte. Er steckte in einem großen Tuch, das wie ein Indianersteckkissen gewickelt war und lediglich eine kleine Öffnung für sein Gesicht hatte. Man bedeutete mir, ihn nicht auszuwickeln. Die Regeln des großen Stadtkrankenhauses besagten, dass es nicht sauber und nicht sicher für ihn wäre.

Nicht sauber? Der Gedanke weckte Erinnerungen in mir. Ich dachte an ein Mädchen namens Maria, das ihr Neugeborenes in eine Krippe gelegt hatte. Ich rief mir die Krippen in Onkel Ernies Stall ins Gedächtnis, die nicht weiß und steril waren. Sollten sie jemals sauber gewesen sein, war das den langen, dicken, rauen Zungen von Tony, Lady, Bessie, Elsie, May und June zuzuschreiben. Ich wusste, dass die Krippe, die Maria benutzen musste, noch rauer war als die aus meiner Erinnerung.

Nicht sicher? Den zur Erde gekommenen Gottessohn hatte man nicht in einem blau ausgeschlagenen Bettchen in einem verglasten Babyzimmer, getrennt von der Berührung, dem Gefühl oder dem Geruch seiner Mutter untergebracht. Ihm wurde Stroh in einer von Tierzungen gesäuberten Krippe geboten. Jesus, der kam, um die Welt zu erlösen, wurde in einem Stall geboren, der vom Dampf warmer Tierkörper und vom Mampfen, Schnauben und Muhen der Tiere erfüllt war.

Ich wartete, bis die Schwester gegangen war und wickelte meinen erstgeborenen Sohn aus. Ich zählte seine Finger und Zehen. Ich hielt ihn dicht an mich gedrückt und dankte dem, der vor langer Zeit in einer Krippe in einem Stall gelegen hatte, der noch immer einer meiner Lieblingsorte ist.

Sharon Dean McCann

Leben

Sprungbretter

Lieber Gott, ich bitte nicht um geebnete Wege
oder Bürden, die leicht zu tragen sind.
Ich bitte um die Stärke und Tapferkeit,
den mit Steinen bedeckten Weg zu erklimmen.
Gib mir solchen Mut, dass ich allein
die steilsten Berge zu erklettern wage
und verwandle jedes Hindernis auf meinem Weg
in ein Sprungbrett.
Gail Brook Burket

Tierischer Trost

45 Jahre lang hatte Fred Cooke, Inhaber des Bestattungsinstituts in Nitra, in West Virginia, Tausende von trauernden Eltern, Kinder und Ehepartner getröstet. Als aber vor vier Jahren seine Frau an Krebs starb, brauchte Fred Cook selber Trost. Seine Tochter schlug ihm vor, einen Hund anzuschaffen, da sie annahm, dass er sich dadurch weniger einsam fühlen würde. Also adoptierte Fred eine junge, ausgelassene Golden Retrieverhündin, die er Abigail nannte.

Mr. Cooke lebte zu der Zeit in einer Wohnung, die sich über dem Bestattungsinstitut befand.

„An den meisten Tagen nahm ich Abigail mit hinunter und ließ sie in meinem Büro spielen, während ich arbeitete“, sagte er. „Aber eines Tages rückte Abigail aus und suchte sich neue Freunde zum Spielen.“

Mr. Cooke entdeckte Abigail in der Kapelle, wo sie zusammengerollt zu Füßen einer Frau lag, die auf einem Stuhl neben dem Sarg ihres Mannes saß. Mr. Cooke entschuldigte sich vielmals für die Störung und wollte Abigail hinausführen.

„Muss sie gehen?“, fragte die trauernde Witwe. „Es ist so tröstend, sie hier zu haben.“

Schon bald machte sich Abigail regelmäßig davon und begab sich auf direktem Wege in eines der Besucherzimmer des Bestattungsinstituts.

„Sie scheint zu fühlen, wer am verzweifeltsten ist und geht zu diesen Menschen zuerst“, sagte Fred. „Ganz ruhig legt sie sich ihnen zu Füßen und sieht sie mit ihren seelenvollen braunen Augen an. Schon nach wenigen Minuten hören die Betreffenden auf zu weinen und beginnen ihr über das Fell zu streichen.“

Wenn sie nicht „im Dienst“ ist, gibt es keinen Hund, der verspielter ist als Abigail. Sie liebt es, herumzuspringen, Stöcken nachzujagen und um Leckerbissen von Freds Teller zu betteln.

„Sobald sie die Kapelle betritt, ist sie ein völlig anderer Hund", sagte Mr. Cooke. „Sie ist ruhig und respektvoll. Ich glaube, sie hat einen sechsten Sinn dafür, wie sie sich benehmen muss."

Abigails einziger Fehltritt jedoch passierte, als sie noch ein Hundebaby war, aber selbst diese Geschichte ging gut aus.

„Einmal fraß sie einer Familie den Nelkenstrauß auf, den sie für den Sarg ihrer verstorbenen Tante mitgebracht hatte", erklärte Mr. Cooke.

Sofort machte er sich auf den Weg und kaufte neue Blumen. Die Familie wollte sie jedoch nicht auf dem Sarg haben.

„Tante Mary liebte Hunde über alles", erklärten sie ihm. „Sie können sich nicht vorstellen, wie sehr sie über diese abgekauten Blumen gelacht hätte."

Bill Holton

Teilen

Viel kann ich nicht tun, doch ich kann mein Brot und manchmal meine Sorgen mit dir teilen.

Viel kann ich nicht tun, doch ich kann eine Stunde mit dir verbringen, dir einen Witz und manchmal auch das Gegenteil davon erzählen.

Viel kann ich nicht tun, doch ich kann meine Blumen und meine Bücher und manchmal meine Bürde mit dir teilen.

Viel kann ich nicht tun, doch ich kann meine Lieder und meine Heiterkeit mit dir teilen und manchmal mit dir lachen.

Viel kann ich nicht tun, doch ich kann meine Hoffnungen und meine Befürchtungen mit dir teilen und manchmal mit dir ein paar Tränen vergießen.

Viel kann ich nicht tun, doch ich kann meine Freunde
und mein Leben mit dir teilen und oft kann ich mit dir beten.

Autor unbekannt

Eine Briefkastengnade

Es war am späten Nachmittag des Valentinstages und ich war ärgerlich auf meine Mutter. Obwohl unser Streit schon Wochen zurücklag, merkte ich, dass ich ihr noch immer böse war.

„Warum soll ich diejenige sein, die sich entschuldigt?“, fragte ich mich, als ich die Karte unterschrieb, die ich nur gekauft hatte, weil ich mich dazu verpflichtet fühlte.

„Kein ‚Ich-habe-dich-lieb‘ von mir“, sagte ich und klatschte die Briefmarke auf den roten Umschlag.

Kurz darauf fuhr ich zum Postamt. Umgeben von den rosa Schatten eines Sonnenuntergangs im Februar, reihte ich mich in die Autoschlange vor dem Briefkasten ein.

Minuten vergingen. Der Verkehr vor dem Postamt bewegte sich nicht. Als ich mein Fenster herunterdrehte und hinaussah, entdeckte ich einen verrosteten Kombi, der am Anfang der Autoschlange stand.

Hat der Wagen neben dem Briefkasten einen Motorschaden?, überlegte ich.

Es dauerte nicht lange, bis eine gutangezogene Frau, die in einem roten Ford hinter dem Kombiwagen stand, ungeduldig wurde. Lautstark zeigte sie ihren Ärger, indem sie ihre Hand auf der Hupe ruhen ließ.

Aufgeschreckt von dem Gehupe stieg ein älterer Mann aus dem rostigen Auto. Einen Stapel roter Valentinsbriefe in der Hand, humpelte er mit Hilfe eines Stocks, der seinem wackligen Gang mehr Halt geben sollte, auf den Briefkasten zu.

„Es tut mir Leid“, rief er der Frau mit leiser, zitternder Stimme zu.

Da öffnete die Frau augenblicklich die Wagentür. Sie lief auf den alten Mann zu und warf ihm die Arme um den Hals.

„Mir tut es Leid“, hörte ich sie sagen.

Im Schein der letzten Sonnenstrahlen klopfte der Mann ihr sanft auf den Rücken und hielt sich mit der anderen an seinem Stock fest.

Während ich ihnen von meinem Auto aus zusah, merkte ich, dass diese beiden Fremden einem alten Vers, den ich seit langem der Erinnerung überlassen hatte, eine neue Perspektive gaben: „Und vergib uns unsere Schuld wie auch wir vergeben unsren Schuldigern."

Plötzlich wurde mir bewusst, dass ich Zeit damit verschwendet hatte, unversöhnlich zu sein und auf die Entschuldigung meiner Mutter zu warten. Während ich „auf die Hupe" meines Ärgers gedrückt und alle Schuld an dem Streit auf meine Mutter geschoben hatte, weigerte ich mich zuzugeben, dass auch ich ihr schmerzhafte Worte gesagt hatte.

Ich musste ihre Verzeihung erbitten. Und ich musste ihr die gleiche Gnade zugestehen, die ich gerade am Briefkasten erlebt hatte: die bedingungslose Gnade Gottes.

Der alte Mann und die gut angezogene Frau hatten sich verabschiedet und die Autoschlange bewegte sich langsam auf den Briefkasten zu. Mit einer Hand am Steuerrad, öffnete ich vorsichtig das Kuvert für meine Mutter.

Als sich zwischen mir und dem Briefkasten nur noch ein Auto befand, schrieb ich eilig einen neuen Valentinsgruß auf die Karte: Es tut mir Leid, Mutti. Ich hab dich lieb.

Nancy Jo Sullivan

Die Verandaschaukel

Sanftes Schwingen. Leises Quietschen. Vor und zurück. Vor und zurück. Hier sitze ich. Hier lausche ich. Lausche auf die Musik der Schaukel auf der Veranda.

Das verwitterte, mit Flecken bedeckte Holz spricht deutlich. Es berichtet von kaltem Schnee, warmen Umarmungen und heißen Sommernächten. Es redet von verschütteter Limonade, flüstert von überschwappenden Teetassen und kostbaren Tränen. Dies ist ein heiliger Ort. Ein Ort, an dem Gespräche und Gefühle die Luft beehren. Ein Ort, an dem Träume ungehindert tanzen dürfen. Ein Ort, an dem es möglich ist, sich selbst zu finden.

Sanftes Schwingen. Leises Quietschen. Ich lausche weiter auf die Musik der Schaukel.

Ich höre wie sie von Händen spricht. Vielen Händen. Glatten Händen. Runzligen Händen. Erdigen Händen. Behandschuhten Händen. Helfenden Händen. Haltenden Händen. Verliebten Händen. Hier falte ich meine Hände. Hier spreche ich zu Gott. Hier hält er meine Hände und hier spricht er zu mir.

Sanftes Schwingen. Leises Quietschen. Vor und zurück. Vor und zurück. Hier sitze ich. Hier lausche ich. Lausche auf die Musik der Schaukel auf der Veranda.

Kim Engstrom

Schwimmwesten und Lachen

„Wer ist denn das?“, fragte meine Freundin und zeigte auf den Schnappschuss eines kleinen Jungen, der uns von meiner Kühlschranktür ansah.

„O, das ist ein kleiner Junge, den wir kennen“, antwortete ich lächelnd.

Als sie gegangen war, sah ich noch einmal auf das Foto und lachte. Der Kleine nahm einen gefangen mit seinem aufgeweckten, ungeduldigen Blick, der zu sagen schien: *Beeil dich mit dem Fotografieren! Es gibt Abenteuer zu erleben und Schätze zu finden, Riesen zu fangen und Piraten zu jagen!* Wer weiß, welchen heroischen Plan ihm seine Vorstellungskraft an dem Tag, an dem das Foto gemacht wurde, eingegeben hatte. Und was es auch gewesen sein mochte, in der haarsträubenden Ausrüstung, die er sich zusammengestellt hatte, war er völlig darauf vorbereitet gewesen, ihn in die Tat umzusetzen. Er trug eine Baseballmütze, eine übergroße Sonnenbrille, Hausschuhe und zu guter Letzt eine Schwimmweste! Wie hätte ich da nicht lachen sollen? Seine Energie sprang einem förmlich aus dem Bild entgegen, als würde sie ihn direkt von der Kühlschranktür in meine Küche katapultieren!

Ich konnte kaum glauben, dass er bereits drei Jahre alt war, denn ich erinnere mich an seine Anfänge, als wäre es gestern gewesen. Als er gezeugt wurde, waren sein Vater und seine Mutter jung und unverheiratet. Während Lisa noch überlegte, zu welcher Universität sie gehen sollte, war Scott bereits im zweiten Studienjahr und überlegte, welches Thema er für seine Dissertation wählen würde. Da sie Angst hatten, ihr Geheimnis mit jemandem zu teilen, hüteten sie es so lange wie möglich und suchten allein nach einem Ausweg aus ihrer misslichen Lage.

Sie wussten, dass sie, sobald sie über ihr Geheimnis sprachen, der überwältigenden Realität zerstörter Träume und qualvoller Entscheidungen ins Gesicht sehen mussten. Sie wollten gern eine Familie haben, aber nicht auf diese Weise. Sie waren der Ansicht, dass Kinder das solide Fundament einer widerstandsfähigen Ehe brauchten, wussten aber nicht, ob sie eine aufbauen konnten.

Sie hätten die Schwangerschaft beenden können. Andere hatten es auch getan und niemand hätte es mitbekommen. Es wäre einfach gewesen, neu anzufangen, so, als wäre nichts geschehen. Doch obwohl es einfach aussah, Gott hätte es gewusst. Sie entschieden sich deshalb dafür, ihrem Baby das Leben zu schenken, ungeachtet der Folgen, die es haben würde.

Schließlich bereiteten sie sich darauf vor, was die Bekanntgabe ihrer Nachricht unweigerlich auslösen würde: Die Enttäuschung und den Schmerz ihrer Eltern. Den Schock und das Geflüster von Freunden in der Kirche und weitere qualvolle Fragen. Wie sollten sie die Endbindungskosten bezahlen, da Lisa keine Versicherung hatte? Wie sollte sie ein Kind großziehen und weiter zur Uni gehen, wenn sie und Scott nicht heiraten würden? Wie sollte Scott die finanzielle Verantwortung für die Schwangerschaft und seine Vaterpflichten tragen?

In den folgenden Wochen gingen sie wie Marionetten umher. Scott verließ die Universität, ohne zu wissen, ob er je dahin zurückkehren würde. Er fand Arbeit als Kellner, während Lisa von Tür zu Tür ging und jemanden suchte, der einem jungen, schwangeren Mädchen, das wenig Erfahrung und keinen Abschluss hatte, Arbeit geben würde.

Die Liste ihrer Möglichkeiten wurde komplizierter. Sollten ihre Eltern das Kind großziehen? Sollten sie eine Adoption erwägen? Nichts schien ideal zu sein. Währenddessen erlebten sie die bittersüßen Augenblicke der Schwangerschaft: die Ultraschalluntersuchung, die ihnen zeigte, dass sie einen Sohn haben würden, die ersten Töne seines Herzschlages, seine ersten unruhigen Bewegungen.

Als Lisas Umfang zunahm, näherte sich auch der Tag der Entscheidung mit unerbittlicher Dringlichkeit. Schwankend in Bezug auf Entscheidungen, die nur sie machen konnten, brüteten sie über den ausführlichen Akten hoffnungsvoller Adoptiveltern, auf der Suche, wem sie ihr Kind anvertrauen konnten. Wen sollten sie wählen?

Auch ihre Eltern hatten zu kämpfen. Tapfer lächelten sie, wenn andere ihnen Bilder ihrer Enkelkinder zeigten und verkniffen sich die Tränen, wenn sie Babys auf den Armen ihrer Mütter sahen. Zuerst machten sie sich Sorgen, dass Scott und Lisa nicht heiraten würden, dann aber, dass sie es täten. Unsicher, wie sie sich als Eltern verhalten sollten, waren sie erst zu streng und zwangen sich dann, locker zu lassen, wobei sie grübelten, ob sie versagt hätten. Doch bei alledem baten sie Gott, mit seiner Liebe und seinem Willen bei ihnen zu sein.

An einem strahlenden Sommermorgen legte man Scott und Lisa schließlich ihren gesunden Sohn in die Arme. Als sie seine weiche Wärme spürten, waren sie wieder hin und hergerissen. Doch es war keine Zeit mehr, sie mussten sich entscheiden. Der folgende Tag war der schmerzlichste von allen. Während ihre Eltern Gott darum baten, seinen vollendeten Willen geschehen zu lassen, kämpften Scott und Lisa einen tränenreichen Kampf.

Tapfer entschieden sie, was für ihren Sohn das Beste wäre, zogen ihn an und brachten ihn zu einer kleinen Kirche, um ihn Gott zu weihen. Danach brachten sie ihn zu der Agentur, die ihn den von ihnen ausgesuchten Adoptiveltern aushändigen sollte.

Der schreckliche Konflikt, ihn gehen zu lassen, obwohl sie ihn behalten wollten, zerriss ihnen das Herz. Sie gingen durch Augenblicke des Schmerzes und endlosen Zweifels.

Es war die Zeit, die sie schließlich alle zurück zur heilenden Routine des Lebens brachte. Was übrig blieb, waren ein Kapitel voller Erinnerungen und fortdauernder Gebete. Gelegentlich traf von der Agentur ein Brief mit Bild ein, durch die Scott und Lisa auf dem Laufenden gehalten wurden.

Das Bild an meinem Kühlschrank, das mich jedes Mal zum Lachen bringt, wenn ich es ansehe, war ein Extrabild, das sie mir gegeben haben. Es ist viel zu klein, um dieses dreijährige, komische Energiebündel, das vor geschäftiger Erregung fast platzt, aufnehmen zu können. Er sah wirklich so aus, als würde er jeden

Augenblick in meinen Morgen springen, mich in seine Abenteuer verwickeln und herausfordern, mit ihm Schritt zu halten.

O ja, lachte ich zurück in sein erwartungsvolles Gesicht, ich fände es herrlich, wenn du es tätest. Ich würde dich in meinen Armen auffangen und herum und herum und herumwirbeln, mit Schwimmweste, Baseballmütze, Sonnenbrille und allem! Wir würden uns drehen und zusammen über die Riesen lachen, die du besiegt und die Piraten, die du gefangen hast. Wir würden uns drehen und drehen und wieder lachen, über den verblassenden Schmerz, der deine Geburt umgab und die Wunder der Welt, die vor dir liegen. In einer wilden Feier deines Lebens würden wir lachen bis uns die Tränen kommen.

Und wenn wir vom Drehen schwindlig sind, würde ich dich auf die Erde stellen, mich vor dich hinknien und dir Folgendes sagen: „Du kannst es jetzt nicht sehen, aber die Pläne, die Gott dir in dein Herz und die Versprechen, die er dir in deine Seele gelegt hat, sind größer, als du es dir je vorstellen kannst. Dein Leben gehört ihm und dein größtes Abenteuer wird es sein, ihn zu entdecken und mit ihm zu gehen, um herauszufinden, was für Pläne er für dich hat. Ich verspreche dir, dass es aufregende Pläne voller wunderbarer Hoffnungen und Absichten sind. Geh und mach sie dir zu Eigen. Geh und lebe sie. Und vergiss deine Schwimmweste nicht, Nathanael, mein erster Enkelsohn."

N. C. Haas

Mitgefühl

Wie weit du im Leben kommen wirst, hängt davon ab, sanft mit den Jungen, mitleidig mit den Älteren, mitfühlend mit den Strebenden, tolerant mit den Schwachen und Starken zu sein, denn eines Tages wirst du jeder von ihnen gewesen sein.

George Washington Carver

Älterwerden

Herr, du weißt besser als ich, dass ich älter und eines Tages alt sein werde.

Lass mich nicht geschwätzig werden und bewahre mich besonders vor der unangenehmen Angewohnheit, zu denken, dass ich zu jedem Thema oder bei jeder Gelegenheit etwas sagen muss.

Befreie mich von dem Verlangen, jedermanns Angelegenheiten in Ordnung bringen zu wollen.

Bewahre meinen Verstand davor, sich beim Reden in endlose Einzelheiten zu verlieren. Gib mir Flügel, direkt zum Thema zu kommen.

Ich bitte um genügend Gnade, anderen bei den Geschichten ihrer Schmerzen zuzuhören. Hilf mir, sie mit Geduld zu ertragen.

Doch verschließe meine Lippen, wenn es um meine eigenen Schmerzen und Leiden geht. Sie nehmen zu und meine Vorliebe, darüber zu sprechen, wird mit jedem Jahr größer.

Ich wage nicht, um ein besseres Gedächtnis zu bitten, doch um zunehmende Bescheidenheit und weniger Überheblichkeit, wenn meine Erinnerung mit der anderer Menschen kollidiert.

Lehre mich die herrliche Lektion, dass ich gelegentlich Unrecht haben könnte.

Lass mich verhältnismäßig nett bleiben. Ich möchte kein Heiliger sein – mit einigen von ihnen lässt es sich sehr schwer leben –, doch ein säuerlicher alter Mann oder eine säuerliche alte Frau ist das krönende Werk des Teufels.

Lass mich aufmerksam, doch nicht launisch, hilfreich, doch nicht herrisch sein.

Bei meiner großen Weisheit scheint es eine Schande zu sein, sie nicht zu benutzen; du weißt aber, Herr, dass ich auch am Ende noch ein paar Freunde besitzen möchte.

Gib mir die Gabe, an unerwarteten Stellen Gutes zu sehen und Talente in Menschen, bei denen ich es nicht erwarten würde. Und Herr, gib mir die Gnade, es ihnen zu sagen.

Dale Evans Rogers

Verborgene Schönheit

Einige Menschen verlieren nie ihre Schönheit,
egal wie alt sie werden; sie verlegen sie lediglich
von ihrem Gesicht in ihr Herz.

Autor unbekannt

Der Glaube eines Kindes

Als meine Schwägerin Carla einen Hirntumor hatte, kümmerte ich mich um ihre Jungen Bobby und Peter.

Für mich bedeuteten zwei zusätzliche Kinder nicht nur, zweimal so viele Sweatshirts und Socken waschen zu müssen, sondern dass es zweimal so viele Probleme und Angelegenheiten gab, um die ich mich kümmern musste.

Ich glaube, am meisten machte mir Bobby Sorgen. Unser ältester Sohn Jeremy, kam mittlerweile gut alleine zurecht und Andrew und Peter spielten miteinander und teilten sich nachts sogar Andrews Bett. Nur Bobby blieb übrig und ging von einem zum anderen, um Anschluss und Unterstützung zu finden. In Andrews Zimmer richtete ich eine Schlafecke für ihn ein, stapelte weiche Decken übereinander und stellte für ihn aus einer Kunstfelldecke so eine Art Schlafsack her, in die er genau hineinpasste.

Jeder dachte, dass den Jungen die lange Abwesenheit ihrer Eltern zu schaffen machen würde, doch nach einer Weile kommt einem alles normal vor.

Jeden Abend, wenn die Fensterläden der Kälte wegen geschlossen waren, gingen wir durch die übliche Routine und prüften, ob alle gewaschen, die Zähne geputzt, die Schlafanzüge zugeknöpft, die Sachen zusammengelegt und die Schularbeiten gemacht waren. Und jeden Abend riefen Carla oder mein Bruder an, um mit Bobby und Peter zu sprechen. Dann holte ich sie aus einem Ringkampf, bei dem gelacht und geschrien wurde, in die Küche, damit sie aus weiter Ferne, durch die stecknadelgroßen Löcher des Hörers, die Stimme ihrer Mutter hören konnten. Plötzlich wurden die Fragen aus dem fernen Minnesota: Was hast du heute gemacht? Wie fühlst du dich?, von ganz kleinen Stimmen beantwortet.

Jungen, die vor ein paar Sekunden noch voller Leben steckten, konnten auf einmal nur noch flüstern. Der Schmerz und die Einsamkeit in ihren Stimmen erstaunte mich. Ich hätte am liebsten nach dem Hörer gegriffen und gesagt: „Nein, so ist es nicht. Sie spielen und lachen und nachts schlafen sie durch. Sie essen und lesen und es geht uns allen gut." Doch in diesen wenigen Augenblicken sprachen die Jungen die Wahrheit. Sie waren allein und einem Leben in Trennung ausgeliefert.

Carlas tägliche Bestrahlungen in der Klinik nahmen ihren Körper so sehr mit, dass sie sich alle Augenblicke übergeben musste. Für die wenigen Minuten, in denen sie mit ihren Jungen am Telefon sprach, nahm sie sich zusammen, um sie wissen zu lassen, dass es ihr gut ging. Sie sagte ihnen, dass sie, genau wie Papa, nun auch keine Haare mehr hätte, aber dass sie nach Hause kommen würde, noch nicht gleich, aber ganz bestimmt.

Sobald sie den Hörer aufgelegt hatten, kehrten die Jungen in unsere Welt zurück, rannten und sprangen und warfen sich in spielerischem Angriff aufeinander. Sie rollten wie junge Hunde über den Boden und lebten von Sekunde zu Sekunde.

Wenn jede bewusste Sekunde ein Gebet sein kann, war unser Leben in diesen drei Monaten ein einziges Gebet.

Eines Abends verkündete Bobby, dass er ein Projekt für die Schule machen müsse. Er hockte auf seinem Stuhl am Esstisch und erzählte uns von dem jährlichen Wettbewerb, bei dem Eier vom Dachboden der Schule fallen gelassen wurden. Alle Schüler sollte etwas erfinden, was die Eier vor dem Zerbrechen bewahrt.

Jeder von uns machte Vorschläge, die sich Bobby mit großen Augen und hochgezogenen Augenbrauen anhörte.

„Und was meinst du?", fragte mein Mann.

„Ich glaube, wenn man einen Milchkarton mit Wasser füllt und das Ei da hinein tut, zerbricht es nicht beim Runterfallen."

Unsere Ideen stammten von Dingen, die wir bei anderen gesehen hatten, wie zum Beispiel zurechtgeschnittenes Styropor, in das das Ei eingebettet wird oder ein Fallschirm der an einem Karton mit Poppkorn befestigt ist, in dem sich das Ei befindet. Keiner von uns hatte an Wasser gedacht.

Jeremy fragte: „Was macht ein Ei im Wasser? Sinkt es?"

„Geh und sieh nach", sagte mein Mann.

Alle ließen ihre Teller stehen und gingen in die Küche, um ein Ei ins Wasser fallen zu lassen. Alle außer Bobby. Er blieb am Tisch sitzen. „Ich könnte Gummiband benutzen, um es mitten im Wasser zu halten", sagte er.

„Du könntest Salz ins Wasser tun", schlug Jeremy vor.

„Es ist mein Projekt. Ich mache es so wie ich es will", erklärte Bobby vom Esszimmer aus.

Alle in der Küche sahen sich an und mein Mann sagte: „Du hast Recht."

Die Jungen kamen an den Tisch zurück und beendeten ihr Abendbrot.

Mit Hilfe von Jeremy und seinem Onkel Steve brachte Bobby es irgendwie fertig, ein Ei mit Gummibändern in einem Milchkarton aufzuhängen, den er mit Wasser füllte. Anschließend gingen Bobby und Steve auf den vorderen Balkon unseres Hauses und der Rest der Familie sah von der Terrasse aus zu. Bobby grinste über das ganze Gesicht, als er den Milchkarton mit ausgestrecktem Arm in die Luft hielt. Er war überzeugt, dass seine Idee funktionieren würde.

„Eins, zwei, drei!", zählte Bobby. „Abwurf!"

Der Karton prallte auf den Zement, riss auf und das Wasser lief aus dem Boden. Bobby rannte die Treppen hinunter und zur Tür hinaus. Er kniete sich neben sein Projekt und besah den zerbrochenen Karton und das Wasser. Das Ei darin war ganz geblieben. Bobby hob es hoch und untersuchte es genau. Aus dem Ei floss ein Faden klarer Flüssigkeit.

„Ein Sprung", sagte er.

„Erstaunlich!", meinte Steve grinsend. „Ich hätte nicht gedacht, dass es funktioniert."

Ich glaube, dass es keiner von uns geglaubt hatte. Doch für Bobby war das Resultat nicht gut genug. Er blieb bei seiner ursprünglichen Idee, das Ei zu schützen, nur sollte es völlig intakt bleiben.

„Ich brauche einen Ballon", sagte er. „Einen, wie man ihn zum Geburtstag bekommt."

„Einen Heliumballon?“, fragte ich.

Bobby nickte.

„Dann brauchst du aber kein Wasser“, sagte sein Bruder Peter.

„Du brauchst alles“, sagte Bobby.

An dem Tag, an dem das Experiment stattfinden sollte, brachte ich Bobby mit seinem Ei, einem anderen Milchkarton, Gummiband und einem Heliumballon zur Schule. Er hatte es nicht zusammen ausprobiert, war sich jedoch sicher, dass es funktionieren würde. Ich blieb dort, um zuzusehen.

Bobbys Lehrerin ging mit den Kindern in die Schul-Cafeteria, wo eine Leiter auf den Boden führte. Einer nach dem anderen stiegen die Schüler die Leiter hoch und ließen ihr Ei aus der Öffnung fallen. Einige Eier zerbrachen, andere hatten einen Sprung und einige schafften es heil hinunter. Die Kinder schienen über die Niederlagen genauso aufgeregt zu sein wie über die Erfolge.

Schließlich war Bobby dran. Er tat sein Projekt in den Korb und stieg damit die Leiter zum Boden hoch. Seine Finger konnten die Leitersprossen nicht ganz umspannen. Er änderte seinen Griff und achtete auf seine Füße. Vorsichtig stieg er zur Luke hinauf. Noch am Abend zuvor hatte er seinen Milchkarton mit blauen und roten Sternen dekoriert. Oben angelangt hielt er ihn sicher und mit ausgestrecktem Arm, während der Ballon darüber hin und herschwankte.

Sekundenlang blieb mir der Atem stehen. Die Schnüre waren ungleich. Was würde passieren wenn sie rissen? Der Karton würde rutschen. Ich wünschte so sehr, dass er sanft zu Boden gleitet. Einen Augenblick lang konnte ich mir nur vorstellen, dass der Karton auf die Seite fallen und das Ei zerbrechen würde. Mit all meiner Kraft wünschte ich, dass es funktionierte. Es musste funktionieren, weil Bobby glaubte, dass es funktioniert!

Er ließ los. Der Karton wackelte und stürzte zu Boden. Dann war es vorbei. Der Ballon hatte den Karton nicht sanft hinuntergleiten lassen, doch wenigstens war er senkrecht gelandet. Bobby stieg eilig die Leiter hinab und rannte auf seine Konstruktion zu, um das Klebeband, das den Milchkarton verschloss, abzuziehen. Er griff hinein und hielt triumphierend das Ei hoch. Es war ganz, ohne einen einzigen Sprung! Bobby lachte beglückt und die Klasse klatschte.

Am Abend nach dem Essen, dem Abwasch, dem Aufräumen, dem Baden, dem Zähneputzen, dem Haarekämmen und dem Geschichten vorlesen, klingelte das Telefon.

Bobby rannte hin und nahm den Hörer ab. „Hallo?" rief er. „Mama, rate mal, was passiert ist. Mein Ei ist nicht zerbrochen!"

Es ist jetzt drei Jahre her, seit die Ärzte festgestellt haben, dass der Tumor von Carla, sein Auftreten und sein Verschwinden gleichermaßen ungewöhnlich waren. Alle sechs Monate muss sie zur Nachuntersuchung in die Klinik. Wir tun dann so, als wäre es nur Routine, doch wir atmen jedes Mal auf, wenn sie gesund nach Haus kommt.

Die Jungen werden älter. Unsere Familien haben unterschiedliche Interessen. Ich bin damit beschäftigt, Andrew und Jeremy zum Fußball, zu den Pfadfindern und zur Sonntagsschule zu fahren.

Für Bobby und Peter ist jener Winter nur noch eine blasse Erinnerung an eine Zeit, in der ihre Eltern fort waren und sie im Haus ihrer Cousins geschlafen haben. Für mich aber bleibt es der Winter, in dem Bobby uns den Glauben eines Kindes zeigte. Es war der Winter, in dem wir Schutzschichten umeinander bildeten, damit keiner von uns zerbricht.

Deborah Hammons

Verständnis

Wir verstehen nicht, was
Freude ist, solange wir keinen Kummer erleben,
Glaube ist, ehe er nicht auf die Probe gestellt wird,
Frieden ist, ehe wir in Konflikte geraten,
Liebe ist, ehe sie nicht verloren ist,
Hoffnung ist, ehe sie mit Zweifeln konfrontiert wird.

Autor unbekannt

Der Fuchs und der Schriftsteller

Im letzten Frühling wurden in einem Fuchsbau in der Schlucht, die man von meiner Einfahrt aus sehen kann, drei junge Füchse geboren. Ich beobachtete ihre anfängliche Entwicklung durch mein Fernglas: wie die Kleinen säugten und sich sonnten, spielten und verzweifelt Schutz suchten, sobald ein großer Vogel über sie hinwegflog.

Da ich mich damals selbst für einen späten Franz von Assisi hielt, beschloss ich, sie mir zu Freunden zu machen. Jeden Tag ging ich in die Nähe ihres Baus, pfiff leise und hinterließ ihnen ein kleines Geschenk, einen Knochen, ein rohes Ei oder eine Hand voll Katzenfutter. Ich weiß, Naturfreunde haben etwas gegen solche Einmischung in die Natur. Ich dachte aber, dass Häuser wie mein Haus, die im Lebensbereich des Fuchses gebaut worden sind, die natürliche Ordnung bereits unterbrochen hatten.

In den ersten paar Wochen rannten die jungen Füchse, sobald sie mich sahen, sofort in den Bau. Als sie sich an meine Anwesenheit gewöhnt hatten, versteckten sie sich nur noch hinter nahe gelegenen Steinen und spähten neugierig zu mir herüber, die goldenen Augen aufmerksam, die spitzen Ohren bei jedem Laut in Bewegung, das narbenfreie Fell in der Sonne glänzend.

Schließlich fingen sie an mir nachzulaufen. Ich kam mir wie der Rattenfänger von Hameln vor. Wenn ich stehen blieb, blieben sie auch stehen und versteckten sich hinter einem Busch oder Stein. Wenn ich rannte, rannten sie auch. Wenn ich mich zu einem kleinen Picknick niederließ, umstellten sie mich. Einmal warf ich ein Apfelgehäuse in einen Busch und wie der Blitz stürzten alle drei hinterher. Mitten im Sprung blieben sie wie erstarrt stehen und warteten zitternd. Mir wurde klar, sie warteten darauf, dass sich das Futter bewegt, wie es bei ihrem normalen Futter der Fall ist.

Im Verlauf des Sommers stand ich oft in meiner Einfahrt und pfiff. Wie auf Kommando erschienen die drei gut aussehenden Füchse in der Schlucht. Sie pirschten sich an Schmetterlinge heran, die über einem Büschel Wildblumen schwebten und jagten vergeblich hinter den gewitzten Erdhörnchen her oder sie standen auf den Hinterfüßen und schlappten Wasser aus unserer Vogeltränke. Als später einmal eine Eisschicht darauf ihr Bild widerspiegelte, sprangen sie alarmiert zurück.

Um die Rehe, Hirsche und Kaninchen von unseren Blumenbeeten fern zu halten, hatten wir Wassersprenger mit Bewegungsdetektoren installiert. Sobald man in ihren Bereich kommt, fängt das Wasser mit einem lauten, erschreckenden Geräusch zu spritzen an. (Die Kinder aus der Nachbarschaft kamen mit Vorliebe herüber, um ihren nichts ahnenden Freunden diese technische Errungenschaft vorzuführen.) Als die Füchse das erste Mal in den Bereich der Detektoren kamen und die Sprenger auslösten, rannten sie in panischer Flucht buchstäblich bis zu ihrem Bau. Doch bald fingen sie an mit dem Detektor zu spielen, sprangen davor, um zu sehen, ob sie ihn auslösen konnten, ohne nass zu werden.

Wenn ich einen Tennisball warf, begann einer gewöhnlich die Verfolgungsjagd, mit den beiden anderen direkt auf den Fersen. Wie manche Hunde lernten sie aber nie, den geholten Gegenstand wieder abzugeben.

Die drei hatten sehr unterschiedliche Persönlichkeiten. Den Mutigsten tauften wir Frechdachs, den, der am schüchternsten war, Scheuer Bursche und den dritten, wegen der Markierungen an seinen Füßen, Schwarzsocke. Wenn ich Futter hinausbrachte, begann ich mit einem kleinen Häufchen, das sofort von Frechdachs verschlungen wurde. Dann ging ich ein Stück weiter und legte ein zweites Häufchen hin, zu dem Frechdachs sofort hinstürzte, um es zu untersuchen.

Wenn ich endlich das dritte Häufchen hinauslegte, näherte sich Scheuer Bursche vorsichtig den Resten des ersten Häufchens, wurde jedoch sofort von Frechdachs verjagt. Armer Scheuer Bursche! Er schien von seiner Persönlichkeit zu niemals endendem Hunger verdammt zu sein.

Doch Klugheit kann bei Tieren wie bei Menschen helfen, Persönlichkeitshindernisse zu überwinden. Scheuer Bursche siegte nämlich, nachdem ich das Futter in eine Metallschüssel getan hatte. Füchse spüren ihr Futter mit ihren Nasen und nicht mit ihren Augen auf. Deshalb schienen die drei auch nicht in der Lage zu sein, das Futter vom Napf zu unterscheiden. Sie rochen das Futter und bissen in die Schüssel, die jedoch kein bisschen wie Katzenfutter oder Lammknochen schmeckte. Außerdem ängstigte sie das Geräusch der Metallschüssel, wenn sie diese über den Kiesweg zerrten. Sie starrten die Schüssel an und schlichen eine halbe Stunde lang um sie herum, weil sie das Futter rochen, aber nicht wussten, wie sie drankommen sollten.

Schließlich meisterte Scheuer Bursche die Schüssel und sicherte sich von da an seinen fairen Anteil. Ich machte zwei Häufchen mit Futter und ließ den dritten in der Schüssel. Die anderen beiden versuchten zwar ihn von der Schüssel wegzujagen, doch da sie das Geheimnis der Schüssel nicht lösen konnten, überließen sie ihren Inhalt schließlich dem feixenden Scheuen Burschen.

Den ganzen Sommer über hatte ich drei ständige Gesellschafter. Ob ich im Garten Unkraut zog oder das Gras mähte oder in der Hängematte meine Post durchlas, immer beobachteten sie jede meiner Bewegungen. Wenn ich auf unserer hölzernen Terrasse mein Mittagessen aß, kamen sie die Stufen herauf und gesellten sich zu mir.

Besonders Frechdachs schien keine Furcht zu kennen. An einem schönen Sommertag brachte ich mein Laptop nach draußen und setzte mich auf einen Gartenstuhl in den Schatten. Frechdachs beobachtete mich eine Weile, rollte sich dann zusammen, legte den Schwanz mit der weißen Spitze über seine Augen und schlief.

In solchen Augenblicken fühlte ich mich auf erregende Weise in den Garten Eden zurückversetzt, als die Barriere der Furcht zwischen den Arten noch nicht errichtet war, und voraus in den Himmel versetzt, wo sich der Löwe neben dem Lamm und der Fuchs sich neben dem Schriftsteller zusammenrollen werden.

Der Naturalist John Muir seufzte einmal: „Es ist ein großer

Trost, dass unzählige große und kleine Geschöpfe in Gottes Liebe lebten und eine gute Zeit hatten, bevor der Mensch erschaffen wurde."

Das kann auch heute noch geschehen, John.

Philip Yancey

Für Gott, von Ben

Um unserem fünfjährigen Sohn über den traumatischen Tod seines Goldfisches hinwegzuhelfen, stimmte ich zu, dass er, egal auf welche Weise, „den Goldfisch zurück zu Gott schicken" kann. Ich nahm an, dass er ihm eine gebührende Beerdigung zuteil lassen würde und war erstaunt, als die Postmeisterin unseres kleinen, ländlichen Postamtes bei uns anrief.

„Können Sie bitte einmal herüberkommen?", fragte sie. „Ich muss Ihnen etwas zeigen."

„Von unserem Postamt wird ja allerhand erwartet", sagte sie lachend, „doch das hier ist die ungewöhnlichste Postsendung, die wir jemals befördern sollten."

Auf einem großen Geschäftsumschlag erkannte ich Druckbuchstaben in Bens Handschrift: FÜR GOTT, VON BEN. Und in dem Umschlag befand sich ein sehr flacher, sehr toter Goldfisch.

Glenda Barbre

Engelschöre

Ihr erstes Weihnachtsfest im Altersheim war gar nicht so schlecht - da lernte sie neue Freunde kennen. Als die Schulkinder zum Weihnachtsliedersingen kamen, machte sie sich mit Hilfe ihres Krückstocks vorsichtig auf den Weg zum Speisesaal, um der fröhlichen, wenn auch ein wenig falschklingenden Musik der Kinder zu lauschen.

Mit Vergnügen beobachtete sie ihre strahlenden Gesichter, die sie an ihre eigene Jugend erinnerten. In den folgenden Tagen rief sie sich die Szene wieder und wieder vor Augen, während sie die Lieder summte und sich auf die Geburt ihres Herrn und Heilands vorbereitete.

Ein paar Jahre vergingen und die Schwester fuhr sie in den Saal, damit sie wieder die kleinen Engel singen hören konnte. Wie die meisten Bewohner des Heims, freute sie sich auf den jährlichen Besuch der Kinder. Seit Wochen musste ihr die Schwester täglich den Kalender reichen, damit sie die Tage bis zu ihrem Auftritt gewissenhaft abstreichen konnte. Und sie wurde nicht enttäuscht. Die Gesichter waren andere und die Musik war auf vertraute Weise falsch, doch das Mitgefühl kam direkt aus dem Herzen der Kinder. Sie badete darin und bewahrte sich ihr Lächeln für lange Zeit, nachdem sie gegangen waren.

Jedes Jahr bat sie die Schwester, sie näher an die Kinder heran zu schieben, weil ihre Stimmen ferner und fernen klangen. Dann kam der Tag, an dem sie das Programm überhaupt nicht mehr hören konnte, doch sie erfreute sich daran, die Lippen der Kinder zu lesen und ihre ausdrucksvollen Gesichter zu beobachten, während sie die Weihnachtslieder im Kopf mitsang.

Als noch mehr Zeit verging, wurden selbst die Gesichter der Kinder undeutlich. Ihre Augen versagten und sie verlor sich in einer verschwommenen Welt unbestimmter Geräusche und Eindrücke. Eines Tages schrie ihr die Schwester etwas ins Ohr. Es klang undeutlich und gedämpft, doch sie verstand so viel, dass sie zum Weihnachtsprogramm der Kinder kommen solle.

„O, nein“, erwiderte sie. „Ich möchte nicht gehen.“

Ich möchte nicht, dass diese Kinder mich anstarren, dachte sie. *Ich kann nicht laufen; ich kann nicht hören; ich kann nicht sehen. Sie würden mich ignorieren, weil ich ein nutzloses altes Ding bin, das nur noch im Rollstuhl sitzen kann. Nein, ich möchte nicht gehen.*

Ärgerlich fühlte sie sich gegen ihren Willen aus dem Zimmer gerollt. Sie wollte schreien: Bringt mich zurück! Doch sie erinnerte sich an das Theater, deren Zeuge sie geworden war, bevor ihre Augen sie im Stich gelassen hatten, wenn andere alte Menschen wie sie auf dem Flur geschrien und sich zum Narren gemacht hatten. Also zog sie nur den Schal fester um ihre Schultern und ließ hilflos den Kopf hängen.

Sie ahnte die hohe Decke des Speisesaals und fühlte wie die Bremsen an ihrem Rollstuhl festgestellt wurden. Trotz ihrer Abneigung, begann sie sich nach einer Weile den Chor vorzustellen, Hunderte von Kindergesichtern, die eifrig ihr Lied sangen oder sich auf das Spielen ihres Instrumentes konzentrierten.

Süße Stimmen, die längst verstummt waren, füllten ihren Kopf und ein Lied tauchte aus der Erinnerung auf. Sie summte leise vor sich hin und lächelte, als die Gefühle ihr Herz weiteten. Bevor sie es verhindern konnte, rann eine Träne aus ihren blicklosen Augen. Und dann geschah es.

Eine winzige Hand stahl sich in ihre und drückte sie. Mit dieser kostbaren Berührung war ihr, als hätte der Herr sich selbst noch einmal in das Christkind verwandelt. Sie streckte die Hand aus und strich mit ihren Fingern sanft über das Gesicht des Kindes und berührte die im Lächeln hochgezogenen Lippen.

Sie nahm das Kind in die Arme und rief: „Gott segne dich! Ein fröhliches Weihnachtsfest!“

Und das war es tatsächlich.

Cheryl Gochnauer

Sturmwarnung

Als ich meine Karriere als Werbetextgestalterin unterbrach, um zu Haus zu bleiben und meinen Mutterpflichten nachzukommen, glaubte ich meine Entscheidung dadurch rechtfertigen zu müssen, dass ich die beste Mutter würde, die es gab. Bis uns ein gefährlicher Sommersturm heimsuchte, lebte ich nach dem Motto, das auf meiner Lieblingstasse stand: *Weil Gott nicht überall sein kann, hat er die Mütter erfunden,* ohne je weiter darüber nachzudenken.

Es war ein besonders schwüler Nachmittag. Meine vier Söhne hatten es sich vor dem Fernseher bequem gemacht und sahen einen Videofilm, den ich gemietet hatte, um ihnen die sommerliche Langeweile zu vertreiben.

„Ich muss ein paar Besorgungen machen", sagte ich. „Kommt mit, dann kaufe ich jedem ein Eis."

Mein Vorschlag wurde mit Stöhnen und Protest aufgenommen. „Es ist zu heiß, Mama. Wir wollen zu Haus bleiben und uns den Film zu Ende ansehen."

Ich überlegte einen Augenblick und entschied, dass der Älteste, der zwölf Jahre alt war, seine Brüder für die kurze Zeit, in der ich zur Bank, zur Reinigung und zum Lebensmittelladen fuhr, beaufsichtigen konnte.

„Chris passt auf euch auf. Seid vernünftig, dann bringe ich euch ein Eis mit", sagte ich schon an der Tür. Sie waren so sehr in den Film vertieft, dass sie mein Weggehen kaum bemerkten.

Am liebsten würde ich heute Nachmittag auch nur herumgammeln, dachte ich, als ich den schweren grauen Himmel betrachtete. *Vielleicht regnet es heute Abend und kühlt sich danach etwas ab.*

Ich ließ die Jungen nur selten ein paar Minuten allein, deshalb versicherte ich mir, dass schon alles in Ordnung sei und schrieb das ungute Gefühl in meiner Magengegend dem heißen, schwülen Wetter zu.

Sobald ich in der Bank war, begannen tatsächlich große klatschende Regentropfen zu fallen und der Himmel wurde immer dunkler. Ich vermutete, dass ein Gewitter im Anzug war, verzichtete auf die Reinigung und beschränkte mich beim Lebensmitteleinkauf auf das Nötigste, um zu Hause zu sein, bevor es richtig losging. Ich rannte zwischen den Einkaufregalen hin und her und war gerade fertig, als der Sturm losbrach. Ein Donnerschlag krachte und der Wind peitschte Regengüsse gegen die Ladenscheiben. Während ich an der Kasse wartete, begann ich mir ernsthaft Sorgen zu machen.

Zuerst galten diese mehr dem Haus als den Kindern. Würden sie daran denken, den Hund reinzulassen? Hatten sie die Fenster geschlossen? Sahen sie noch immer den Film an, ohne den Sturm zu bemerken? Mein Mann und ich hatten Witze darüber gemacht, dass eine Bombe fallen könne und unsere Kinder es beim Fernsehen nicht einmal merken würden. Heute fand ich es nicht mehr zum Lachen.

Nachdem ich meine Lebensmittel bezahlt hatte, versuchte ich einen Spurt zum Auto. Der vom Wind gepeitschte Regen durchnässte mich sofort und riesige Hagelklumpen trieben mich zurück in den Laden. Während der Sturm immer heftiger tobte, lief ich auf und ab und unterhielt mich mit anderen gestrandeten Käufern, um meine Spannung abzubauen.

Luftschutzsirenen ertönten und signalisierten, dass es sich um mehr als das übliche Sommergewitter handelte und vor einem Tornado gewarnt wurde. Jetzt machte ich mir ernsthaft Sorgen um die Jungen, denn sie wussten nicht einmal, wo ich war. Mein Versuch, sie anzurufen, misslang, weil die Telefonleitungen unterbrochen waren.

Und ich schimpfe immer, wenn sie weggehen und mir nicht sagen wohin, dachte ich. Ob sie Angst hatten? Ob sie sich Sorgen um mich machten? Hatten sie daran gedacht, vom Videogerät aufs Fernsehen umzuschalten, damit sie das Neuste über den Tornado erfahren?

Ich bin schon eine feine Mutter, schimpfte ich mit mir selbst.

Mitten in meiner immer stärker werdenden Panik fielen mir

plötzlich die Zeilen eines Psalms ein: *Wenn die Fluten toben und tosen und die Berge davon erzittern: Der Herr der Welt ist bei uns, der Gott Jakobs ist unser Schutz!* Ich war mir nicht sicher, aus welchem Psalm sie stammten, doch sie wirkten auf mich wie ein Beruhigungsmittel. Tief in meinem Innern formte sich die Überzeugung, dass mit meinen Jungen und unserem Haushalt alles in Ordnung war.

Als die Sirene verstummte, rannte ich zu meinem Auto. Der Regen hatte nur wenig nachgelassen. Die Sicht war gering, die Straßen waren glatt und Autos waren in tiefen Pfützen und Hagelhaufen stecken geblieben. Immer, wenn in mir die Angst aufstieg, kamen mir wieder die Zeilen in den Sinn:

Wenn die Fluten toben und tosen und die Berge davon erzittern: Der Herr der Welt ist bei uns, der Gott Jakobs ist unser Schutz.

Da die Hauptstraße, auf der ich normalerweise nach Hause gefahren wäre, wie ein Fluss aussah, wandte ich mich einer höher gelegenen Straße zu. Um ein Haar wäre ich mit einem anderen Fahrzeug zusammengestoßen, dessen Fahrer mich trotz meiner Scheinwerfer nicht gesehen hatte. Schließlich kam ich vor unserem Haus an, ließ die Lebensmittel im Auto und rannte hinein.

Alles war still und dunkel. Ich befürchtete, dass die Jungen in Panik geraten und weggerannt wären. Wohin hätten sie aber gehen sollen? Dann hörte ich im Keller das Radio spielen. Alle vier saßen im Wirtschaftsraum neben der Waschmaschine und den Hund und die Katzen hatten sie auch dabei.

„Donnerwetter, Mama“, sagte Chris, „das war ein Sturm!“

„Ja“, piepsten die Zwillinge. „Wir haben das Video angesehen und auf einmal wurde es ganz dunkel.“

Der Jüngste klammerte sich an mich, während Chris fortfuhr: „Der Himmel sah ganz gespenstisch aus und wir dachten, dass wir den Hund besser reinholen und die Fenster zumachen. Als wir den Fernseher angeschaltet hatten und die Tornadowarnung kam, sind wir alle hier nach unten gegangen.“

Eine schnelle Prüfung ergab, dass sie nicht nur den sichersten Ort im Haus gewählt, sondern auch alle Fenster geschlossen, alle

Lichter ausgemacht und sogar den Stecker des Computers und des Fernsehers herausgezogen hatten.

Wenn die Fluten toben und tosen und die Berge davon erzittern: Der Herr der Welt ist bei uns, der Gott Jakobs ist unser Schutz.

Später, als ich meinen vom Hagel verwüsteten Garten inspizierte, das Wasser aufwischte, das ins Haus eingedrungen war, bevor die Kinder das Küchenfenster hatten schließen können und von den Nachbarn aus telefonierte, um zu melden, dass unser Telefon nicht funktionierte, fühlte ich mich merkwürdig erleichtert und gar nicht deprimiert. Fast seit ihrer Geburt hatte ich meinen Kindern mit Anweisungen und Warnungen die Köpfe voll gestopft: „Haltet euch während eines Gewitters von großen Bäumen und vom Wasser fern."

„Seht nach beiden Seiten, bevor ihr über die Straße geht."

„Geht nicht aus dem Haus, ohne mir zu sagen, wohin ihr geht." Ich hatte ihnen nie wirklich zugetraut, dass sie allein fertig werden. Doch als Gefahr drohte und ich nicht zu Haus war, hatten sie einen kühlen Kopf bewahrt und an alles gedacht, was getan werden musste.

Die Lehre aus diesem Sturm habe ich nie vergessen und sie half mir, mich nicht zu ängstigen als meine Söhne zu jungen Männern heranwuchsen. Ich wusste, dass Gott in den vielen Stürmen des Lebens bei ihnen ist. Ich hatte gelernt, dass es meine Aufgabe ist, sie zu unterweisen und ihnen ein Beispiel zu sein, dass es ihre Aufgabe ist, zu lernen und zu folgen und dass es Gottes Aufgabe ist, schützend seine Hand über uns zu halten.

Die Tasse mit der Aufschrift: *Weil Gott nicht überall sein kann* ... benutze ich nun nicht mehr. Ich habe sie gegen eine andere ausgetauscht, auf der steht: *Diesen Tag hat der Herr zum Festtag gemacht. Heute wollen wir uns freuen und jubeln!* Jetzt werde ich morgens beim Kaffeetrinken daran erinnert, meinen Blick von mir weg und dorthin zu richten, wo er hingehört – auf Gott, den Vater! Ich bin froh, dass er Gott ist und dass er überall sein kann.

Sarah Elizabeth Farrow

Glaube

Gottvertrauen

Wenn ich an seiner Liebe zweifele,
halte ich mich an seine Weisheit.
Wenn ich seine Gerechtigkeit nicht verstehen kann,
klammere ich mich an sein Erbarmen.
Wenn ich mich über seine Treue wundere,
gebe ich mich seiner Gnade hin.
Wenn ich mich vor seiner Hoheit fürchte,
beuge ich mich seiner Heiligkeit.
Und darin kann mein Herz ruhen.

Verdell Davis

Himmelsgold

Es fiel mir schwer, meine Bitte auszusprechen.

„Herr", betete ich an einem Dezembernachmittag vor zwei Jahren, als mir die Einsamkeit und Sorge wieder einmal den Atem raubten, „bitte zeig mir etwas Besonderes, womit ich Mutter helfen kann."

Vater war heimgegangen. Als er einen Monat vor dem Weihnachtsfest starb, fühlte ich mich derartig ausgebrannt, dass ich daran dachte, es ganz zu übergehen. Doch meine trauernde Mutter war deprimiert und brauchte Aufmunterung. Der Krebs hatte meinen Vater vier Tage vor ihrem 45. Hochzeitstag heimgeholt.

Es war etwa eine Woche später, als eines Nachmittags im Radio über Geld gesprochen wurde und der Moderator den Brief einer verärgerten Käuferin vorlas. Offensichtlich war die müde Frau einen Nachmittag lang durch die Geschäfte gelaufen und mit jedem Schritt erschöpfter geworden. Sie ärgerte sich über den Zwang, für Menschen, die nur Bekannte waren, Geschenke zu kaufen.

„Ich bin stundenlang im Einkaufszentrum herumgelaufen", schrieb die Frau. „Mir hat der Kopf gebrummt, meine Füße taten mir weh und in meinem Magen hat sich alles gedreht. Meine Laune wurde immer schlechter und ich habe nur gewünscht, dass Weihnachten schnell käme, damit ich es hinter mich bringen kann."

Das Gefühl kommt mir bekannt vor, dachte ich. *Auch ich wünsche die Feiertage herbei, um sie hinter mich zu bringen.*

„Ich kämpfte mich durch die Menschenmassen und war endlich so weit zu bezahlen", fuhr die Frau fort. „Während sich die Schlange an der Kasse langsam vorwärts bewegte, beobachtete ich, dass Babys schrien, Paare sich stritten und ein kleines Kind einen Wutanfall bekam. Das ernüchterte mich so sehr, dass ich beinahe das Geschäft verlassen hätte.

Dann bemerkte ich zwei Kinder, die vor mir in der Schlange standen. Der Junge war vielleicht neun und das Mädchen etwa fünf Jahre alt. Beide Kinder waren für den kalten Tag nicht warm genug angezogen. Ihre Haare waren ungekämmt und, um ehrlich zu sein, sie rochen fürchterlich."

Mein Vater war als Kind arm gewesen. Ich frage mich, ob jemand genauso über ihn gedacht hatte.

Der Bericht der Dame ging weiter. „Der Junge hielt einige Dollarscheine in seiner mageren Hand und aus der Faust des kleinen Mädchens schauten ein paar Münzen hervor. Als die Kinder an der Reihe waren, schob das Mädchen ein paar hochhackige Schuhe auf den Kassentisch. Es waren die kitschigsten Glitzergoldschuhe, die ich je gesehen habe. Als die Kassiererin den Preis eintippte, sah es so aus, als würden die Kinder zu weinen beginnen, denn ihr Geld reichte nicht. Und plötzlich hörte ich mich sagen: ‚Ich gebe euch das fehlende Geld.'"

Eine Erinnerung tauchte vor mir auf und ich sah meinen Vater wie er einmal an der Kasse eines Lebensmittelgeschäftes einem alten zittrigen Mann zwei Dollar gab. Es wurde nie mehr darüber gesprochen, doch ich habe es nicht vergessen.

Dem Rundfunksprecher versagte die Stimme, als er vorlas, wie die beiden Kinder gestrahlt hatten. „Der kleine Junge hatte erklärt, dass die Schuhe für seine Mutter wären. Und das kleine Mädchen hatte gerufen: ‚Meine Mama hat *kemie*. Papa sagt, dass sie bald in den Himmel kommt. Im Himmel gibt's goldene Straßen. Wir kaufen Mama die passenden Schuhe dazu.'"

Plötzlich wusste ich, dass Gott zu mir gesprochen hatte. Er erinnerte mich daran, wo mein Vater jetzt war – er ging auf goldenen Straßen. *Würden goldene Schuhe meiner untröstlichen Mutter helfen?*

Bevor ich diesen Gedanken zu Ende gedacht hatte, bemerkte der Rundfunksprecher abschließend, dass Gott zu Weihnachten eine Liebesgabe eingepackt und vom Himmel zur Erde geschickt hätte.

Das Geschenk Gottes – ein Baby, der Erlöser. Der Erlöser, der es unseren Lieben ermöglicht, auf goldenen Straßen zu wandeln.

Zu Hause fand ich ein paar Puppenschuhe. Nachdem ich sie mit Goldspray und klarem Lack überzogen hatte, montierte ich sie auf eine Mahagoniplatte. Mit neugewonnener Energie suchte ich in meinen Schubladen nach meinem Kalligraphiestift und einem Stück goldenem Pergament. Meine Hand zitterte, als ich schrieb: *Dorthin gegangen, wo man auf goldenen Straßen geht.* Nachdem ich das Pergament auf das Holz geklebt hatte, lächelte ich über die gelungene Arbeit.

Als meine Mutter am Weihnachtsabend die goldenen Schuhe mit meiner handgeschriebenen Erklärung auspackte, erhellte sich ihr Gesicht. Obwohl die Feiertage noch immer von Trauer überschattet waren, wurden wir froh, wenn wir darüber sprachen, dass Vater jetzt im Himmel war und auf goldenen Straßen ging. Ich wusste, dass der Herr meine Mutter und mich auf dem Weg zur Heilung leiten würde.

Rhonda Reese

Gott unser Anker

Wirf all deine Sorgen auf Gott;
Dieser Anker hält.

Tennyson

Erneuerung des Geistes

Es war ein schlimmer Sommer. Meine Schwester erlitt einen Schlaganfall; meine Mutter musste immer wieder ins Krankenhaus gebracht werden und ich verkaufte mein großes Haus, weil ich mich für ein kleines entschieden hatte, das in einer besonderen Siedlung lag, wo man ausgewählte Aufgaben des Alltags Angestellten überlassen kann. Das Pflegen, der Verkauf und das Umziehen forderten jedoch ihren Tribut und ich war körperlich, geistig, gefühlsmäßig und in meinem Glauben erschöpft.

Sogar in der geschäftigen Zeit dieses Sommers merkte ich, wie ich zusehends wütender auf die Umstände wurde, die mich davon abhielten, eine kleine Reise mit meinem neuen Wohnwagen zu machen. Zwar sagte ich mir, dass mein Verhalten egoistisch ist, doch ich konnte diese Gefühle einfach nicht abschütteln.

Als mein Terminkalender endlich ein paar freie Tage zeigte, schrieb ich einer Freundin per E-Mail:

„Morgen früh fahre ich los, um ein paar Tage an der Küste zu verbringen. Ich bin müde. Ich habe das Gefühl, mein Glaube kommt mir abhanden. Gott scheint so fern zu sein. Hoffentlich gelingt es mir in diesen Tagen, still zu sein und Antworten zu finden – irgendwo am Strand, bei einem Sonnenuntergang oder in der Stille meines eigenen Herzens. Bitte bete für mich."

Nur von meinem Hund Molly begleitet, flüchtete ich mich vor meinen Problemen.

Nachdem ich meinen Camper auf einem Campingplatz am Strand, in der Nähe von Lincoln City, in Oregon, geparkt hatte, schleuderte ich meine Schuhe von mir und rannte barfuß durch den Sand. Das kindliche Herumtoben mit Molly gab mir ein belebendes Gefühl der Erleichterung. Dankbar sog ich die salzige Luft und den kühlen Geruch des nassen Sandes ein. Die Möwen erfüllten die feuchte Luft mit ihrem Geschrei, stürzten sich mitunter kopfüber ins Meer oder standen auf Treibholzstücken, aufgereiht wie die Zinnsoldaten. Bezaubert von meiner Umgebung, hatte ich das Gefühl, als wären Molly und ich und die lauten Vögel die einzigen Lebewesen auf Erden.

Am nächsten Tag saß ich stundenlang da und beobachtete die graugrünen Wasserberge, die sich wie schweratmende Wesen vom Meeresgrund hoben und senkten. Als ein Küstensturm über die Bucht jagte, verfärbte sich der Himmel. Regen trommelte auf das Metalldach meines Wohnwagens. Ja! Und nochmals ja! Dafür war ich hergekommen. Wie gut es doch war, endlich ein paar Augenblicke der schmerzlich benötigten Ruhe und Heilung zu finden.

Später am Abend beobachtete ich, wie ein strahlender fuchsienfarbener Sonnenuntergang, erst zu Rosa, dann zu Perlmutt und dann zu Grau wurde, ehe er einem pechschwarzen Wall des Nichts Platz machte.

Am nächsten Morgen jährte sich zum 17. Mal der Todestag meines Mannes. Ich war begeistert über meine neuen Erlebnisse und darüber, wie weit ich seit dieser niederschmetternden, stürmischen Zeit in meinem Leben gekommen war. Dann überlegte ich: *Soll ich heute nach Hause fahren oder noch einen Tag bleiben?*

Als ich einen Blick aus dem Fenster warf, sah ich mit Staunen ein Stück Regenbogen, das sich über die zerklüfteten Felsausläufer der Bucht spannte. Das obere Ende des leuchtenden Farbstromes verschwand in aufgeplusterten Wolken und das untere sah aus, als hätte eine Riesenschere es abgeschnitten. Das von meinem Fenster eingerahmte Bild erinnerte mich an Gottes Versprechen, nie wieder einen derartig gewaltigen Sturm zu senden.

Gott hatte mich aus den stürmischen Wogen meiner neuen Witwenschaft gerettet; warum sollte ich daran zweifeln, dass er mich auch jetzt retten würde? So schnell wie mir der Gedanke kam, verschwand der Regenbogen und mit ihm meine Hoffnungslosigkeit und mein Selbstmitleid.

Als der Sand zu trocknen begann, rannte ich mit Molly auf den Fersen voll Freude zum Strand hinunter. Ich fühlte mich an Körper und Geist erneuert und mein Glaube war wieder stark. Wir gruben Löcher in den Sand und rannten abwechselnd dem Ball hinterher.

Gott hatte mir diesen Tag gegeben, so wie er mir diesen Strand, den Sand und einen goldbraunen Hund gegeben hatte, der mich fast ebenso sehr liebt wie er.

Barbara Baumgardner

Ein leerer Stuhl

Dies ist das Erlcbnis eines alten Mannes, der im Sterben lag. Als der Priester kam, um ihm die letzte Ölung zu geben, bemerkte er einen leeren Stuhl neben dem Bett des Mannes und fragte, wer ihn gerade besucht hätte.

Der kranke Mann erwiderte: „Ich stelle mir vor, dass Jesus auf diesem Stuhl sitzt und spreche mit ihm."

Jahrelang sei ihm das Beten äußerst schwer gefallen, bis ihm ein Freund erklärt hättc, dass das Beten nichts weiter wäre als eine Unterhaltung mit Jesus. Der Freund hatte ihm vorgeschlagen, er solle sich Jesus vorstellen, wie er auf einem Stuhl sitzt, so dass er mit ihm sprechen und hören könne, was er darauf erwidert.

„Seitdem habe ich nie wieder Probleme mit dem Beten gehabt."

Einige Tage später kam dic Tochter des Mannes in die Kirche, um dem Priester mitzuteilen, dass ihr Vater gerade gestorben sei. Sie sagte: „Weil er einen so zufriedenen Eindruck gemacht hat, habe ich ihn eine Weile allein gelassen. Als ich wieder ins Zimmer kam, fand ich ihn tot im Bett. Merkwürdig ist nur, dass sein Kopf nicht auf dem Kopfkissen, sondern auf dem leeren Stuhl daneben ruhte."

Walter Burkhardt

Tommy

Vor etwa zwölf Jahren stand ich am Eingang des Hörsaals und beobachtete, wie meine Studenten zur ersten Vorlesung einer Reihe über die Theologie des Glaubens hereinkamen. An dem Tag sah ich Tommy zum ersten Mal. Meine Augen und mein Geist blinkten bei seinem Anblick gleichzeitig.

Er kämmte gerade sein langes flachsblondes Haar, das ihm mehr als eine Handbreit über die Schultern hing. Ich nehme an, dass es damals gerade modern wurde. Natürlich wusste ich, dass es nicht darauf ankommt, was auf einem Kopf, sondern was darin ist, doch an diesem Tag war ich unvorbereitet und meine Gefühle gingen mit mir durch. Ich ordnete Tommy sofort unter „S“ für seltsam - sehr seltsam - ein.

Wie sich herausstellte war Tommy *der* Atheist in meinem Seminar über die Theologie des Glaubens. Ständig grinste er oder er beklagte sich über die Möglichkeit eines bedingungslos liebenden väterlichen Gottes oder er brachte Einwände dagegen vor. Obwohl ich zugeben muss, dass er mir zeitweilig sehr auf die Nerven ging, lebten wir ein Semester lang relativ friedlich miteinander. Als er dann zu Semesterschluss nach vorne kam und mir seine Abschlussarbeit gab, fragte er in recht zynischem Ton: „Na, was meinen Sie, werde ich Gott jemals finden?“

Ich entschied mich für eine kleine Schocktherapie. „Nein!“, sagte ich nachdrücklich.

„O“, erwiderte er, „ich dachte, das wäre das Produkt, das Sie den Leuten hier aufschwatzen wollen.“

Ich wartete bis er fünf Schritte vom Ausgang entfernt war, ehe ich rief: „Tommy, ich glaube nicht, dass Sie ihn jemals finden werden, doch ich bin absolut davon überzeugt, dass er *Sie* finden wird!“

Er zuckte gleichgültig mit den Schultern und ging aus dem Saal und aus meinem Leben. Ich war etwas enttäuscht bei dem Gedanken, dass ihm mein kluger Ausspruch „dass er Sie finden wird" entgangen war. Ich meine, ich hielt ihn wenigstens für klug.

Später hörte ich, dass Tommy sein Examen gemacht hatte und freute mich aufrichtig darüber. Dann erhielt ich die traurige Nachricht, dass Tommy unheilbar an Krebs erkrankt war. Bevor ich nach ihm suchen konnte, kam er zu mir. Als er in meinem Büro erschien, war sein Körper ausgezehrt, die langen Haare waren von der Chemotherapie ausgefallen, doch seine Augen waren hell und seine Stimme war – wohl zum ersten Mal – fest.

„Tommy, ich habe so oft an Sie gedacht. Ich hörte, dass Sie krank sind!", stieß ich hervor.

„O ja, sehr krank. Ich habe Krebs in beiden Lungen. Es handelt sich nur noch um Wochen."

„Können Sie darüber sprechen?"

„Sicher. Was möchten Sie wissen?"

„Wie ist es, wenn man erst 24 Jahre alt ist und sterben muss?"

„Nun, es gibt Schlimmeres."

„Und das wäre?"

„Nun ja, 50 zu sein und keine Werte und Ideale zu haben; 50 zu sein und zu denken, dass Alkohol trinken, Frauen verführen und Geld verdienen, die wirklich großen Dinge im Leben sind."

Ich ging meinen geistigen Aktenschrank durch und sah unter „s" nach, wo ich Tommy als seltsam eingeordnet hatte. *Es sah so aus, als hätte Gott jenen Menschen, den ich durch meine Einordnung abgelehnt hatte, in mein Leben zurückgeschickt, um mich etwas zu lehren.*

„Warum ich wirklich zu Ihnen gekommen bin", sagte Tommy, „hat mit dem zu tun, was Sie am letzten Tag unseres Seminars zu mir gesagt haben."

Er erinnert sich daran! dachte ich erfreut.

Tommy fuhr fort: „Ich fragte, ob Sie glauben, dass ich Gott jemals finden würde und Sie sagten ‚Nein!', was mich überraschte. Dann sagten Sie: ‚Aber er wird Sie finden.' Ich habe damals nicht sehr intensiv nach Gott gesucht, doch ich musste oft daran denken".

Mein „kluger" Ausspruch. Er musste oft daran denken!

„Als dann die Ärzte eine Geschwulst aus meiner Leistengegend entfernten und mir sagten, dass es bösartig sei, wurde es mir damit ernst, Gott zu finden. Und als der Krebs auf meine lebenswichtigen Organe übergriff, begann ich wirklich, mit blutigen Fäusten an die Bronzetüren des Himmels zu trommeln. Aber Gott kam nicht heraus. Tatsache ist, es passierte gar nichts. Haben Sie jemals für lange Zeit und mit großem Aufwand etwas versucht, ohne Erfolg zu haben? Man wird psychisch überfordert, bekommt es satt, es noch länger zu versuchen. Und dann gibt man auf. Ich wachte also eines Tages auf und anstatt weiter nutzlose Gesuche über die hohe Mauer zu einem Gott zu werfen, der da oder nicht da sein mochte, gab ich einfach auf. Ich kam zu dem Schluss, dass es mir egal ist, ob es einen Gott, ein Leben nach dem Tod oder etwas Derartiges gibt.

Ich beschloss, mit der Zeit, die ich noch habe, etwas Nützlicheres anzufangen. Ich dachte an Sie und Ihre Vorlesung und erinnerte mich an etwas anderes, was Sie einmal gesagt hatten: ‚Die wesentliche Traurigkeit ist, durchs Leben zu gehen, ohne zu lieben. Doch fast ebenso traurig wäre es, wenn man durchs Leben geht und diese Welt verlässt, ohne den Menschen, die man liebt, je gesagt zu haben, dass man sie liebt.'

Also habe ich mit dem Schwersten angefangen: mit meinem Vater. Er las gerade Zeitung als ich mit ihm reden wollte.

‚Papa?'

‚Ja, was ist?', fragte er, ohne seine Zeitung sinken zu lassen.

‚Papa, ich möchte gerne mit dir reden.'

‚Na, dann rede.'

‚Ich meine, es ist wirklich wichtig.' Langsam senkte sich die Zeitung eine Handbreit.

‚Was gibt es denn?', fragte er.

‚Papa, ich habe dich lieb. Ich möchte, dass du das weißt.'"

Tom lächelte mich an und sagte mit offenkundiger Genugtuung, als würde ihn eine heimliche, warme Freude durchströmen: „Seine Zeitung flatterte zur Erde. Und dann tat mein Vater zwei Dinge, die er, soweit ich mich erinnern kann, nie vorher getan hatte. Er weinte und er umarmte mich. Und obwohl er am nächsten Morgen zur Arbeit musste, redeten wir die ganze Nacht miteinander. Es war ein wunderbares Gefühl, meinem Vater nahe zu sein, seine Tränen zu sehen, seine Umarmung zu spüren, ihn sagen zu hören, dass er mich liebt.

Mit meiner Mutter und meinem kleinen Bruder war es leichter. Sie weinten auch mit mir und wir umarmten uns und fingen an, uns gegenseitig wirklich nette Sachen zu sagen. Wir redeten über die Dinge, die wir jahrelang geheim gehalten hatten. Mir tat nur eins Leid, dass ich so lange damit gewartet hatte. Da war ich nun und hatte gerade erst angefangen, mich all den Menschen zu öffnen, die mir im Grunde genommen schon immer nahe standen.

Und dann drehte ich mich eines Tages um und da war Gott. Er war nicht gekommen, als ich inständig darum gebeten hatte. Wahrscheinlich hatte ich mich wie ein Dompteur benommen, der den Ring hoch hält und ruft: ‚Komm schon, spring durch! Komm, schon, ich gebe dir drei Tage – drei Wochen!‘ Offensichtlich tut Gott Dinge auf seine Weise und zu seiner Zeit. Das Wichtige aber ist, dass er da war. Er fand mich. Sie hatten Recht. Er fand mich sogar, nachdem ich aufgehört hatte, ihn zu suchen.“

„Tom“, sagte ich und rang förmlich nach Luft. „Ich glaube, Sie sagen etwas sehr Wichtiges und von allgemeinerer Bedeutung, als Ihnen klar ist. Wenn ich Sie richtig verstehe, sagen Sie, dass der sicherste Weg, Gott zu finden, darin besteht, dass man ihn nicht zu einem persönlichen Besitz macht, nicht zu jemandem, der Probleme löst oder zu einem sofortigen Trost in Zeiten der Not, sondern indem man sich der Liebe öffnet. Wie Sie wissen, hat der Apostel Johannes gesagt, dass Gott Liebe ist und dass jeder, der mit Liebe lebt, mit Gott lebt und dass Gott mit ihm lebt.

Tom, ich möchte Sie um einen Gefallen bitten. Wissen Sie, damals, als Sie in meinem Seminar waren, sind Sie mir manchmal ganz schön auf die Nerven gegangen. Das können Sie jetzt wieder gutmachen. Würden Sie in mein Seminar kommen, das ich gegenwärtig über die Theologie des Glaubens halte, und den

Studenten sagen, was Sie mir gerade erzählt haben? Wenn ich es Ihnen sage, ist es nur halb so wirksam, als wenn Sie es sagen."

„Mhm, ich war bereit, mit Ihnen zu sprechen, ob ich aber bereit bin, mich vor eine Klasse zu stellen?"

„Tom, denken Sie darüber nach und wenn Sie es wollen und bereit sind, rufen Sie mich an."

Ein paar Tage später rief Tom an und erklärte, dass er bereit sei, vor der Klasse zu sprechen, dass er es für mich und für Gott tun wolle. Also verabredeten wir uns. Aber er schaffte es nicht. Er hatte eine andere Verabredung, die weitaus wichtiger war, als die mit mir und meiner Klasse. Natürlich endete sein Leben nicht wirklich, als er starb, sondern es veränderte sich nur. Er machte den größten Schritt vom Glauben ins Schauen. Er fand ein Leben, das weitaus schöner war, als alles, was das Auge des Menschen je gesehen oder das Ohr des Menschen je gehört oder der Verstand des Menschen sich je vorgestellt hat.

Bevor er starb, redeten wir noch einmal miteinander.

„Ich schaffe es nicht zu ihrer Vorlesung", sagte er.

„Ich weiß, Tom."

„Werden Sie es für mich sagen? Werden Sie es der ganzen Welt für mich sagen?"

„Ich werde es tun, Tom. Ich werde es ihnen sagen. Ich werde mein Möglichstes tun."

Also danke ich Ihnen allen, die so gütig waren, diese Erklärung über die Liebe zu lesen. Und für dich, Tommy, irgendwo in den sonnenbeschienenen grünen Hügeln des Himmels: Ich habe es ihnen gesagt, Tommy, so gut ich es konnte.

John Powell

Gott Freude machen

Großmutters Bruder, Eddie McCue, lebte auf dem alten Gutshof *Belvedere*, der noch aus der Zeit vor dem Bürgerkrieg stammte und im Shenandoah Valley in Virginia liegt. Eines Tages zog er bei der Feldarbeit seine Jacke aus und befahl seinem Collie Chunk darauf aufzupassen.

Als Onkel Eddie an diesem Abend nach Haus kam, vermisste er seinen Hund. Niemand hatte ihn gesehen. Sie riefen nach ihm, doch ohne Erfolg. Beunruhigt aß die Familie ihr Abendessen und setzte die Suche anschließend fort. Als es dann Zeit war, schlafen zu gehen, war Chunk noch immer nicht da. Hoffnungsvoll öffneten sie morgens die Tür, doch von dem alten Collie fehlte weiterhin jede Spur.

Schließlich war es für Onkel Eddie Zeit zurück aufs Feld zu gehen und dort sah er von weitem etwas auf dem Boden liegen. Es war seine vergessene Jacke. Und neben ihr lag Chunk mit erhobenem Kopf und gespitzten Ohren und klopfte mit seinem buschigen Schwanz ein freudiges Willkommen auf den Boden.

Das liegt nun schon Jahre zurück.

Heute Abend sitze ich auf der Veranda und unser alter Schäferhund liegt mir zu Füßen. Als in der Ferne ein leises Donnern ertönt, hebt er seinen großartigen Kopf und lässt ein tiefes, warnendes Kläffen hören. Dann, als der Sturm sich nähert, springt er mit einem Satz auf und stürzt in den Vorgarten, um sich ihm entgegenzustellen. Der Garten ist ein schmales, von Wald umgebenes Stück Land, das durch einen alten Zaun aus Eisenbahnschwellen begrenzt wird und dahinter steil abfällt.

Der Sturm hat uns erreicht, und der große Hund kämpft wütend gegen ihn an. Als er vorüber ist, kommt er auf die Veranda zurück und lässt sich zufrieden zu meinen Füßen nieder, überzeugt, dass er den Sturm vertrieben hat.

Er ist ein Schäferhund, der uns vor Jahren von besorgten Freunden geschenkt worden war und sorgfältig dafür ausgebildet ist, Spuren zu finden, Menschen zu retten, wenn notwendig anzugreifen und Gehorsam zu leisten.

Das Spurenfinden und Retten kann einem in diesen einsamen Bergen gelegen kommen. Denn schon unsere früheren Hunde mussten von Zeit zu Zeit dafür eingesetzt werden.

Eine Gelegenheit, bei der wir ihm den Befehl zum Angreifen geben würden, kann ich mir zwar nicht vorstellen, doch ein wohltrainierter Hund kann Feindseligkeit spüren oder eine Waffe entdecken (oder etwas, das nur wie eine Waffe aussieht) und warnend knurren. In einem solchen Fall bleibt dann ein kluger Mensch am besten bewegungslos stehen.

Unsere eigentliche Freude liegt für uns jedoch in seinem Gehorsam, auf den er trainiert wurde. Denn ein ungehorsamer Hund kann einem nicht nur Schwierigkeiten bereiten, er kann auch zu einer Verantwortung werden. Durch Gehorsam wird ein Hund zur Freude.

Trifft das nicht genauso auf Gott und seine Kinder zu?

Ich kenne Menschen, die für den Angriff ausgebildet wurden und geschickt darin sind. Wir wollen keine Namen nennen, aber vielleicht sind Ihnen selbst einige bekannt.

Andere sind im Suchen und Retten ausgebildet - ich zähle die Heilsarmee zu dieser Gruppe.

Und dann gibt es die, die im Gehorsam ausgebildet wurden. Ich glaube, sie machen dem Herrn mehr Vergnügen, als alle anderen. Einfacher Gehorsam. Freudiger, eifriger Gehorsam, der keine Fragen stellt. Sind wir in der Lage, mit dem Psalmisten zu sagen: *Mein Gott, ich bin bereit, das zu tun, was du erwartest*, haben wir die höchste Trainingsstufe eines Christen erreicht.

Denn das ist es, was Gott das größte Vergnügen bereitet.

Ruth Bell Graham

Liebling, ich bin stolz auf dich

Vor 26 Jahren hielt ich meinen Mann, Milton, für einen zurückhaltenden und bescheidenen Mann und war deshalb überrascht, als er mir seinen Plan mitteilte: „Ich werde für den Nationalen Gebetstag bei mir in der Firma ein Gebetstreffen organisieren."

Ich war stolz auf seinen Mut, etwas Neues zu probieren, stolz auf seine kühne Loyalität gegenüber Gott und stolz auf das Beispiel, das er damit unseren Kindern gab.

Als Zeit wählte er die Mittagspause und als Ort den Fahnenmast vor dem siebenstöckigen Gebäude, in dem er arbeitete. Er warb für die Zusammenkunft, indem er computergeschriebene Flugblätter an allen Schwarzen Brettern im Gebäude anbrachte. Gemeinsam beteten wir, dass andere die Flugblätter lesen und ebenfalls zum Gebetstreffen erscheinen würden.

„Wer ist wohl in dieser großen Firma sonst noch Christ?", fragten wir uns. Bei mehreren hundert Angestellten sollte es einige Christen geben, die daran teilnehmen wollen. Vielleicht war es sogar möglich, dass regelmäßige Gebetstreffen oder eine Bibelgruppe daraus entstanden.

Der Nationale Gebetstag brach an. Den ganzen Morgen über betete ich: „Bitte, Herr, schick andere Mitarbeiter dazu, damit sie mit Milton gemeinsam beten. Bitte, lass ihn nicht dort allein stehen. Ich möchte nicht, dass er den Mut verliert oder dass es peinlich für ihn wird."

Als Milton an diesem Abend das Haus betrat, bestürmte ich ihn mit Fragen. „Wie war es? Wie viele waren da?"

„Außer mir waren drei da", erwiderte er schmunzelnd.

„Das ist großartig! Wer waren die drei?"

Seine Antwort verblüffte mich. „Der Vater, der Sohn und der Heilige Geist."

An diesem Tag war ich stolz auf meinen Mann und bin es noch

immer. Ich bewundere ihn dafür, dass er allein an einem öffentlichen Ort gebetet hat, während andere vorbeihasteten. Seine Erkenntnis wurde für mich zu einer wertvollen Lehre: Wir sind niemals allein. Der dreieinige Gott ist immer bei uns.

Lydia E. Harris

Wer ist Christus?

Wer ist Christus?
Er ist die Wahrheit, die man sagen muss,
Der Weg, den man gehen muss,
Das Licht, das man anzünden muss.

Mutter Teresa

Der Glaube

Ein kleiner Glauben wird dich in den Himmel bringen.
Ein großer Glauben wird den Himmel in deine Seele bringen.

Charles H. Spurgeon

Der Wendepunkt

Der wirkliche Wendepunkt in der Entwicklung meines Glaubens kam zweifellos am Sonntag des ersten Weihnachtsfestes, an dem ich wieder allein war. Der 25. Dezember, der für mich immer der Höhepunkt des Jahres gewesen war, wurde plötzlich der Anlass unangenehmer Verhandlungen darüber, wer die Kinder von wann bis wann hätte und wie die Einzelheiten am besten gehandhabt würden, damit das Weihnachtsfest für sie etwas Besonderes blieb. Dabei war ich innerlich ein Wrack mit gebrochenem Herzen.

Als ich am Sonntag vor Weihnachten die Kirche betrat, war sie liebevoll mit Tannengirlanden, Schleifen und Lichtern geschmückt. Den Mittelpunkt bildete eine lebensgroße Krippe, die vor dem Altar auf dem Boden stand. Echtes Stroh hing über die Seiten der Krippe und gab auf wunderbare Weise einen Eindruck davon, worauf das Christkind damals gelegen haben musste.

Als sich mein Pastor an diesem Morgen zum Predigen erhob, hatte ich bereits mehrere Male still geweint. Das Singen der altbekannten Weihnachtslieder hatte Erinnerungen an vergangene Weihnachtsfeste heraufbeschworen. Damals war alles in der Welt so viel besser gewesen.

Ich bin gespannt, was der Pastor in diesem Jahr sagen wird, dachte ich, bevor er begann. Man kann doch nur wenig über die Bedeutung von Gold, Weihrauch und Myrrhe sagen und, dass kein Raum in der Herberge war, lässt sich auch nicht endlos auf das tägliche Leben übertragen.

Als Text für seine Predigt hatte der Pastor einen Vers aus dem vierten Kapitel des Lukasevangeliums gewählt, aus einer Zeit, in der Jesus schon ein erwachsener Mann war. Trotzdem ist dieser Vers für die Weihnachtszeit von besonderer Bedeutung, weil Jesaja in seiner Prophezeiung über den kommenden Messias bereits Jahrhunderte früher diese Worte gesprochen hat.

„Der Geist Gottes, des Herrn, ruht auf mir; denn der Herr hat mich gesalbt. Er hat mich gesandt, damit ich den Armen eine frohe Botschaft bringe und alle heile, deren Herz zerbrochen ist, damit ich den Gefangenen die Entlassung verkünde und den Gefesselten die Befreiung, damit ich ein Gnadenjahr des Herrn ausrufe ..." (Jesaja 61,1)

Nachdem der Pastor Jesajas Worte zu Ende gelesen hatte, war mir, als wären die anderen Menschen beim Gottesdienst nicht länger anwesend. Ich hatte das Gefühl, dass er direkt zu mir allein sprach. Er verweilte ganz besonders bei dem Satz: „... damit ich alle heile, deren Herz zerbrochen ist."

„Ist dieses Weihnachtsfest schwierig für Sie?", fragte der Pfarrer. „Haben die Umstände ihr Herz gebrochen und Ihnen großen Schmerz verursacht?"

Tränen strömten über mein Gesicht, als mir bewusst wurde, dass dies eine Botschaft von Gott für mich war. Ich brauchte nichts zu sagen. Die Feuchtigkeit, die mir in den Schoß tropfte, beantwortete die Frage des Pfarrers. „Ja, mein Herz ist gebrochen."

Der Pfarrer war von der Kanzel herabgekommen und an die Krippe getreten. Er beugte sich darüber und sagte: „Wenn Sie heute tiefen Schmerz empfinden, möchte ich, dass Sie etwas für mich tun. Ich lade Sie ein, Ihren Kummer hier in der Krippe zu lassen. Denken Sie daran: Jesus Christus kam, um die Zerrissenheit in Ihrem Innern zu heilen. Er kam, um Ihr gebrochenes Herz zu verbinden."

Ich weiß ich nicht mehr viel von dem, was danach geschah. Ich weiß nur, dass ich in meiner Seele Christus den ganzen Schmerz übergab, den meine Lebenskrise bei mir verursacht hatte. Es war kein Ereignis, das von Harfen, Geigenklängen oder kalten Schauern auf dem Rücken begleitet wurde, doch für mich war es eine ehrfürchtige und zutiefst ergreifende Begegnung. In vieler Hinsicht ließ es sich mit nichts von dem vergleichen, was ich bis dahin erlebt hatte.

Weihnachten war erträglich und das verdankte ich dem, der gekommen war, um mein gebrochenes Herz zu verbinden. Ich war sehr, sehr dankbar, dass ich diese Entdeckung zu einer Zeit machte, die sonst die schlimmste Zeit des Jahres hätte sein können.

Bill Butterworth

Sorge

Ein erschöpfter Christ lag eines Nachts wach und versuchte, die Welt dadurch zusammenzuhalten, dass er sich Sorgen machte.

Dann hörte er, wie der Herr sacht zu ihm sagte: „Du kannst jetzt ruhig schlafen, Jim. Ich übernehme die Nachtwache.“

Autor unbekannt

Wenn der Herr sagt: Bete!

Der Missionar erhob sich von seinem harten Lager, auf dem er die Nacht verbracht hatte. Er war auf dem Weg in eine Stadt, wo er Medikamente und medizinisches Zubehör holen wollte. Sorgsam löschte er das kleine Lagerfeuer, nahm seinen Rucksack auf den Rücken und schwang sich auf das Fahrrad, mit dem er seinen Weg durch den afrikanischen Urwald fortsetzte. Alle zwei Wochen machte er diese zweitägige Reise, um Geld von einer Bank und für das kleine Feldlazarett, in dem er arbeitete, das notwendige Zubehör zu holen. Wenn er seine Besorgungen erledigt hatte, schwang er sich wieder auf sein Fahrrad und trat die zweitägige Heimfahrt an.

Sobald der Missionar in die Stadt kam, holte er sein Geld ab, kaufte die medizinischen Artikel ein und war bereits im Begriff, die Stadt zu verlassen, als er auf der Straße zwei Männer miteinander kämpfen sah. Da einer von ihnen ernsthaft verletzt war, hielt der Missionar an, versorgte seine Wunden und erzählte ihm dabei von der Liebe Christi. Danach begann er seine zweitägige Fahrt nach Hause. Und als es Abend wurde, machte er wieder im Urwald Halt, um die Nacht dort zu verbringen.

Zwei Wochen später fuhr der Missionar wieder in die Stadt. Als er dort seine Besorgungen machte, kam ein junger Mann auf ihn zu. Es war derselbe, den er bei seinem letzten Besuch in der Stadt verbunden hatte.

„Ich wusste, dass Sie Geld und Medizin bei sich haben", sagte der junge Mann. „Nachdem Sie mir auf der Straße geholfen hatten, bin ich Ihnen mit einigen Freunden zu Ihrem Lager im Urwald gefolgt. Wir hatten vor, Sie zu töten und uns das Geld und die Medikamente zu nehmen. Als wir uns an Sie heranmachen wollten, sahen wir 26 bewaffnete Wächter, die einen Kreis um Sie gebildet hatten und Sie bewachten."

„Da irren Sie sich", sagte der Missionar. „Ich war völlig allein, als ich die Nacht im Urwald verbracht habe. Da waren keine Wächter und da war auch sonst niemand bei mir."

„Aber Herr, ich bin nicht der Einzige, der die Wächter gesehen hat. Meine fünf Kumpel haben sie auch gesehen. Wir haben sie gezählt! Da waren 26 Leibwächter. Gegen so viele konnten wir nichts ausrichten. Ihre Anwesenheit hat uns daran gehindert, Sie umzubringen."

Monate später berichtete der Missionar seiner heimatlichen Gemeinde in Michigan von dem Ereignis. Mitten in seinem Bericht stand ein Mann auf und unterbrach ihn, um genau zu erfahren, an welchem Tag sich dieser Zwischenfall im Urwald ereignet hatte. Als der Missionar den Monat und Wochentag nannte, erzählte ihm der Mann „den Rest der Geschichte."

„In der Nacht, in der sich dieser Zwischenfall in Afrika ereignet hat, war es hier in Michigan Morgen und ich war auf dem Golfplatz. Ich wollte gerade putten, als ich ein starkes Bedürfnis verspürte, für Sie zu beten. Das Bedürfnis war so stark, dass ich ein paar Männer von der Gemeinde anrief, damit sie mit mir für Sie beteten. Würden die Männer, die gebetet haben, bitte aufstehen?"

Der Missionar zählte gewissenhaft: 26 Männer waren aufgestanden. Es war die gleiche Anzahl wie die Leibwächter, die ihn bewacht hatten und die von den Angreifern gesehen worden war.

Cheri Fuller

Zufall

Ein Zufall ist ein kleines Wunder, bei dem Gott vorzog, anonym zu bleiben.

Heidi Quade

Du wirst Geduld bekommen

Murle zog ein wenig den Kopf ein und fummelte an seinem weißen Taschentuch herum, als er bezüglich der Anfrage seines Pastors Stellung nahm. Der Vorschlag, über den gerade diskutiert wurde, entsprach ganz und gar nicht den Vorstellungen des 65-jährigen Rentners.

„Tja, ich weiß, dass ich gesagt habe, ich helfe wo ich kann", gab Murle zu, „aber ..." Er vollendete den Satz nicht, sondern ruderte bestürzt mit den Armen, ohne zu merken, dass er das weiße Taschentuch wie eine weiße Fahne hin und her schwenkte.

„Pastor, ich habe zwei Mädchen großgezogen. Die sind jetzt erwachsen. Ich weiß doch gar nicht, was man mit so einer Bande kleiner Burschen anfangen soll."

Seine Augen hatten den Ausdruck eines gefangenen Tieres. Es war offensichtlich, dass er einen Ausweg aus dem Käfig suchte, in den er sich plötzlich versetzt fühlte.

Pastor Jim hatte jedoch nicht die Absicht, seinen Freund entkommen zu lassen. „Du brauchst die Jungen nur so zu behandeln, wie dein Vater dich behandelt hat, als er dich zum Angeln mitnahm. Nun komm schon, Murle, sag ja."

„Da ist aber nicht genug Platz in meinem Boot, um so viele mitzunehmen", sagte Murle und wischte sich die Stirn. Er hatte diese letzte Entschuldigung wie einen Köder ausgeworfen, in der Hoffnung, dass der Pastor anbeißen würde.

Aber er hatte Pech.

„Nimm jedes Mal zwei", sagte Jim ohne zu zögern.

„Verflixt, du hast auch an alles gedacht." Murle musste lachen.

„Na, wirst du es tun?"

„Nun ja, Pastor, ich denke schon – obwohl ich nicht weiß, wofür es gut sein soll." Und dann fügte er noch hinzu: „Alle, außer Sammy, dieses Früchtchen.“ Murle war sich sicher, dass der Pastor ihn verstand.

Jim lächelte verständnisvoll. Er wusste über Sammy Bescheid.

„Fang damit an, dass du immer zwei mitnimmst und für den kleinen Sammy beten wir“, sagte der jüngere Mann mit einem Augenzwinkern.

Murle hielt sein Versprechen. Er begann die Jungen mitzunehmen und zwar jedes Mal zwei. Viele von den Jungen hatten nur wenig von ihren Vätern und Murle brachte auf diese Weise ein bisschen Männlichkeit in ihr Leben.

Nachdem Murle sechs Wochen lang seine Sonnabende mit Hechten, Barschen und kleinen Jungen verbracht hatte, stand er im Gemeindebüro und wischte sich nervös den Schweiß von der Stirn, als er mit dem Pastor sprach. „Heute Morgen nach dem Gottesdienst kam er einfach angerannt.“

„Wer kam, Murle?“, fragte Pastor Jim und beobachtete, wie das weiße Taschentuch über den blanken Schädel des älteren Mannes fuhr.

„Sammy, dieser Schlingel! Er sagte, die anderen Jungen wären alle mitgenommen worden und ob er bitte auch kommen dürfe.“ Wieder war das Taschentuch in Aktion.

Pastor Jim hob eine Augenbraue und lächelte. „Oh, die Angelfahrten. So, Sammy möchte auch mitkommen? Und was meinst du dazu?“

Das Taschentuch senkte sich und wurde zu einem Ball geknüllt. Murle schüttelte den Kopf. „Ich weiß nicht, Pastor. Du kennst den Burschen. Selbst wenn er allein ist, macht er genug Schwierigkeiten, dass man zwei Boote durch sie versenken kann!“

„Bete darüber, Murle, und dann mach, was du für richtig hältst.“

Jim lächelte, als er seinem Freund auf die Schulter klopfte und sich zum Gehen wandte.

„Pastor!“, rief Murle und stopfte das Taschentuch in seine Gesäßtasche.

„Ja?“ Pastor Jim blieb in der Tür stehen.

„Also gut. Gut, ich nehme ihn, aber nur allein. Von der Sorte reicht mir schon einer!"

„Gut, Murle, gut."

Am Samstagmorgen, als Pastor Jim in seinem Kirchenbüro am Schreibtisch saß, wurde er durch das Quietschen von Autoreifen regelrecht von seinem Stuhl katapultiert. Er ließ die Notizen für seine Predigt liegen und machte sich eilig auf den Weg zum Parkplatz, als Murle am Ende des Flurs schwer atmend durch die Tür geschossen kam. Er trabte den Flur entlang und murmelte: „Jetzt hat er's getan, jetzt hat er's getan."

„Wer hat was getan, Murle?" Pastor Jim erkannte sofort, dass Murle durcheinander war, denn er hatte sein weißes Taschentuch in seinem Wagen gelassen.

„Der kleine Sammy! Er hat's getan. Ich kann es nicht glauben!" Der alte Mann lief auf und ab und rieb nervös an seinen Jeans herum.

„Murle, nimm eine Herztablette und beruhige dich. Was hat er denn angestellt? Ihr seid ja noch nicht einmal losgefahren."

„Ich weiß, ich weiß. Die kleine Sprotte ist einfach damit herausgeplatzt. Er hat mich gefragt, wie ein Kind erlöst wird, weißt du – so, mit ewigem Leben und in den Himmel kommen."

„Und, was hast du gesagt?"

„Nun, ich habe ihm erklärt, er muss Jesus sagen, dass er ein nichtsnutziger Sünder ist und ihn bitten, dass er ihm vergibt und Jesus dann einladen, in sein Herz zu kommen und der Boss zu sein."

„Das ist doch gut, Murle. Du hast genau das Richtige gesagt. Ich verstehe nur nicht, warum du so auf die Bremse getreten hast."

„Nun, der kleine Taugenichts fiel auf die Knie, direkt auf den Boden von meinem Truck und fing an, alle Untaten zu bekennen, an die er sich erinnern konnte und er ist immer noch dabei." Murle zeigte vage in Richtung des Parkplatzes.

Pastor Jim lachte, bis er mit Murle den Parkplatz erreicht hatte. Dort knieten sie gemeinsam mit dem kleinen Sammy nieder und dankten Gott, dass der Junge eine neue Familie gefunden hatte.

Sammy, der wenig von seinem Vater hatte, war gerade zu einem Kind des himmlischen Vaters geworden und das nur, weil Murle seine Zeit geopfert und sie einem kleinen Jungen geschenkt hatte.

Der kleine Sammy wuchs heran und wurde Sportberichterstatter einer prominenten Zeitung in Florida. Als er für seine Zeitung einmal einen besonderen Artikel zum Vatertag schreiben sollte, waren seit seiner Beichte auf dem Parkplatz bereits viele Jahre vergangen.

Dieser Artikel wurde eine Ehrung für den Mann Murle.

Noch später, nach unzähligen Angelfahrten mit vielen kleinen Jungen, ging Murle in die Ewigkeit ein. Während seiner Trauerfeier stand Sammy, der nun erwachsen und selbst ein Vater war, hinter dem Rednerpult und las eine Ehrung für seinen Freund.

Es war der gleiche Artikel, den er Jahre zuvor zum Vatertag geschrieben hatte. Der Titel lautete: „Ändern Sie das Leben eines kleinen Jungen – gehen Sie mit ihm Angeln."

Murles Leben zeigt, dass Geduld ihren Lohn hat.

Clark Cothern

Das Wesentliche

Das Wesentliche des Glaubens besteht darin,
Gott Gott sein zu lassen.

Jon Sobrino

Ein Ruheplatz

Die Scheinwerfer meines Autos kamen kaum gegen die tiefschwarze Nacht an, als ich langsam die Bergstraße hinaufschlich. Ich blickte angestrengt durch die vom Regen bespritzte Windschutzscheibe und wusste nicht, ob meine Tränen oder der Regen mir die Sicht erschwerte.

O, Gott! Warum musste das sein?, schrie es in mir. Ich war auf dem Heimweg von einem Besuch bei meinen Eltern und einer unverheirateten jüngeren Schwester, die ein paar Stunden entfernt von uns wohnten. Vor 18 Monaten hatte meine Schwester bei einem Autounfall, der von einem betrunkenen Fahrer verursacht worden war, schwere Gehirnverletzungen erlitten. Seitdem klammerte ich mich an die kleinsten Zeichen der Besserung und hoffte gegen jegliche Vernunft, dass sie sich erholen würde. Jetzt hatte ich der Wahrheit ins Gesicht sehen müssen. Meine Schwester würde für den Rest ihres Lebens ein Pflegefall bleiben.

Während ich meinen Weg über den Bergpass suchte, wurde ich mehr und mehr vom Kummer überwältigt. Gerade wollte ich auf einen niedrigeren Gang herunterschalten, als es laut „Klank" machte. Erschreckt versuchte ich es mit einem anderen Gang, doch nichts geschah. Der Wagen verlangsamte seine Fahrt und kam am Straßenrand zum Stehen.

Ich überwand meine Furcht, verriegelte das Auto und ging auf ein Licht zu, das aus der Ferne durch die hoch gewachsenen Kiefern schimmerte. Beim Näherkommen sah ich, dass es das Fenster einer kleinen Hütte war. Vorsichtig näherte ich mich der Veranda. Es war schon spät und ich zögerte, um diese Zeit an eine mir unbekannte Tür zu klopfen.

Auf mein zaghaftes Klopfen wurde die Tür schwungvoll geöffnet und ein Mann mittleren Alters stand mir gegenüber. „Kommen sie herein", lud er mich ein.

Ich blieb dicht an der Tür stehen, erklärte, was mit meinem Auto passiert war und fragte, ob ich sein Telefon benutzen dürfte. Als ich mein Portemonnaie herauszog, protestierte er.

„Sie brauchen nichts zu bezahlen. Bei mir klopfen oft Leute, die eine Panne haben. Ich freue mich, wenn ich helfen kann."

Als ich versuchte, meinen Mann anzurufen, bekam ich keine Antwort. Ich fragte den Mann, ob es in der Nähe ein Motel gäbe.

„Es gibt kein Motel", sagte er, „aber ich habe eine Idee."

Bevor ich mich versah, hatte er mich einer älteren Dame überantwortet, die in der Nähe ein Heim für Sportangler unterhielt und noch ein Zimmer frei hatte. Auch sie lehnte es ab, Geld von einer gestrandeten Reisenden zu nehmen.

Das „Zimmer" war eigentlich eine kleines Häuschen, dessen eine Wand vollständig aus Glas bestand und den Blick über einen eindrucksvollen, rauschenden Bergfluss freigab. Eine dickgepolsterte Couch mit Sessel stand vor dem Kamin, in dem das Holz zurechtgelegt war und nur darauf wartete, angezündet zu werden.

Als ich vor dem wärmenden Feuer saß und mich beim Klang des rauschenden Wassers langsam entspannte, schlug ich in meiner Bibel den 139. Psalm auf. Beim dritten Vers tropften meine Tränen auf die Buchseiten: „Ob ich tätig bin oder ausruhe, du siehst mich; jeder Schritt, den ich mache, ist dir bekannt."

Ich dachte über die Worte nach und merkte, dass Gott zu meinem Herzen sprach. *Von Anfang an wusste ich, was dir auf deinem Weg begegnen würde. Ich werde dir die Stärke geben, mit der Tragödie deiner Schwester fertig zu werden, und ich werde dich durch deinen Kummer leiten. Heute Nacht aber sollst du stillhalten und dich mit mir ausruhen.*

Bevor ich ins Bett ging, rief ich zu Haus an und hinterließ für meinen Mann eine Nachricht auf dem Anrufbeantworter: „Ich hatte heute Abend eine Panne in den Bergen. Komm bitte und hole mich ab. Du brauchst dich aber nicht zu beeilen. Gott und ich ruhen uns aus."

Mayo Mathers

Das Werk eines Engels?

Der britische Eilzug raste durch die Nacht, seine Scheinwerfer durchbohrten die Dunkelheit. Zu den Fahrgästen des Zuges gehörte Queen Victoria.

Plötzlich sah der Zugführer im Scheinwerferlicht der Lokomotive eine merkwürdige Gestalt in einem schwarzen Umhang auf den Schienen stehen und die Arme schwenken. Sofort griff er nach einem Hebel und brachte den Zug mit kreischenden Bremsen zum Stehen. Als er mit seinen Zugbegleitern vom Zug sprang, um zu sehen, wer sie angehalten hatte, fanden sie keine Spur von der seltsamen Gestalt. Einer Eingebung folgend ging der Zugführer weiter die Schienen entlang. Plötzlich blieb er stehen und sah erschrocken in den Nebel. Undeutlich erkannte er eine Brücke, die in der Mitte zusammengebrochen und von dem geschwollenen Fluss fortgetragen worden war. Hätte der Lokomotivführer der fremden Gestalt nicht Folge geleistet, wäre sein Zug in den reißenden Fluss gestürzt.

Während die Brücke und die Schienen repariert wurden, stellte das Zugpersonal eine ausgiebigere Suche nach dem merkwürdigen Gleisarbeiter an. Doch erst als sie London erreicht hatten, klärte sich das Rätsel auf.

An dem Gehäuse des einen Lokomotivscheinwerfers entdeckte der Zugführer eine riesige tote Motte. Er betrachtete sie einen Augenblick lang und - einem Impuls folgend - benässte er ihre Flügel und klebte sie an das Glas des Scheinwerfers.

Als er den Scheinwerfer einschaltete, sah er im Lichtstrahl den „Gleisarbeiter", der vor ihnen aufgetaucht war - Sekunden bevor der Zug die ausgewaschene Brücke erreicht hatte. Im Nebel sah der Schatten wie ein Phantom aus, das die Arme schwenkte.

Als Königin Victoria von dem seltsamen Zwischenfall hörte,

sagte sie: „Ich bin sicher, dass es kein Zufall war, sondern dass Gott uns auf diese Weise beschützt hat."

Nein, die Gestalt, die der Lokomotivführer im Scheinwerferlicht gesehen hatte, war kein Engel, und doch kann Gott durch den Dienst seiner unsichtbaren Engel die Motte genau dann und dort auf den Scheinwerfer platziert haben, als es nötig war. Es ist wahr, „Gott hat seinen Engeln befohlen, dich zu beschützen, wohin du auch gehst." (Psalm 91,11)

Billy Graham

Auf den Herrn vertrauen

Aber alle, die auf den Herrn vertrauen,
bekommen immer wieder neue Kraft,
es wachsen ihnen Flügel wie dem Adler.
Sie gehen und werden nicht müde,
sie laufen und brechen nicht zusammen.

Jesaja 40,31

Ein Eiskrem-Solo

Nachdem ich Witwe geworden war und zum ersten Mal allein ausging, um mir einen Film anzusehen, verpatzte ich den Abend. Es war nicht so schwierig, sich eine Karte und Popcorn zu kaufen. Selbst als ich allein im Kino saß, fühlte ich mich ganz wohl. Und während des Films war ich so in die Handlung verwickelt, dass ich überrascht war, als das Licht wieder anging und ich merkte, dass ich allein war.

Es war erst auf dem Weg zum Auto, dass die Tränen zu fließen begannen. Ich hatte niemanden, mit dem ich nach dem Kino wie gewohnt Eisessen gehen konnte. Und mit einem Mal kam mir das sehr, sehr wichtig vor.

Zu Hause angekommen ging ich von der Garage direkt in die Küche und brach dort in Tränen aus. Laut schrie ich zu Gott: „Wann hört das endlich auf? Gott, wie lange dauert es, ehe ich in der Lage bin, mich ohne meinen Gefährten an schönen Dingen zu erfreuen?"

Die Wellen der Einsamkeit spülten über mich hinweg und für ein paar Minuten überließ ich mich der heranstürmenden Flut meiner Trauer.

Als ich mit Weinen aufhörte, fühlte ich mich besser, doch ich hatte noch immer ein Verlangen nach Eiskrem. Ich kam mir ein bisschen töricht vor, als ich sagte: „Herr, kann ich dich zu einem Eis einladen?"

Noch törichter kam ich mir vor, als ich das Eis aus dem Gefrierfach nahm und zwei Schüsselchen reichlich damit füllte. Kichernd sagte ich zu mir: „Das kann doch nicht wahr sein. Tu ich das wirklich?"

Unter Millionen von Sternen in der Gesellschaft des Herrn aß ich draußen auf der Terrasse genüsslich den Inhalt beider Schüsseln und genoss dabei jeden einzelnen Happen. Und ich erinnerte mich an sein Versprechen: „Ich werde dich nicht ungetröstet lassen: Ich werde zu dir kommen."

Barbara Baumgardner

Süße Erfahrungen

Die süßesten Erfahrungen mit der Liebe Gottes machen wir gewöhnlich in Zeiten des Leidens.

John Bunyan

In Vaters Armen

Vor einiger Zeit verbachten meine Tochter Jenna und ich mehrere Tage in der Altstadt von Jerusalem. An einem Nachmittag, als wir gerade durch das Jaffator gingen, sahen wir vor uns eine orthodoxe jüdische Familie, einen Vater und seine drei kleinen Mädchen.

Eine der Töchter – sie war vielleicht vier oder fünf Jahre alt – blieb zurück und konnte ihren Vater nicht mehr sehen.

„Abba!“, rief sie nach ihm. Er blieb stehen und sah sich um. Erst in dem Augenblick bemerkte er, dass er von seiner Tochter getrennt war.

„Abba!“, rief sie noch einmal. Er entdeckte sie und streckte sofort die Hand nach ihr aus, die sie erleichtert ergriff. Als sie weitergingen, beobachtete ich sie weiterhin sehr genau, denn ich wollte sehen, wie sich ein *Abba* verhält.

Während sie die Rampe hinuntergingen, hielt er ihre Hand fest umschlossen. An einer belebten Straße blieben sie stehen. Als die Kleine vom Bordstein auf die Straße trat, zog er sie zurück auf den Gehsteig. Nachdem das Licht der Verkehrsampel gewechselt hatte, leitete er sie und ihre Schwestern über die Straßenkreuzung. Mitten auf der Kreuzung beugte er sich hinunter, nahm sie auf den Arm und setzte seinen Weg fort.

Ist das nicht genau das, was wir alle brauchen? Einen Abba, der uns hört, wenn wir rufen? Der unsere Hand hält, wenn wir schwach sind? Der uns über die hektischen Verkehrskreuzungen unseres Lebens führt? Brauchen wir nicht alle einen Abba, der uns in die Arme nimmt und nach Haus trägt? Wir brauchen alle einen Vater.

Da ist ein Gott im Himmel, der sich wünscht, dass du ihn Abba nennst.

Max Lucado

Der Kreis des Glaubens

In einem ländlichen Dorf mitten in Chile lebte die kleine zehnjährige Maria. Als ihre Mutter starb, fiel ihr die Rolle der „Hausfrau" zu und sie sorgte für ihren Vater, der nachts im örtlichen Bergwerk arbeitete. Maria kochte und machte sauber und achtete darauf, dass seine Brote zum Mitnehmen fertig waren, wenn ihr Vater abends zur Arbeit ging.

Maria liebte ihren Vater und machte sich Sorgen darüber, wie teilnahmslos er seit dem Tod ihrer Mutter geworden war. An den Sonntagen ging Maria zur Kirche und versuchte ihren Vater zum Mitkommen zu überreden, doch er lehnte es jedes Mal ab. Sein Herz war zu leer.

Eines Abends, als sie wieder einmal seine Brote für die Nachtschicht fertig machte, legte sie ein Evangelium mit hinein. Ein Missionar hatte es ihr gegeben, als er die Büchlein in ihrer Gegend von Haus zu Haus verteilte. Maria betete, dass ihr Vater das Büchlein lesen und den Trost finden würde, den sie selbst in Gottes großer Liebe gefunden hatte.

Es war nachts, zehn Minuten nach eins, als Maria plötzlich von einem schrecklichen Laut aufgeweckt wurde. Vom Bergwerk her heulte eine Sirene durch die Nacht und rief die Bewohner des Ortes auf, mit Schaufeln und willigen Händen zur Grube zu kommen und beim Ausgraben verschütteter Bergleute zu helfen.

Maria rannte durch die Straßen zum Bergwerk, um nach ihrem Vater zu suchen. In verzweifelter Eile entfernte eine Gruppe von Männern das Geröll aus dem eingestürzten Schacht, in dem acht Bergleute verschüttet worden waren. Marias Vater war einer von ihnen.

Die Hilfstruppen arbeiteten die ganze Nacht hindurch und stießen schließlich zu einem kleinen Hohlraum vor, in dem sie die Bergleute fanden. Doch es war zu spät. Alle acht Männer waren erstickt.

Die Rettungsarbeiter waren niedergeschmettert. Als sie den Schauplatz jedoch näher untersuchten, bemerkten sie, dass die Männer bei ihrem Tod im Kreis gesessen hatten und dass Marias Vater ein kleines Büchlein aufgeschlagen in der Hand hielt. Es war das Evangelium, auf dessen letzter Seite genau erklärt wurde, wie man erlöst werden kann. Auf diese Seite hatte der Vater eine Botschaft für seine Tochter geschrieben:

Maria, mein Liebling!

Wenn du das liest, werde ich bei deiner Mutter im Himmel sein. Ich habe das kleine Buch gelesen und es den Männern, während wir auf Rettung warteten, mehrere Male vorgelesen. Unsere Hoffnung auf das hiesige Leben wird immer geringer, doch nicht die Hoffnung auf das nächste. Wir haben getan, was im Buch geraten wird und gebetet. Wir haben Jesus eingeladen, in unsere Herzen zu kommen. Ich liebe dich sehr, Maria, und bald werden wir alle zusammen im Himmel sein.

Dick Eastman

Unsere Herzen

Gott hört nicht nur unsere Worte,
er hört auch auf unsere Herzen.

Autor unbekannt

Dank

Es sind gründliche Nachforschungen angestellt worden, um die ursprünglichen Eigentumsrechte festzustellen und wo es nötig war, sind Genehmigungen für den Nachdruck eingeholt worden. Falls wir übersehen haben, jemandem die gebührende Anerkennung zuteil werden zu lassen, bitten wir dafür um Entschuldigung. Sollten wir einen Beitrag fälschlicherweise jemand anderem als dem rechtmäßigen Autor zugeschrieben haben, wären die Herausgeber dankbar, eine schriftliche Dokumentation darüber zu erhalten, damit der Fehler bei künftigen Auflagen korrigiert werden kann. Dankbare Anerkennung geben wir den Herausgebern und Personen, die uns erlaubten, bisher noch unveröffentlichtes Material zu verwenden.

Bei der Quellenangabe sind die Geschichten ihren Titeln nach und in der Reihenfolge aufgeführt, in der sie im Buch erscheinen. Für Genehmigung zum Nachdrucken wenden Sie sich bitte an die ursprünglichen Quellen, die nachstehend aufgeführt sind.

Bibliographie

ERMUTIGUNG

„Wenn starke Winde wehen“ von Charles R. Swindoll, aus „Insight for Living“, Juli 1996.

„Das Geschenk“ von Gary B. Swanson, aus *Focus on the Family Magazine*, Dezember 1997.

„Die rote Handtasche“ von Louise Moeri, aus *Virtue Magazine*, Juli/August 199.

„Die Eiskremparty“ von Rochelle M. Pennington. Nachdruck mit Genehmigung der Autorin.

„Der Osterhase und die Eierköpfe“ von Ted Menten, Ausschnitte aus „Gentle Closings“, Running Press, 1991.

„Molly“ von Barbara Baumgardner, aus *The Bulletin*, 17. 12. 1999.

„Wir haben es alle nötig, dass man sich um uns kümmert“ von Max Lucado, aus „In the Grip of Grace“, Word, 1996.

„Liebesbriefe“ von Bob Welch, aus „Where Roots Grow Deep“, Harvest House, 1999.

„Gott macht niemanden zum Niemand“ von Ruth Lee, aus *Touch 1 Magazine*, März 1998.

„Der Übernachtungsgast“ von Hartley F. Dailey, aus *Sunshine Magazine*, Februar 1963.

„Menschen, denen nie gedankt wurde“ von Steve Goodier, © 1999. Nachdruck mit Genehmigung des Autors.

„Gelegentlich kommen Engel zur Hilfe“ von Barb Irwin. Nachdruck mit Genehmigung der Autorin.

„Die andere Seite des Vorhangs“ von Ruth Lee, aus *Touch Magazine 1*, März 1998.

FREUNDSCHAFT

„Mrs. Hildebrandts Geschenk" von Robert Smith, aus *Country Magazine,* Februar/März 1994.

„Das Liebeskommando" von Virelle Kidder, aus *Decision,* Oktober 1999.

„Luthers Bauholz" von Joe Edwards. Nachdruck mit Genehmigung des Autors.

„Der Schatz" von Paul Kortepeter. Nachdruck mit Genehmigung der InterArt Holding Corporation, Bloomington, Idiana.

„Antworten bitte an Fach 222B" von Barbara Baumgardner, aus „Chicken Soup for the Single's Soul", 1999.

„Das Beste soll man sich für zuletzt aufheben" von Rochelle M. Pennington. Nachdruck mit Genehmigung der Autorin.

„Mein Kind, meine Lehrerin, meine Freundin" von Gloria Gaither, aus *Christian Herald,* May/Juni 1990.

„Gott, ein Hund und ich" von Deborah Hedstrom. Nachdruck mit Genehmigung der Autorin.

„Freundschaft ist wie ein Diamant" von Sally J. Knower, © 1985. Nachdruck mit Genehmigung der Autorin.

„Das Trostzimmer" von Mayo Mathers, aus *Today's Christian Woman,* November/Dezember 1997.

„Jemand mit dem man teilen kann", aus „Tea Time with God", Honor Books, 1996.

LIEBE

„Die Brieftasche" von Arnold Fine. Nachdruck mit Genehmigung des Autors.

„Levis Geschenk zum Valentinstag" von J. Stephen Lang, aus *Christian Reader Magazine*, März/April 2000.

„Ich liebe dich trotzdem" von Joe A. Harding. Nachdruck mit Genehmigung des Autors.

„Bröckelnde Sandburgen" von Sue Monk Kidd, aus *Today's Christian Woman,* Juli/ August 1989.

„Titanische Liebe" von Jim Priest, aus *The Daily Oklahoman/Oklahoma City Times.*

„Wo ich hingehöre" von Bob Welch, aus *Moody Magazine,* März/April 1997.

„Der Segen eines sonnigen Gemüts", aus *Ladie's Home Journal.*

„Neue Anfänge" von Patricia Wyman, aus *Virtue Magazine,* März/April 1997.

„Der goldene Kranich" von Patricia Lorenz. Nachdruck mit Genehmigung der Autorin.

„Des Lebens beste Stunde" von Eugene S. Geissler, aus „The Best is Yet to Be".

„Rudys Engel" von Wilma Hankins Hiawicza, aus „*Chicken Soup for the Single's Soul*", 1999.

INSPIRATION

„Der alte Ed hat's nie vergessen" von Max Lucado, aus „In the Eye of the Storm", Word, 1991.

„Die Liebe und der Taxifahrer" von Art Buchwald, © 1992. Nachdruck mit Genehmigung des Autors.

„Die Wende" von Steven J. Lawson, aus „Absolutely Sure", Multnomah, 1999.

„Der Duft der Weihnachtszeit" von Barbara Baumgardner, aus *Lookout Magazine*, 9. 12. 1984.

„Morgenherrlichkeit" von Linda Andersen, © 1986. Nachdruck mit Genehmigung der Autorin.

„Der Traum eines kleinen Mädchens" von Jann Mitchell.

„Du bringst mir keine Blumen mehr", aus „More Bits and Pieces".

„Der Cellist von Sarajevo" von Paul Sullivan, aus *Reader's Digest,* November 1996.

„Die Babydecke" von Winona Smith, © 1998. Nachdruck mit Genehmigung der Autorin.

FAMILIE

„Anerkennung“ von Pamela McGrew, © 2000. Nachdruck mit Genehmigung der Autorin.

„Die Nacht der Sternschnuppen“ von Arthur Gordon, aus „A Touch of Wonder“ Baker Books, 1974.

„Mit den Augen eines Vaters“ von Lonni Collins Pratt, aus *Moody Magazine*, September 1992.

„Neuer Boden“ von Margaret Becker, aus „With New Eyes“, Harvest House, 1998.

„Das Kostüm“ von Bill Butterworth, aus *Moody Magazine*, Juni 1991.

„Der Rotschopf und die Brünette“ von John William Smith, aus „Hugs for Mom“, Howard Publishing, 1997.

„Die Preisverleihung“ von P.R., aus „Sons: A Father's Love“ von Bob Carlisle, Word, 1999.

„Vaterhände“ von Susan Fahncke, © 1999. Nachdruck mit Genehmigung der Autorin.

„Eine Sache des Stolzes“ von Terry L. Pfleghaar, aus *HomeLife Magazine*, Februar 1995.

ERINNERUNGEN

„Ihr Bestes“ von Connie Lounsbury, aus *Lifewise Magazine*, Oktober/November 1999.

„Ein Paar ausgetretene Schuhe“ von Thelda Bevens. Nachdruck mit Genehmigung der Autorin.

„Die reiche Familie“ von Eddie Ogan, aus *Virtue Magazine*, April/Mai 1999.

„Ein Fremder geht vorbei“ von Ruth Lee, aus *Gospel Publishing*, 25. Januar 1998.

„Die kleine Schürze“ von Charlene Ann Baumbich, aus „Mama Said There'd Be Days Like This“, Servant, 1995.

„Die Einkerbungen“ von Barbara Baumgardner. Nachdruck mit Genehmigung der Autorin.

„Flieder zur Erinnerung“ von Faith Andrews Bedford. Nachdruck mit Genehmigung der Autorin.

„Die Handschuhe meiner Mutter“ von Sharron Dean McCann, aus *Virtue Magazine*, September/Oktober 1992.

„Die Schaukel auf der Veranda“ von Brenda A. Christensen. Nachdruck mit Genehmigung der Autorin.

„Der Stall“ von Sharron Dean McCann. Nachdruck mit Genehmigung der Autorin.

LEBEN

„Sprungbretter“ von Gail Brook Burket. Nachdruck mit Genehmigung des Nachlassverwalters von Gail Brook Burket.

„Tierischer Trost“ von Bill Holton, aus *PetLife Magazine*.

„Eine Briefkastengnade“ von Nancy Jo Sullivan aus „Moments of Grace“, Multnomah, 2000.

„Die Verandaschaukel“ von Kim Engstrom, © 1999. Nachdruck mit Genehmigung der Autorin.

„Schwimmwesten und Lachen“ von N. C. Haas.

„Älterwerden“ von Dale Eveans Rogers, aus *„Time Out, Ladys!“* Baker Book House, 1966.

„Der Glaube eines Kindes“ von Deborah Hammons, aus *Virtue Magazine*, September/Oktober 1994.

„Der Fuchs und der Schriftsteller“ von Philip Yancey, aus *Christianity Today*, 7. September 1998.

„Für Gott, von Ben“ von Glenda Barbre aus *Christian Reader Magazine*, September/Oktober 1996.

„Engelschöre“ von Cheryl Gochnauer.

„Sturmwarnung“ von Sarah E. Farrow, aus *Virtue Magazine*, Juni/Juli 1999.

„Teilen“. Autor unbekannt, aus „You Gotta Keep Dancin'“ von Tim Hansel.

GLAUBEN

„Gottvertrauen“ von Verdell Davis aus „Let Me Grief, But Not Forever“, Word.

„Himmelsgold“ von Rhonda Reese, aus *Christian Reader Magazine*, November/Dezember 1998.

„Ein leerer Stuhl“ von Walter Burkhard, aus „Tell the Next Generation“, Paulist Press, 1982.

„Erneuerung des Geistes“ von Barbara Baumgardner aus *RV Companion Magazine*, November/Dezember 1999.

„Tommy“ von John Powell, aus „*Challenge of Faith*“, Thomas Moore Press, 1998.

„Gott Freude machen“ von Ruth Bell-Graham aus „Legacy of a Pack Rat“, Thomas Nelson, 1989.

„Liebling, ich bin stolz auf dich“ von Lydia E. Harris.

„Der Wendepunkt“ von Bill Butterworth aus „When Life Doesn't Turn Out Like You Planned“, Thomas Nelson, 1995.

„Wenn der Herr sagt: Bete!“ von Cheri Fuller, aus „When Families Pray“, Multnomah, 1999.

„Du wirst Geduld bekommen“ von Clark Cothern aus „At the Heart of Every Great Father“, Multnomah, 1998.

„Ein Ruheplatz“ von Mayo Mathers, aus *Today's Christian Women* September/Oktober 1995.

„Das Werk eines Engels?“ von Billy Graham aus „Unto the Hills“, Word, 1996.

„Ein Eiskrem-Solo“ von Barbara Baumgardner. Nachdruck mit Genehmigung der Autorin.

„In Vaters Armen“ von Max Lucado aus „The Great House of God“, Word, 1993.

„Der Kreis des Glaubens“ von Dick Eastman, aus *Every Home for Christ Magazine*, August 1999.

... UND NOCH MEHR KURZGESCHICHTEN!

Alice Gray (Hrsg.):

EIN LIED IN DER NACHT
und andere Geschichten,
die das Herz berühren.

Die rund 100 bewegenden Geschichten dieses Buches stecken voller Weisheit und Wärme und machen neu Mut, Gottes Führung auch in alltäglichen Situationen zu vertrauen. Ein wunderschönes Buch – zum Verschenken und Selberlesen!

Gebunden, 260 Seiten, Bestell-Nr. 815 545

Alice Gray (Hrsg.):

EINE KERZE FÜR SARAH
und andere Geschichten,
die das Herz berühren.

Hier finden Sie Anrührendes und Nachdenkliches, Spannendes und Lustiges – also Geschichten, die die ganze Familie verzaubern werden. Dabei haben alle Geschichten eines gemeinsam: Sie wollen von der Fürsorge und Liebe Gottes zu einem jeden von uns erzählen.

Gebunden, 260 Seiten, Bestell-Nr. 815 690